# 尧山壁文存

卷四 散文

流失的岁月

河北出版传媒集团
河北教育出版社

# 目录

## 劳模的故事

## 忘不了的一些人



## 忘不了的一些事

## 忘不了的年代

## 文坛风景线

## 零星的文学思考

# 劳模的故事

# 愚公移山

1962 年大学毕业，申请到基层，被安排在邢台县文化馆，办了一张《社员报》，周刊，采、编、印、发一个人干。

一天县委书记何耀明摸进编辑部，带来一张 6 月 27 日的《人民日报》，上面有东生的《看愚公怎样移山》，三分之二红笔圈点，映红了我不足 5 平方米的斗室。几千字的文章让我兴奋了几天，恨不得插翅飞往燕山，一睹当代愚公的风采。可惜不久应召进入“四清”工作队，一干就是 3 年，紧接着又是旷日持久的“文化大革命”，一拖就是 10 年。所以 1972 年恢复工作，第一件事就是去沙石峪。

出发时带了三包土，这是人尽皆知的见面礼。一包取自临西县东留善固，一包取自邢台县南会大队，最后一包来自省文艺组院内大柳树下。乘火车到唐山，再坐长途汽车到遵化，最后坐拖拉机到县城东南 40 里新庄子公社沙石峪大队。落地第一件事就是把千里迢迢背来的三包土撒到九岭山上。我对支部书记张贵顺说，其中有吕玉兰、王志琪的心意，他们三人都是全国劳动模范，在一起开过会。

沙石峪是燕山深处的一个穷山沟，“土如珍珠水如油，漫山遍野大石头”。张贵顺 1957 年到北京参加全国农业展览会，见到毛主席对山东省莒南县厉家寨的批示：“愚公移山，改造中国，厉家寨是一个好例。”他眼前一亮，找到了法宝，取得了真经，回去就组织全体社员学习，石头缝里取土，青石板上造地，苦战 10 年，把两万多块一口一片的巴掌地改造成高标准高水平梯田。平均每亩用工 1180 个，完成 1760 石方，挑土 4600 担，行程 1 万多公里，被称作“万里千担一亩田”。又动员全村精壮劳力，开挖了一个直径 17 米、深 11 米的大口井，12 个小蓄水池，结束了全村到十几里外大狼峪挑水吃的历史。

我在沙石峪待了 10 天，与社员同吃同住同劳动，手上起了泡，肩上磨出茧。张贵顺让大队会计写了一封感谢信，我没有交给机关，因为值得感谢的是张贵顺和他的社员们，受惠最大的是我自己，写了一篇 260 行的长诗《移山记》，刊登在《解放军文艺》的重要位置。当时全国绝大部分刊物停办，《解放军文艺》是唯一的文艺期刊。发出后影响不小，河北电台配乐广播了半年之久，我不识字的母亲几乎天天听。在那文艺为政治服务，标语口号满天飞的时代，同是农业学大寨的内容，我还是讲究艺术的，会用比喻。比如：“沙石峪，深山沟，在家山靠背，出门山碰头，看天一条线，看地一道沟，四面高山无路走，堵得气难透。沙石峪，穷山沟，穷得连名字都没有，坡是光屁股，山是和尚头，金木水土都没有，只有一团火，憋在穷人心里头。”写狼窝沟：“狼洼恶山沟，满山灰石头，好像一只大灰狼，蹲在村庄后，怪石林立如狼牙，山谷张开血盆口，嚼碎一沟大石头。”写愚公洞：“愚公洞，好镜头，从外往里瞅，像个万花洞，果子满枝头，碧波遍山流，层层大寨田，处处跑铁牛，从里往外看，像个望远镜，山外山，楼外楼，天外天，云彩游，祖国风光无限好，山新水美似锦绣。”

奋斗 10 年，挖山不止，沙石峪由年年吃救济，变成一个余粮队。1957 年至 1970 年向国家交粮 52 万斤，成为全国农业战线的一面旗帜，吸引成千上万的人来参观，遵化城内设了 3 个招待所，天天爆满。

《愚公移山》是毛泽东中共七大的闭幕词。告诉人们无论遇到什么困难，只要有恒心有毅力地干下去，就会成功。“下定决心，不怕牺牲，排除万难，去争取胜利。”张贵顺是当代愚公，率领群众艰苦奋斗，到 1978 年粮食产量达到 80 万斤，交公粮 20 万斤，吃饭问题基本解决了。他的继任者闫福忠，改革开放以后更加聪明起来，把原来的“一亩粮田半亩园”口号改为“一亩果园半亩田”，种植 500 亩葡萄、100 亩樱桃，果树收入达 800 万元，人均 5042 元，1996 年提前实现了“小康村”。接着又兴建了几座小工厂，“沙石峪纯净水”“沙石峪葡萄”成为著名品牌。剩余劳力外出打工，昔日万里千担的山道上汽车成队。沙石峪不光成为农业红色经典、爱国主义教育基地，还被列入旅游景点，观光者络绎不绝。张贵顺的愚公精神还在发扬光大，新一代沙石峪人的口号是：“万里继续走，千担永远担。”

## 张朴与西铺

“文革”前夕，“四清”工作团搞阶级斗争展览，组织写村史、家史，翻了许多报刊，张朴的《王生家史》是最好的范本。王生是遵化县建明公社西铺大队一位贫农社员，一生穷困，视力微弱，雪上加霜。《王生家史》血泪斑斑，催人泪下，张朴的文字形象生动，十分老到。打听到他长期住在西铺，当时叫“蹲点”，便直奔遵化而来。

西铺大队在县城正东 40 里，曾名四十里铺，就在景忠山下。张朴正在长峪山下锄玉米，卷着袖子和裤筒，动作熟练如老农，看不出是位 1937 年参军的行政十三级高干，更看不出是个写过小说《向导》《神手》《水上姻缘》《地下医院》和剧本《源泉》《三朵红花向阳开》的名作家。

张朴是八路军宣传员出身，曾任冀中军区火线剧社社员、九分区前哨剧社戏剧队长，性格开朗，热情如火，带我去见大队支部书记王国藩。我身高一米八一，已是人群冒尖者了，王国藩高出我一截，一米八五，出沿帽，对襟褂，土布裤子绑腿带，家做鞋，从头到脚一身黑色，加上风吹日晒染就的黑脸膛，干巴瘦，好像一根打枣竿儿。王国藩和张朴是好朋友，彼此看重。1959年田间带领省文联一批作家驻扎西铺，成绩最好的是张朴，1960年《人民文学》二月号发表了报告文学《王国藩的故事》，在西铺众多的宣传报道中，是王国藩最为满意的一篇。

王国藩1919年出生，1941年入党，1952年组织省农业合作社，23户贫农只有一头驴，这头驴的四分之一使用权还属于一家没入社的农民，被讥笑为“穷棒子社”。王国藩说：“我们就是‘穷棒子’，咱人穷志不穷，难不倒，穷不散！咱只要发挥集体力量，把社办好，就自然听不到这种怪话了。”

这个“穷棒子社”被毛主席发现了，在《中国农村的社会主义高潮》首篇《书记动手，全党办社》按语中写道：“遵化县的合作化运动中，有一个王国藩合作社，二十三户贫农只有三条驴腿，被人称为‘穷棒子社’。他们用自己的努力，在三年时间内，‘从山上取来’了大批生产资料，使得到此参观的人感动得下泪。我看这就是我们整个国家的形象。”王国藩还特意向我介绍了他的得力助手杜奎，毛主席批示中，“从山上取来”了大批生产资料的那位闯将。建社之初，就是他带领18个好汉，顶风冒雪闯进40里外王寺峪的深山老林，十几天打回四万斤山柴，卖了430元，买回一牛、一骡、19只羊和一些农具，士气大振，当年粮食亩产254斤，超过往年一倍，户均分配190元。

王国藩还说，中国作协有个下放干部古鉴兹，被安排在公社工作，也帮他出些主意。一个好汉三个帮，“穷棒子社”搞得红红火火。1958年成立建明人民公社，1959年粮食亩产达到550斤。

王国藩兴致勃勃，只念过几年私塾，粗通文字，自编了一首民歌："公社好比不老松，青枝绿叶郁葱葱，人人都把社来爱，不怕雨来不怕风。"配上唐山皮影，传遍了全省。王国藩勤俭办社，注重实事求是。1958 年"放卫星"，有个公社书记提出，白薯亩产百万斤。王国藩下来问他："你体重多少斤？"书记说一百多斤。王国藩笑笑说："就你这么大个儿的白薯，一亩地能堆下一万个吗？"

党的九大王国藩当上中央委员，1971 年担任遵化县委第一书记，唐山地区革委会副主任，青云直上，春风得意，还作为中国代表团出访苏联、叙利亚和巴基斯坦。1975 年人民出版社出版了《穷棒子精神放光芒》一书，王国藩头上罩着一道道光环，身上披挂着一项项荣誉，声名达到了顶点。

粉碎"四人帮"，拨乱反正，一批"坐直升机"上来的干部下去了。1978 年王国藩被免去一切职务，回乡务农。1984 年被安排到县水利局当干部。

我几次问张朴，想不想再去西铺看看老朋友。先是学习班、"五七干校"、插队落户，推说身不由己。后来我熟悉了他的为人之道，交穷朋友，不攀高枝。

## 王志琪

1956 年我国最引人注目的一本书是《中国农村的社会主义高潮》，毛主席为书写了按语。在众多劳动模范中，对邢台县王志琪评价最高："有一个强的党支部，又有王志琪那样为群众所信任的领袖人物。"1962 年大学毕业，我选中邢台县，这是原因之一。

王志琪 1918 年生于邢台县西黄村镇东川口村，1940 年入党，

1948年任村党支部书记，1954年创办了全县第一个农业生产合作社，粮食生产比抗日战争前增加了三倍，全村70户，家家有余粮存款，成为大山深处一个肥得流油的富村。

王志琪是在风浪中形成的群众领袖，他的影响力来自足智多谋，屡战屡胜。正当东川口如日中天时，1958年县里决定在七里河峡口修建一个中型水库，河边的村庄良田就要淹没，剩下坡上的土地仅够养活五分之二人口，40户要迁到下游北会村。这是我国第一次因水库搬迁，热土难离，没有一人报名。去北京参加全国群英会的王志琪，受到毛主席接见，回来就遇上大难题。王志琪的工作方法一向是理论联系实际。他说："我搬，党员干部带头。"当众扳着指头算账，说咱丘陵区水比油贵，一个水库能浇5万亩地，每亩增产300斤，就是1500万斤，咱东川口一年才收三四十万斤，哪头利大？正收拾东西装车时，出了岔子。南会村党支部恳求上级，请王志琪去当党支部书记。南会北会只隔一道山，一道山分两重天。北会是模范村，余粮村；南会是落后村，年年吃救济。王志琪二话没说，服从组织决定，带领两名干部八户烈军属、五保户去了南会。进村就调查研究，访贫问苦，修渠引水，栽种果树，恢复老字号"双赵镰"，三年打下翻身仗。1961年交余粮72000斤，日工值由0.5元升到2.7元，户均存款超过800元。1962年我到邢台县工作，邢台地委号召全区学习王志琪，《人民日报》发表《站在南会，想着全国》长篇报道，王志琪成为家喻户晓的人物。

分到县文化馆，初来乍到，我必须埋头本职工作，没看到王志琪过关斩将的英雄气概，第一次见面他正在"走麦城"。1963年8月初，太行山区四天降雨2050毫米，东川口水库垮坝，南会受到毁灭性打击。耕地880亩冲走606亩，果树连根拔掉600多棵，民房冲坏1500间，牛羊也冲走500多头，川地落下满沟乱石，小如羊头，大似牛腰，卧下不动了。村边上人群目瞪口呆，也站成了一排石头。

领导让我追踪采访，跟着王志琪寸步不离，同吃同住。老王已经两天两夜没打过盹，满眼血丝，额头皱纹深深，两颊下陷。55岁本来是发福的年纪，他却显得营养不良，皮贴在骨头上。王志琪给我印象最深的两个细节，一是下身拖着的一条瘸腿，一是肩上搭着的一条毛巾，当时我都写了诗的。1942年当民兵队长，为了掩护抗大学员和乡亲们转移，他打了一场阻击战，伤了一条腿，被太行军区第一分区司令员秦基伟授予“杀敌英雄”称号。如今他拖着一条残腿，爬高跳沟，奔走在起石垫的工地上，有时一溜小跑，连我都跟不上。他常说的一句话是，“跟石头打交道，思想得比石头还硬”。肩上搭的毛巾是为了擦汗，我注意到老王脸上脖子上经常汗津津的，体力劳动或者思考问题时，更是大汗淋漓，像从水里捞出来似的，浑身热气腾腾。同来的一位同志懂中医，说他体力和脑力超负荷，久思伤脾，阴阳两虚，汗为心液，表不固汗。王志琪的汗把石头都泡软了，乱石滩上两年造地350亩，挖鱼鳞坑7500个，建房670间，植树26万棵，使南会生产生活水平都超过灾前。后来我看丝弦《瘸腿书记上山》，编剧白良说，他的第一灵感就来自王志琪。

又三年“文化大革命”兴起，邢台乱套了，南会还没动静，直到城里一拨拨红卫兵下来煽风点火，才架起了少数几个勇敢分子。他们给王志琪扣上“走资派”“人造膜”帽子，全公社游斗。为了整出经济问题，有个造反派竟然动手改了账本。王志琪在后山一间小屋里被关了一年，孩子们怕他忍受不了寻短见。王志琪笑笑说：“日本鬼子都不怕，我还怕什么。人在世间哪能总是风调雨顺，狂风暴雨之后就是晴天。”孩子们还注意到，老爹开始关了禁闭，心闲下来，觉睡多了，人也胖了些，也不见冒汗了。后来又瘦了，睡不着觉了，担心渠里有没有水，蚜虫有没有人治，悄悄给几个生产队长捎话，千万不要耽误了农时。

后来解放军来村“支左”，搞联合，王志琪恢复职务，并结合进县领导班子，担任县委副书记、县人大常委会副主任。落实政策时，县里退回来一堆造反派整他的黑材料，王志琪看也不看就让烧了。工作组主张给几个造反派处分，他不同意，说年轻人受蒙蔽，改了就是了。甚至对那个动手改账的人，也一再讲情，只给了最轻的处分。说人心要大，让一步为高，宽一分是福。

王志琪是中共十一大代表，第三、四、五届人大代表，多次获全国劳模称号。1985 年逝世，邢台县人民政府在南会村头给他立了一块纪念碑，在我眼里那是太行山脉的一座高峰。

# 何横城

新中国成立初那 10 年，河北是农业大省，也是个缺粮大省，平均每年调进 10 亿斤。毛泽东关心河北，先后来过二十多次，向林铁、刘子厚提出：河北要粮食自给。林铁、刘子厚说五年完成，毛主席说:“粮食拿到手才算数。”实际上扭转南粮北调用了 16 年，1975 年河北粮食才自给有余。在这个历史性的改变中，不能不提成安县何横城大队。

成安始建于春秋，北齐得名，取“成就成功，安康平安”之意。这里是禅宗二祖慧可讲法和圆寂之地。但是这里一向地也不平，民也不康。漳河故道，水患频仍，“坑连坑，洼连洼，遍地都是沙疙瘩”。新中国成立初粮食亩产不足百斤，棉花二三十斤，全村只有 5 头牛，一头驴和 11 万元外债。1952 年李合贵当了支书，响应“要发家，种棉花”的号召，组织农业合作社，丰产丰收，粮食亩产提高到 300 斤，棉花四五十斤。

何横城是国家规划的产棉区，2000亩农田四六开，800亩种棉，1200亩种粮。毛主席成安讲话鼓舞了李合贵，奋战7年，动土70万方，平调80个沙丘，200个洼坑，造地400亩。粮食亩产超千斤，棉花超百斤，惊动了下放邯郸的聂荣臻元帅，五个月内四下何横城，以战略家的眼光调查研究，向周总理写了报告。周总理1959年和1962年两下成安。这次又亲派王震、王观澜同志下来核实。1973年1月在全国棉花会议上表扬“何横城是河北大寨”，“要像推广大寨经验那样推广何横城经验”。

1973年6月初，我迫不及待地奔向邯郸，这里早已人满为患，全国20多个省市参观人流潮水般涌来，占满了古城大街小巷。全市标志性建筑展览馆变成了“何横城接待站”，有关方面调来整个地区的汽车、拖拉机全力以赴，仍然难以招架。我借了邯郸报社郭俊一辆自行车，在车队人流中钻来钻去，好在何横城距邯郸不过五六十里，两个多小时就到了。这个村子像过庙会一样热闹，当街盘了几口大锅，白面馍馍大锅菜，流水席，随到随吃。

芒种在即，麦熟一晌。看农忙需要人，我便借了一把镰刀，扑身麦海。何横城的麦垄厚，一镰割不透，攥在手里沉甸甸的。说也奇怪，等我最后一次直起腰来，好像变戏法一样，金黄的麦海退去，眼前一片翠绿。刚才还萎缩在麦垄间的棉苗，经风一吹，立刻振作起来，伸胳膊踢腿，亭亭玉立。割麦子、打坯是最累的活，一觉睡到大天亮。睁眼一看，院子里没人，大家都起五更下地，在麦茬垄里点玉米去了。何横城一年到头忙，地不歇人也不歇。

从此我便成为何横城的常客，那里的田野像画展一样吸引着我，常看常新。开始，玉米棉花间作的农田，像条状的绿毯，在风中起伏飘荡。后来棉苗开长了，红的蓝的，像娃娃们的笑脸。接着玉米吐须，由淡绿而棕黄，在风中摇曳，像姑娘们的手帕。再后来，棉枝上结出串串铜铃，玉米腰间横出两根棒槌，你追我赶，旗鼓相当。棉花叶子五个角，像人的手掌，有风吹来，玉米叶子哗啦啦，互相鼓掌喝彩。再后来，玉米苞乐了，露出黄灿灿的牙。棉花也笑了，垂下白白的胡须。最后比赛双赢。玉米先走，去打谷场上垒黄金塔。棉花欢送，地里铺开雪海，雪海里堆起银山。

这个神奇的戏法，就叫间作套种，是李合贵儿子李明山带头搞的科学种田，一地多种，一年多收。他们的科学依据是：一、不同特性作物合理搭配，可以充分利用土地和光、热、水分、养分；二、利用植物的边行优势，大大增加了边行的数量；三、作物之间互依互补，比如七星瓢虫和食蚜虻，喜吃棉花蚜虫，以虫灭虫。在实践中摸索到一些作物配置经验，比如高秆作物与低秆作物套种，可上下交错吸收阳光，提高光能利用率；早熟作物与晚熟作物套种，可以错开生长旺季，缩短共生期，缓和争水争肥争光的矛盾；直根作物与须根作物套种，可以分层用水用肥，充分利用地方；喜阳作物与喜阴作物套种，可以发挥作物之间互相依赖的作用。这一套，李明山在全国棉花会议上，滔滔不绝地向周总理汇报了 40 分钟。何横城金山银山一把抓，实现了粮棉双高产。1973 年粮食亩产 1611 斤，棉花亩产 168 斤。1966—1973 年累计向国家贡献粮食 173.9 万斤，棉花 136.7 万斤，油料 46.3 万斤。何横城的景象感动了很多人，邯郸豫剧团编演了《银浪金波》，我写了一首长诗发表在《河北文艺》上，关键词是“把天种长了”“把地种宽了”“把地球种大了”。

何横城这朵科学之花，农业史上一朵奇葩，可惜生不逢时，遭遇恶劣的气候。木秀于林，风必摧之。碰上“文化大革命”，碰上批林批孔批周公，碰上反击右倾翻案风，在“四人帮”和他们的爪牙眼里，李合贵、李明山都姓右，何横城的玉米、棉花都向右长，必须连根拔掉。所以以一个莫须有的罪名，把李合贵撤职，把李明山降职。何横城这面旗帜倒了，上千万资产被分光吃净。

直到 2002 年李明山才又重新回村当支部书记，这个昔日的“河北大寨”，才重新燃烧起希望之光。

## 老坚决雷金河

1980 年一天，省文艺组的几个人正在院里大柳树下晨练，一个蒙白毛巾的半大老头急匆匆走进来，直奔家属楼而去。李满天看着那人的背影说:“老坚决又来找老坚决了。”

外来的老坚决叫雷金河，小名喳子，晋县周家庄不脱产的公社书记。院里的老坚决叫张庆田，新中国成立初从省委宣传部下放到晋县五区当副区长，在周家庄安家落户。两个人摽在一起搞农业合作化，一个前台指挥，一个幕后参谋，把个周家庄搞得轰轰烈烈，有声有色，周家庄雷金河与五公耿长锁、西铺王国藩齐名，他们成为河北乃至全国三个农业先进典型。两个“老坚决”志同道合，配合默契，是因为“朋友就是另一个我”。共同的脾气性格是不盲从，敢抗上。

雷金河坚决。1958 年“大跃进”，强迫命令瞎指挥，丰产方要插篱笆，高产田要浇狗肉汤，小麦要放亩产五六千斤的卫星，拆社员的房子盖公社剧场，都被他一个一个顶回去了。三年困难时期饿肚子，他根据多年的经验，实行一套调动生产积极性的管理方法，大队对小队，小队对社员，实行“包工、包产、包开支，超产奖励”，简称“三包一奖”。1960 年冬天全国搞社会主义教育运动，我参加了，在霸县工作团。在简报上看到批判周家庄搞资本主义、物质挂帅。第二年中央颁布“人民公社六十条”，规定体制是队为基础，生产队核算。周家庄实行的是大队核算，需要立即改正。雷金河想不通。给周总理写信，中央书记处负责人彭真亲临周家庄，地委书记和行署专员一左一右。小喳子面无惧色，据理力争。总算过了这一关，“三包一奖”保留下来了。

张庆田坚决。一是坚决执行“作家深入生活”的指示，从1952年到1960年，一个猛子扎下去8年，对农业合作化和雷金河这个人物十分熟悉，写了长篇小说《沧石路畔》。二是不顾“歌颂与暴露是作家的试金石”的告诫，以雷金河为原型，写了短篇小说《老坚决外传》，塑造了一个实事求是、敢开顶风船的典型人物，外号“老坚决”，名字叫甄仁，等于宣告素材来自真人真事。小说一面世就受到广大读者的欢迎。在1964年大连小说会上，受到茅盾、赵树理的肯定。但“文革”伊始，他和康濯、李满天就被当作河北的“三家村”，成为大批判的重点。

中午张庆田送客回来，又被李满天和我碰上。他说小喳子磨扇压住手了，又面临一道难关。安徽省联产承包风行全国，我们这一带行动落后。华北地区是革命老区，抗日战争时就兴起互助合作。全国劳动模范多，山西第一，河北第二。有些老典型，搞了40年农业合作化，对集体经济有了感情。冷不丁叫散伙单干，适应不了。大势所趋，别无选择，听说耿长锁还大哭了一场。为了帮助雷金河转弯子，上边派来干部同吃同住同劳动，大有做不通工作不罢休之势。省里有位领导还说：“周家庄还不散，就派个工作组去。”雷喳子还听说，如今全省的钉子户，只剩下周家庄和前南峪两家了。

张庆田又给小喳子出主意，毕竟时代不同了，民主的气氛比过去浓了。这次不要上书了，依靠群众。小岗村是20户社员按手印，要分，咱也交给一个个生产队表决。结果周家庄百分之百的社员也摁了手印，不分。因为生产生活水平明显高于周围，不分是民心所向。最后又是彭真和主管农业的杜润生表了态：“要实事求是，不要千篇一律。”老坚决又过了一关。

回头看来，雷金河这次又“坚决”对了。像亿万农民分田到户改变了命运一样，周家庄发展集体经济也未尝不可。前几天我又到周家庄，虽然雷金河和张庆田已经不在人世，他们精神的物质的遗产还在。如今的周家庄，宽阔的马路，整齐的民居，俨然一座现代化的小城镇。生产和文化有了较大的发展，13000口人，4000名劳动力，3000人务工，1000人务农，去年农工商总产值5.6亿元，人均收入8262元，位于当地先进水平，农民享受着十一项福利待遇。眼前的农业观光园，更是景色迷人，布谷声声，柳条丝丝，桃花灼红，梨花雪白，油菜金光，玉兰淡紫，花香袭人，蜂飞蝶舞。林海中的红领巾如跳动的火焰，公园里的湖水碧波荡漾，农家食堂前游人熙熙攘攘，大锅菜和黄窝头冒着馋人的香味，等待着大家品尝小康生活的滋味。路旁并立两棵高高的白杨，身上长满了“眼睛”，贪婪地守望着这里发生的一切。它们该是那一对生死不渝的朋友，那两个风浪中难兄难弟的化身，那两个让人永远记住的老坚决。

# 耿长锁

“千朵花呀万朵花，比不上公社的幸福花。”中国农业合作化第一朵鲜花，开在河北省饶阳县五公村。村委会至今还挂着省政府一面锦旗“社会主义之花”。1963年春，省文联组织王林、李满天、张庆田、刘真等15名作家，写了报告文学集《花开第一枝》。

1942年日寇“五一大扫荡”，在五公村周围安了40座炮楼，抓民夫修工事，耽误了农活。第二年大旱，寸草不生，一斤粮食卖三块钱。人人面黄肌瘦，年轻人扶着墙走，老年人起不来炕。

忽然传来延安毛主席的号召：组织起来，战胜困难。耿长锁等四个农民成立“合伙组”，集中了40亩地、22口人、3把大镐，白天种地，晚上打绳。这年麦子长得好，鬼子下来抢粮，合伙组快收快藏，显出了优越性，抗日县政府奖励一头骡子。秋后扩大到17户，三年粮食亩产增收100多斤。耿长锁在全省劳模会上介绍了经验。不久又以劳模身份访问苏联。1953年建起全省第一个拖拉机站，铁牛来了，地界刨了，全村合成一家。合作社越滚越大，从老四户合伙组，到20户初级社、400户高级社，1958年36个村组成五公人民公社，耿长锁任社长，成为远近闻名的一面红旗。

耿长锁1900年生，打从娘怀里就学搓绳，14岁进绳铺打工，什么活儿都能干，村里哪块地都熟悉。天天背着粪筐，拿着铁锨，这儿铲铲，那儿平平，看见个大坷垃就把它拍碎。到了大公社，方圆几十里，村村都要走到，只恨自己腿短。县委让他脱产拿工资，他不干，三分之二时间在五公蹲点，三分之一时间在全社跑面。配了一辆自行车，不会骑，又给了一头毛驴，接过缰绳送到公社畜牧场，照样天天踩地块。一身庄稼人打扮，夏天粗布褂子，冬天撅肚小袄，三五年也不换一件行头。有一次例外，访问东欧回来，公家给置了一件呢子大衣，回到村里顾不上换装，背起粪筐就下地，引起村里人注视，不好意思笑了：“这才叫抖洋劲儿呢。”

耿长锁抖洋劲儿是玩笑，公社里抖洋劲儿才是真的。两个月不在家，地里长出了花活，一块玉米试验田，牌子上写着：亩产5000斤。老耿说，这不是吹牛吗，这块地去年亩产才400斤，坐什么火箭，增产100斤就烧高香了。几天后来了一名省委书记，说现在一天等于20年，人家四川一亩稻子产了82万斤。五公五公，历史上出过5个大官，你得放5个卫星。老耿说，别提它了，原计划种130亩红薯，县里改了三次，逼着种2000亩，拔了一尺高的玉米苗种红薯，大家都种，红薯秧子都买不到。说不动耿长锁，书记气呼呼走了。不久又号召挖“平原水库”，每个水库占地200亩，五公五公，任务是挖5个。老耿不同意，就说水库挖成，水从哪来？滹沱河都干了，石津渠水不够用。即使存了水，一冬一春也晒干了，还不如打几眼井呢。第二年应了他的话，别处挖的水库，个个干得底朝天，像咧着一张大嘴哭呢。

一次省里开粮食分配座谈会，只有他一个农民，别人都是地委书记。会上想来个分配“大跃进”，取消农民基本口粮，全部按劳分配。老耿站起来说：“这样分我沾光，俺家劳力多，挣了3000个工分，能分15000斤粮食。可是这样分，五公会有150户分不到粮食，我能吃下饭吗！我主张基本口粮与按劳分配相结合。”怕他搅了局，宣布休会，打发老耿走了。从此五公和耿长锁的名字从报纸和电台消失了。泼在他身上的脏水，直到三年困难时期才洗清，河北大地，遍地饥荒，而五公一个村倒向国家交粮8万斤，棉花4万斤，大白菜20多万斤。庆祝五公建社20周年大会上，省长、省委书记恭恭敬敬地向耿长锁鞠了九十度的大躬。

1966年夏天，“文革”大火也烧到了五公，外来串联的红卫兵与本村的造反派纠合一起，要造耿长锁的反，一张大字报说：“五公是红旗还是黑旗？”到底还是老耿树大根深，晃不动，不仅进了五公领导班子，还当上河北省革委会副主任，配了秘书配了车，老耿都不要，还是当他的农民。社会上乱糟糟的，他吃不下睡不着，心里像长了草。还是天天到地里干活，十年内乱把这位精明的汉子，折磨成了一个干巴老头。

直到十一届三中全会，耿长锁才长出了一口气。可惜一口气还没喘匀，又面临人生最后的一道大坎。安徽省小岗村联产承包，迅速蔓延全国。河北在这次巨大的改革浪潮中落后保守。受到批评以后，上边派来工作组坐镇五公，逼着耿长锁自己动手。老耿转不过弯，下不了手，把自己亲手培植，长了40年的合作之花又亲手拔掉，如摘他的心割他的肉。五雷轰顶，头蒙眼黑，蹲下站起不来，止不住老泪倾泻。

此时的老耿不再是当年的耿长锁，已是耄耋之年，心烦意乱，一连几天睡不着，天不明就挣扎着起来，背起粪筐往外走。出村就是大平原，阡陌纵横，望着发呆，不知该往哪走。人生四十而不惑，五公合作40年了，一路走来没动摇过，金光大道，怎么就走不通了，要回头搞单干。记得当年李准的一篇小说《不能走那条路》，成了大家的口头禅，怎么今天就翻过来了……说着说着，走着走着，就迷了路。一个放羊娃把他领回村里。

耿长锁老了，经过“文革”胆也小了，再没力气像当年那样独行其道，眼看着40年的合作之花在自己面前凋谢了。由于信息不灵，他还不知道江苏的华西村，河南的南街村，河北的前南峪、周家庄，集体经济之花还大朵大朵地绽放着。1985年11月26日，中国农业合作化的带头人耿长锁，带着遗憾走了。

# 梧 桐 树

常言说得好，没有梧桐树，哪得凤凰来。自古至今，那么多高士名人与邢台县结缘。远的不说，当代就有梅兰芳、奚啸伯、李和曾、齐啸云、侯宝林、陈其通、付铎、秦兆阳、乔羽、叶浅予、罗工柳、王式廓、黄永玉、靳尚谊、苏里、于洋、张平、葛存壮……都是文艺界泰斗大腕，不约而同看中邢台县，上山下乡，深入生活，慰问演出，在全国2000多个县中，可能是绝无仅有的。

邢台县这棵梧桐树，从祖乙迁邢算起，有文字记载3500岁了，依然昂然挺立、枝繁叶茂、阵阵飘香。西部与山西接壤，黄土高原干旱，水都从边沿断崖流到河北，形成千沟万壑、奇山异峰，从北到南，云梦山、仙界山、九龙峡、贺坪峡、天河山、紫金山，八百里太行最美的一道风景线。东部平原，百泉汇流，河渠纵横，岸柳成行，稻花飘香，一派江南风光。唯独中部丘陵，十年九旱，倒给邢台人民提供了英雄用武之地，打井开渠，建起羊卧湾、野沟门、东川口、朱庄4个水库，一串明镜照亮了邢襄大地。

这里不光物阜财丰，更有丰厚的文化底蕴，从不少村名就可以看出来，谈话、徘徊、稻畦、苇峪，多有诗意，周公村、桃花村、豫让桥、赵孤庄，多有历史。西黄村往上，沿途放甲铺、脱锁沟、将军墓、城计头，包含着一个精彩的古代连续故事。

这里走出了许多杰出的历史人物，最值得骄傲的是元朝的刘秉忠、郭守敬，他们不仅是国家股肱之臣，还建立了中国最早的最高学府——紫金山书院。科学技术达到世界顶峰。邢台县名人多与水利有关，东汉张禹兴水利改良田，官至大司农，元代郭守敬开通惠河，引卢沟水、白浮泉入京。明代王本固，治理小黄河，留下许多遗迹。电视剧《我叫王土地》中那个在内蒙古开渠引水、成为民国农商部顾问的水利专家，原型就是邢台县人王同春。

“七七事变”后，邢台县成为北方抗日重镇，东进纵队落脚西黄村，刘邓首长进驻道沟，抗日大学移师浆水，冀南银行路罗开业，都在邢台县山区，连鹿钟麟任职主席的河北省政府也偏安小村英谈，证明了邢台县的历史地位。

邢台县民风淳朴，人民勤劳勇敢。是产生全国劳模最多的县份，新中国成立以后就有王俊生、郭爱妮、王志琪、王德堂、郭成志、郭天林、李林春、丁立国、刘玉芬9人。省级劳模不计其数。

戏台上常听一句话：“孟尝君子店，千里客来投。”众多文艺大家纷至沓来，与县领导人张玉美、何耀明、王永淮的政绩和魅力有关。何耀明主政15年，虚怀若谷，待人以诚，本身就是河北省作协会员，知道他们需要什么，尽力成全。秦兆阳采访，他全程陪同，走访上百人。外贸部下放干部齐润林，大学毕业，资深票友。他组建县文艺宣传队，亲自为齐润林写剧本，省里拿大奖，推出一个坤净齐啸云。乔羽慕名而来，原计划走马观花，见了何耀明就不想走了，一住就是8年。

我上高中时，课本上有秦兆阳的《王永淮》，迷上了邢台县，大学毕业特意来投。王县长把我的情况介绍给何书记。开始不见面，只压担子，看准了派做中心工作，独当一面。剧本《轰鸡》出笼，省里调我当专业作家，我不去，舍不得邢台县，何书记苦口婆心相劝，与省里达成协议，编制在上边，人在下边“埋种子”。没想到半年后“文革”突如其来。我被打成“修正主义苗子”，也连累他们吃了不少苦头。

我在邢台县工作三年零三个月，培养了根系，吸足了底肥，决定了长势。离开了邢台县，失去生长优势，主客观原因，没有长成凤凰，当时是丑小鸭，至今还是落窝鸡，下了一些软蛋，也没本事“咯咯嗒咯咯嗒”地叫唤。

转眼调离邢台县50多年了，我还是苦恋着，年年回来。张玉美、何耀明、王永淮都走了，山水还在，乡亲们还在，邢台县越来越好。回来一次，加油充电一次。

## 何 耀 明

邢台历史悠久，曾是五朝古都，商祖乙、商周邢、赵国、后赵国均建都于此。项羽灭秦设襄国，都城在今日县西部山区浆水镇。

邢台县地处太行东麓，整个地形梯形下降，山区、丘陵、平原界线分明。太行山脊西接黄土高原，东临千沟万壑，山西省的地下水一股脑儿倾泻河北，形成宋家庄、稻畦、浆水、路罗四道山川。流至中部四川变二河，南河注入大沙河，北河称野河，受凤凰山横阻，一部分折向南去，一部分潜入地下，在 90 里外的城东冒出，形成百泉地貌。

美丽的邢台县，西部是太行山最绿的地段，东部是北国江南，鱼米之乡，唯独苦了中部丘陵，缺少地表水，“石厚不可井”。县志上说：“石头庄及侯兰、贾乡，连数十村，日绝井养之利。民间妇子捆载荷担以汲水至他乡，日不一二返。夏日暑时，争取沟浍之水以自给，视涓滴之水，不啻仙掌之露。盖从古而今非一日矣。”民谚曰：“顺德府西乡，一片旱圪梁，一年两头旱，十年九灾荒。”从这一带村庄的名字可见一斑，火石岗、石坡头、坂上、敖峪，绝无一个带水字旁和草字头的。我大学毕业申请到邢台县工作，在丘陵区蹲点一年，最难过的一关是饮水。家家有个水窖，夏存雨水冬储雪，揭盖看时，水面常常漂着白沫绿醭。

世代为水所困，邢台县便出了许多水利专家，东汉张禹任下邳相，兴水利改良田，升为大司农。元代郭守敬开通惠河，引卢沟水、白浮泉入京。明朝王本固治理小黄河，传为佳话。中央台电视剧《我叫王土地》中那个在内蒙古开渠治水，成为民国农商部顾问的水利专家，其人物原型就是邢台县人王同春。

在小石头庄村南口，我见过明代万历年间民众为知县朱诰立的一通功德碑。朱诰字清冷，南阳人，在邢台县任职五年，带领农民相地掘井，修养水池。在岗西村打出的一口深水井，“寒而洁，甘而香”，被当地百姓称为清冷泉。在城东兴修百泉之利，疏河修闸，二三十个村庄实现自流灌溉。

当代的朱诰是何耀明，1953 年调任邢台县县长，骑一辆自行车跑遍全县861个自然村。按当时的待遇，县级主要领导配给一辆日本产的僧帽自行车。何县长这个坐骑，在平原是骑，在丘陵是推，在山区是扛。一次走到孟家嘴，眼前一大片水面，群山环绕，碧波荡漾，礁石上几只长脖子老等，吃饱了昏昏欲睡。反差太大了，他刚从丘陵区走过，那里久旱无雨，乡亲们正连明彻夜挑水点种棉花。农民跑出六七里才能找到水源，一担水只能点种六七十穴，一亩地2500株，需要50担水，一个壮劳力需要担六七天。他多么心疼，这儿有水空流去，那儿为水渴死人。这日子要过到何年何月？共产党员怎么能当长脖子老等？古代小说上有移山倒海之术，这法术哪里去找？

1955年夏天，何耀明去省城开会，会上放映日本电影《箱根风云录》，说的是凿山引水、改变干旱的故事。箱根的地理面貌、缺水程度与邢台县极其相似。他第一次听到水库这个名词，一幅西水东调的蓝图在他心中渐渐清晰起来，回到县里试着在白马河上修建了一个小型的羊卧湾水库，这是新中国第一批水库，新闻纪录电影制片厂拍了纪录片。

邢台县2000平方千米土地，何耀明一遍遍地踏查、步量，河水流量、流域面积、水文地质了如指掌，大会小会讲西水东调。常常伸出手掌讲，五个指头是山脉，指间就是四道山川。南二川汇于庞会，修个朱庄水库，北二川汇于野沟门，修个野沟门水库，然后渠道成网，整个丘陵有水则灵。还风趣地说，这个野沟门水库就在掌心，连着生命线、爱情线。他还把心中的蓝图写成一出歌舞剧，名叫《天上人间齐歌唱》，郭守敬、朱诰也都出现了。由正在邢台县劳动锻炼的裘派女花脸齐啸云当导演。唱得家喻户晓，还拿了河北省文艺会演一等奖。我大学毕业慕名而来，落户邢台县，跟着何耀明到丘陵区下乡，跟着王永准到旱区打深水井，写了两首长篇叙事诗《县委书记》和《饮水思源》，发表在《河北文学》上。

西水东调主体工程1965年动工，38米高的连拱溢流空心的大坝，截断野河，形成一个2900万立方米的水库。库水经过三里明渠，进入凤凰山隧洞，廊道形隧洞高宽各1丈，长9里。工程量30万立方米，用工800万个。全县30多个公社，争先恐后，一下子上到4000名民工。深山区冀家村一名干部说："不论丘陵平原，块块地都是自家的地，一好百好。"工地口号是大干苦干巧干，炸药不够自己配制，运料工具不足上山采荆编篓，没有卷扬机用辘轳，没有电灯马灯照明。

正当工地争分夺秒挖山不止时，"文化大革命"横打一杠子。何耀明被打成走资本主义道路当权派，拉到水库工地批斗。造反派煽风点火说："西水东调是何耀明一手策划的黑工程，凡是敌人拥护的我们就反对，必须立即停工下马，解散民工，一律回家闹革命。"民工不听那一套，有人站出来说："西水东调是黑工程，那你们红工程是什么，东旱西调，让全县人民都喝西北风！"民工们越来越多，有个十四五岁的半大小子从外往里挤，边挤边说："俺爹是村支书，造反派说是何耀明的孝子贤孙，我还没见过俺爷爷长得啥模样……"

# 先锋桥

1963年洪水漂天，也激化了地方水利纠纷。国务院全面权衡，调整冀鲁部分边界，河北四女寺河以东的宁津、庆云二县划给山东，山东卫河以西的故城、馆陶划归河北，新设临西县。

临西加入邢台地区，见面礼是一台歌舞晚会，《四个老汉喜洋洋》《八大嫂闹深翻》《拐磨子》，搅得邢台文艺界天翻地覆，我迫不及待地要去看临西。正好有个任务，整理该县农民作家赵景江的典型材料，出席全国青年作家代表会，不久又参加省委吕玉兰采访团，长期住下来，很快地喜欢上了这个地方。

县政府临时设在河西街，跨过一座大桥就是山东省临清县。这座桥古已有之，称作冀鲁咽喉。新中国成立初在苏联专家指导下重修，换成钢架结构，宽 12 米，长 120 米，像一道彩虹横卧卫运河上。站在桥头，北望舍利塔，南见鳌头矶，风景如画。桥下粼粼水波，汩汩涛声，把人的思绪带向遥远。三省通衢、帆樯林立、商贾云集的古临清，曾经有过 500 年的兴盛，富甲天下，繁荣压两京，运河八大钞关之首，一地的税收占了整个山东省的十分之八。《金瓶梅》第九十八回，“陈敬济临清逢旧识”，描述了这个运河名埠在资本主义萌芽时期的繁荣景象。京剧《陈三两》《连升三级》也取材于临清的故事。地灵人杰，名士王朝佐，大将左良玉，布衣诗人谢榛，兴义校的武训，抗日名将张自忠，当代学者季羡林都是临清的骄傲。

其实古临清的主体正是河西部分，出县城东门就是原来的清平县，1956 年才合并进来。汉初置县以来，大部分时间属巨鹿郡、清河郡、大名府，直到明代才划为山东东昌府，乾隆时升为直隶州。1937 年七七事变后一直归属冀南行署、邯郸专区，1954 年才又回山东。干部多有交叉，二十世纪五六十年代的聊城地委书记，现在的聊城市委书记，还都是隆尧籍。

我也是半个临西人，在东留善固蹲点 5 年，户口落在童村（后来的县城），常常驻足先锋桥上，赏运河风情，看人来人往。先前人们自东向西流动，拖拉机四轮卡，车水马龙，赶集上庙一样来东留善固参观学习。在山东吕玉兰是省劳模，到河北升级了，宣传她的文章《十个为什么》《农业要上去，干部要下去》《临西县大批妇女走上领导岗位》，频频在《人民日报》头版头条发表，一个蒙白毛巾穿花格子袄的女知青，成为亿万中国人的偶像。亲眼看着这个充满理想又苦干实干的姑娘，带领大家植树造林、打井修渠，把个种一葫芦打两瓢的穷沙窝变成了富裕农村，粮棉产量提前达到农业发展纲要标准，情不自禁地写了长诗《十年树木》和《渡江曲》。

可是没过几年，先锋桥上出现人群倒流，河西人到河东去要饭，早去晚归。开始零零星星，后来成群结队，缕缕行行。前后张八、东西赵庄一带，外出行乞成风，甚至一个村就拉出上百人的队伍。而且控制不住，愈演愈烈。县革委在桥上设卡拦阻，还真的抓到了一个典型。某大队支部书记的家属，说家里没的吃了，老头坚守阵地，让老婆孩子外出打游击，怀里还揣着一封介绍信：今有我大队贫农社员某某，政治可靠，作风正派，因为暂时困难，到你处张口伸手，请发扬阶级支援，帮助是荷。下边还盖了大队公章，像一个又红又圆的大嘴。

不能简单地认为是给临西县难堪，给吕玉兰脸上抹黑，事出有因，原因也不全在吕玉兰。上边指示，临西三年东留善固化，就是三年实现亩产粮食 800 斤，皮棉 100 斤，而当时全县平均粮食亩产只有 260 斤。何况东留善固使足了劲爬这个坡，还整整用了十年工夫。全县有旱有涝，盐碱沙滩，情况复杂，难度颇大。陈永贵给吕玉兰出了个主意，“要过江，种高粱”，种晋杂五号，亩产可上千斤。不足之处是这种高粱品质差，又苦又涩，人吃不大便，鸡吃不下蛋，农民不喜欢。

此时吕玉兰已经身为省革委会副主任、省委副书记，县委书记是兼职，军队“支左”干部掌了实权，人称大副官、二书记。整天哭丧着脸，瞪大了眼，搞突出政治。不光当地群众，连 100 多名省、地驻村干部都看成改造对象，每晚天天读到鸡叫两遍，三星未落又吹响起床号，让人想起高玉宝《半夜鸡叫》的故事。

当时流传一句话：“拔了玉米种高粱，撤了老头换姑娘。”枣园公社一位副书记，见了耩玉米的耧就砸。县直一位干部到黎博寨公社，任务是“抓东赵（庄），带西赵，种好高粱上纲要”。西赵庄支部书记赵景江写不了小说，肚里饿得咕咕叫，饿出了毛病，不久就去世了。考察干部，不换思想就换人，有15个县直单位17个公社一二把手换成了女同志。有个临西人在山东禹城工作，父母妻子在家里。两三年寻找到了一个人对调。办手续时他爹说啥也不办了，说俺小胃口不小，吃不了杂交高粱。

临西县一位领导调到我的家乡工作，推广杂交高粱。村里便传开了一首童谣：“孩子们，出来玩，俺家蒸了高粱团，又能吃又能玩，掰开是个大药丸。”地区召开农业会，北招传开了一首打油诗：“高粱好，高粱好，又好吃又好咬，包饺子，擀面条，不信去问临西和隆尧。”

## 三 拨 子

1974年的一天，香河县文化馆一位诗歌作者找我送稿。废除了专业作家制度，我在新创刊的《河北文艺》当诗歌编辑。刊物只发民歌和民歌体诗歌。省文艺组仅十几个人，我这个诗歌编辑担起全省诗歌创作组织工作。香河的同志拿来一沓这个县张庄大队的民歌，让我看看比小靳庄的如何。我认真读了几遍，内容上没有评法批儒批周公，都是农业学大寨，反映社员风貌的，艺术上也可以。我立即送请田间看，阮章竞调走后，他接任文艺组长。也许是心有灵犀一点通，三人商定，1974年9月22日，省文组、广义地说地区和香河县联合召开张庄民歌创作现场会，吸收全省部分诗歌作者参加。会议开得热火朝天，激发了大家的创作热情，潜移默化地告诉大家，写什么，如何写。

香河归来不久，接到青龙县三拨子公社一个叫沈贺的平信，邀请我去他们那里看看，言语诚恳，我决定去一趟。那时青龙县还属承德地区，交通不便，从石家庄到三拨子整整用了四天时间。第一天坐六小时火车到北京，再坐八小时夜车，天明到承德。第三天坐长途汽车，天黑到达青龙县。第四天坐拖拉机，多半天才到三拨子公社。县里给公社打来电话，沈贺同志在门口迎接，原来他是公社秘书。从拖拉机上下来，身子骨像散了架一样。吃完晚饭知道，公社还不是此行终点，目的地是西庄，距公社还有 30 多里。连拖拉机也不通，需要步行。

步行在燕山处，满眼崇山峻岭，南边可以望见蜿蜒于山巅的古长城。东北沦亡后这里被圈作无人区，至今还地旷人稀，近于刀耕火种。山上盛产一种白梨，运不出去，烂在树上。路边山很高，如行走在峡谷中，产生一种压抑的感觉。我正在酝酿长诗《沙石峪》，描写山势不得佳句，在这里顿时产生了灵感：在家山靠背，出门山碰头。大喜过望，浑身轻松了许多。

离村 10 里，就有村干部迎接，因为我是开天辟地以来，头一名来自城里的干部，沈贺开玩笑地指着路边石崖说，以后就叫接官亭。尽管我反复解释，自己不是什么领导，不过是一名普通的业务干部，与公社沈秘书一样的级别，他们还是不听，欢迎仪式照样进行。社员们个个换了新衣服，夹道欢迎，举小旗，呼口号，热烈程度不亚于迎接一位外国总统。这般隆重的礼仪弄得我忐忑不安，慌了方寸，乱了脚步，感到自己像戏台上假婿乘龙的小丑，狼狈不堪，无地自容。好容易把狼狈进行到底，来到村小学，被按在屋门对面方桌后面的太师椅上坐下，桌上摆满当地水果和自制点心。然后按当地风俗，村里长者趋步行拱手礼，递上烟袋杆子，我表示不会吸。又手提七寸高铜系白磁壶，倒满黑磁碗茶水，双手捧到嘴边让我喝。

接着一通锣响，文艺演出开始，按预先安排好的节目单，一一在我面前演出，演员是全村男女老少，观众只有我一人。节目有白胡子老头捏着嗓子唱皮影，红男绿女跑驴、划旱船，民兵蹦蹦跳跳耍猴打棒。娃娃们表演“钻莲花”，围成一圈儿，首尾对歌：“卖锁来！什么锁？金钢铁打琉璃锁。几丈高？万丈高。骑红马，挎洋刀，洋刀快，割韭菜。韭菜奇，剥牛皮。牛皮坚，打响鞭。响鞭响鞭你姓啥？我姓钻，钻个莲花我看看。”有个半大老头数快板儿：“扁担钩子用铁打，拉着绳子去遛马，丢下鞭子拴上马，大步跑到丈人家。大舅子，看见啦，拉到屋里去喝茶。忽然一阵风儿刮，刮起门帘看见她。黑头发，白玉牙，脸蛋红得赛桃花，赶忙回家找爹妈，死活我也要娶她。”

天高皇帝远，“十二级台风”也不曾刮进这山窝窝，人们还在演唱旧民歌：“蓝登登瓦房白粉刷，边区人民当了家，三八式步枪肩上挎，跟着李司令把鬼子打。”“天上下雪地下白，小小姑娘出门来，手提篮篮走得快，园子地里撇白菜。”

我大受感动，当场作了一首打油诗。时过34年，内容早忘了。前不久与秦皇岛市作协主席解俊山提起，他还记得：不远千里到三拨，听到大山深处的歌，声声在我心弦拨。拨，拨，拨，拨起心头三把火。

# 忘不了的一些人

# 张苹先生

张苹先生1953年回到宁晋中学任教，隔年就赶上“肃反”，领导看过简历，北大毕业，教育局局长，国统区供职十几年，惊呼发现一条大鱼，布下天罗地网，派出一拨拨人员外调，把全中国翻了个底朝天。结果嘿嘿一笑，说几万斤小米不白花，找出来五四先驱、民国大儒、杰出人才，随即任命为县教育科副科长、县政协常委。

张苹先生1896年生于宁晋县北丁曹村，四岁丧父，发愤读书。1915年考入保定育德中学，接受新式教育。1918年考入北京大学文学系，全国招生仅19人，师从陈独秀、鲁迅、胡适等名流，兼学李大钊的经济学。“五四”时挺身学生运动最前列，被当局逮捕。我见过一张北大师生欢迎被捕学生回校合影，青年张苹站在核心位置，人很秀气。受北大“学术救国”影响，对钱玄同的音韵学和刘半农的文字改革产生浓厚兴趣，选作终生奋斗方向，苦读七年，精通五门外语，熟悉多地方言，在古汉语学子中出类拔萃。1925年毕业已经长成堂堂汉子，器宇轩昂，校方多次表示要他留校任教。先生坚辞，一是奉母命回乡，二是记住了中山先生的一句话：“青年立志要做大事，不可要做大官。”他不想高踞象牙之塔，闭门造车，而要到群众中去学习语言，结合实际搞研究，选定中学语文教师这个位置，上可通天下可接地。一个目标走下去，中途绝不停止，走到哪里课题带到哪里，不断检验，修正，丰富，提高。

在正定中学，编印《国音拼字》《俗字韵检》，广为散发，征求意见。1929 年经全县士绅举荐，任宁晋县教育局局长，创办了县乡村师范、树德中学、女子师范讲习所、白豆村完全小学，经费不足，变卖自家良田 20 亩，宁愿蜗居旧宅老屋。老家北丁曹村宗派纷争，打架斗殴，民不聊生。先生从教育入手，循循善诱，自办酒席，平息矛盾，村风大变，被公推为名誉村长，一块“息事宁人”大匾门口挂了几十年。在县里创办《教育界》报，提倡简化汉字，为全县教师编印《应急字检》，著作《鳌字》四册，《音根韵检》一册。

1937 年“七七事变”，诸事南迁，北大、清华、南开在昆明成立西南联大，邢台、保定、正定、泊头四所师范和育德中学流亡豫西，成立国立第一中学。先生拒绝为日寇工作，携家跋涉千里赶来应聘。亲笔在校门口书写 16 个大字：“挺起胸膛，竖起脊梁，立定脚跟，抬起头来。”又写了慷慨激昂的校歌，唱彻校园。送 16 岁的儿子参军抗日，资助一批又一批学生投奔延安。十年中，国立一中辗转河南、四川、陕西三省，战火硝烟中，先生宁弃铺盖也不舍书籍，稍有空隙就搞他的学术研究。抗战胜利，又有北京大学、东北大学、西北大学聘他去当古汉语教授，依然不改初衷，留在遂宁中学，写完了《音仑》四册。

离乱之中先生常常思念故乡，有诗曰：“登高北望眼欲穿，至亲好友难得见。”盼到新中国成立，却为回家路费发愁，还是家乡父老听说后，一升升粮食，一篮篮鸡蛋，凑齐汇来，迎接游子归来。回到故乡热土，沐浴在新中国阳光下，先生精神焕发，学术研究由穷当益坚进入老当益壮，几十年辛勤耕耘进入收获期。第一是简化汉字方面，国家公布的第一、二批简化汉字吸收了许多他的研究成果，如钟、苹、极等字都是他独创的；第二是他创造的“华音拼字”，形体简短、音调准确，易学、易记、易认、易懂，成为后来推广的“汉语拼音”的一个重要来源，中国文字改革委员会致信称：“在修改拼音方案时，曾参考过你的拼音方案，汉语拼音方案的成功，是有你的贡献在里头。”第三是他的《汉语和苏》一书，在制定普通话方面发表了重要意见，同意以北京语音为基础，而不赞成以北京语音为标准。它有三大缺点，正音不全，尖团不分，声调不匀。还是以中原雅音，或称北方官话，北方普通话为好，受到很多人支持。第四是他呕心沥血的研究成果《国际共通语》，意识超前，表达了一个杰出的语言学家对全球文字一体化的完美理想。

1966 年隆尧宁晋发生地震，山崩地裂，伤口未愈，“文革”袭来，先生被打成“反动权威”“牛鬼蛇神”，管制劳动。停发工资，靠老伴给粮库缝麻袋、捡煤核过日子，自家衣食无着，还收留了一个流浪的右派分子，管吃管住。先生抽九分钱一盒的“红满天”，撕开烟纸写字，膝盖上放块木板当桌子，写了这样一首诗：“惟谋大众福利，安计个人得失，苦辣酸甜尝尽，为我造字天职。”可是这二尺木板也难得一放，找他外调的人络绎不绝。光在国立一中就有四千多名学生，遍及全国，不少将军、教授、高级干部。那时外调胡闹台，整人先定性、后取证，写好文字让你抄，摁手印。先生一身正气，实事求是，绝不屈从，保护了许多人，因而也常常遭拳打脚踢，落个“顽固不化”“死不悔改”。

先生天资聪慧，多才多艺，在北大读书时加入京剧社，拉一手好胡琴，回县组织戏友结社，年年回村，上角拉弦，与民同乐。梅葆玖、李和曾、李世济来县演出，必登门拜访。尤其精于书法，在保定上学时，遍临莲池诸家书帖，在北大时师从沈兼士、沈尹默，学养甚高。工作后出于“成人伦、助教化”思想，趋向平民化、通俗化。由于他是个文字学家，用笔、章法别具一格，用笔逆入、涩行、紧收，内圆外方，古朴厚重，文人气十足，书作中常常出现古异体字，立异标新自成一家，欧阳中石评说：“只觉翰香盈盈，内蕴深沉，诚是文化先驱，溯前一甲子是新，时至今日尤感不敢企望项背，钦敬之甚。”

旷达者长寿，先生享年90，无疾而终。留下一座人文丰碑。

## 常 子 敬

“文革”初期，红卫兵把一张大字报贴在省文联门口，题目是“刘子厚和常和尚”，落款是河大揭老底战斗队。弄得我很紧张，刘常二人都是我乡亲，刘子厚的刘家屯在我村南二里，常先生的重贤村在我村北三里。常先生名子敬，在我村教私塾，西邻家几位堂叔和刘月子跟他上学，月子是刘子厚的小名。我们家里穷，父辈们上不起学，常先生常塞给几本看图识字，每年春节前还送一副对联，让我们家里人出来进去看一年。

常先生是尧山南乡一名传奇人物。20岁分家另过，吃不饱投了直系军阀，学得文武双全。四年后直系败给奉军，回家务农，认识了一位老同盟会员，读了一些进步书籍，心向革命，编了一首歌谣:“大名数十里，连年遭荒旱，秦晋直鲁奉，前后来侵占。民间无米吃，官家偏要面。民间无柴烧，官家偏要炭。寅年支了卯年粮，辰年又要支一半。赶走军阀吃饱饭，大家起来干干干!”到处传唱，成为反抗军阀统治的动员令，上千群众揭竿而起，包围了尧山城。1929年与刘子厚在刘家屯办起圣阳小学，宣传组织群众，加入中国共产党，任尧山县委书记。不久又独自深入内丘县金店村，成立党支部，进而扩大为中共内丘县委，任书记。1934年春节被叛徒出卖，在尧山监狱关了三年八个月，宁死不屈，直到第二次国共合作，释放政治犯，才恢复自由。出狱后接受组织委托，化装过铁路，到邢台县西黄村找到一二九师先遣团，向张贤约团长汇报了张子政、霍子瑞创建滏西游击队，在山口重创日军情况。张贤约很赏识先生，带他出席山西辽县建立冀南平原抗日根据地会议，并做向导随陈再道东进纵队开赴隆平。又受宋任穷政委派遣，到尧山县战地动员委员会工作，任抗日政府文教科代理科长。1942 年日寇“扫荡”，在南汪店村北被汉奸抓住，带到马河桥炮楼，多亏王桂生等群众凑一百元伪钞行贿，才逃出虎口。

此时的常子敬已经名声在外，无处掩藏，投奔邢台东大寺珍慧和尚。日本人梳篦清乡，连寺庙也不放过，师傅就给他剃了发，法名祖通。不想这法号正与他的出身暗合。其亲叔父常逢春，我们那一带称老常先生，晚清秀才，县立高小校长。时有中央测量队测量尧山，队长孙庆泽喜欢诗词，谈诗论画，一见如故，共议募捐重修宣务山千佛殿。这孙团长还是杭州报国寺住持印光法师皈依弟子，一来二去老常先生就信了佛教，法号慧阳，建起“莲社”，有信徒百余名，其中就有小常先生。这时常子敬已过不惑之年，身体欠佳，跑革命跑不动了，渐渐心静下来。半年后珍慧大师赴北平出任中国佛学院教育主任，把先生带去学习四年。1946 年回乡邢台已经解放，政府不忘他汗马功劳，安排担任地区检查处秘书，自感不适应，脱职为农。1954 年又关照他晚年，安排为内丘中学副校长，经常步行回家。我在邢台上高中，天津上大学，都要去内丘上火车，也便走在一起。先生高高个子，一脸平静，目光内敛，再也看不出当年叱咤风云的气概。不多言不多语，问一句说一句，但是说到古典诗词，张口就来，滔滔不绝。

这年冬天回家探母，拐个弯去看常先生。内丘下火车，西行一里到县城，中学在最西边，要穿过整个县城。正是中午，常先生提着瓦罐，从食堂打饭回来。瓦罐里是稀米汤，回屋架到三块砖上，点火加热，再添些蔓菁萝卜，据说天天如此。常年烟熏火燎，墙壁黑黑的，屋顶垂下大大小小絮状物，像是葡萄架，简陋与一般农户无异。我最担心的是他那些书，在保定不论公家还是私人的书，都当作“四旧”烧了，自己不愿动手的，有专人送到造纸厂。东关造纸厂的书堆积如山，变成一处垃圾厂，也有胆大心细的人摸进去，翻上翻下，捡回来的肯定是宝。常先生的住房一明两暗，一间住人，两间藏书。打开里屋门，十几个书架，书山林立，纹丝未动。特别是几架线装书，蓝色套封，罗列整齐，书里还夹着一些纸条，随着门口吹来的风，飘飘摇摇，向人招手。我有些惊呆了，看得眼热，怦然心动。先生让我进去看看，拜见这些知识的深山老林，也肯定会有我向往已久的孤本善本。但是双脚未向前挪动一步，不让自己知道得太多，万一稍不留意，在何时何地说漏了嘴，就会酿成一场大祸，坏了先生的道行。

我知道先生爱书如命，后半生的工资、积蓄都交给了书店。行政十七级，工资 91 元，每月生活费不足 10 元。我翻了那时书市行情，郭绍虞的《诗品注》，人民文学出版社出版，定价 6 角，《李商隐诗选》定价 7 角，每年花上千元买书，收获会是相当可观的。先生副校长是挂名，只管图书馆。他的收藏比校图书馆多，桥是桥路归路，泾渭分明，不沾公家一分钱的光，图书馆进书按教学需要，自己收藏是个人喜好，手头总有“拟购书目及价格”一本。经常看见他进书店，大包小包一个人往回扛，给公家买的书每本都夹着发票。刘子厚当了省长，一生只求过一次，为内丘中学买了一套《二十四史》，先生自己花的路费。

先生生于 1900 年，卒于 1991 年，阅尽 20 世纪世路沧桑，从容度过。

## 张稼农

落生大陆泽畔盐碱地，庆幸有人在我一穷二白的心田播下文化的种子，张稼农先生即是其一。

新中国成立初我在魏家庄舅舅家上学，年年春节文艺会演，稼农先生是县文化馆馆长，可是心不在焉，全部兴趣在文物工作上。1950 年一篇《收购废铜时应注意古代文物》一文，引起全国文物界的关注，由此发现的虢季子白盘更是轰动全国。一次他从县城回老家南羊村，我回南汪店，认了老乡一路同行。那时他还不趁一辆自行车，身高马大，压着鞍子弯下身子跟我搭话。问我为什么不喜欢老家，我说魏家庄有两座戏院，南汪店只能看狗连蛋。他说："其实咱南乡更有文化，从村名上可见一斑，尚礼、重贤、景福，你们村从前叫仁义店，比那六屯四庄一溜贾村文雅多了。"看我有些武侠小说和戏文知识，孺子可教，谈兴很浓。到南羊村北口他没进家，又向西送一程，到景福村安乐寺。这座破庙我不知路过多少次，到他嘴里学问大了，碑是唐碑，塔是唐塔，唐太宗第十子、邢州刺史李慎所建，不仅雕刻精美，还是书法珍品，传说是欧阳询真迹，时常有人来拓印。余兴未尽，再向南行，直奔光武祠，俗称刘秀庙。断壁残垣中找到一通石碑，指点元代翰林学士冯子振撰文一段文字："县南一舍南汪店，乾维相传萧王挥戈息马之所。故老构祠，其来尚矣。"说《后汉书》上有刘秀攻柏人城，兵败广太岗，南撤至此的记载。

末了还要带我再看个地方，乾隆十五年（1750 年）《顺德府志》上说"南汪店有刘秀系马台"，推断是这个地方，南汪店全村低洼，唯此一处高地。我扑哧一笑，说真是送人送到家了，这就是俺家，这片庄窝叫高台，原为一家姓高的财主所有，"七七事变"没落了，卖给三户姓秦的，我父亲购得三分之一，用的是国民党抓兵的卖身钱。后来 1963 年特大洪水，全村都淹了，只剩下这块干地，印证了先生的说法。

这次结伴而行，把我引向一条文化之路，从此对稼农先生敬重有加。当时隆平、尧山合县不久，人口不足 20 万，低头不见抬头见，常常不期而遇。一次我在王尹道地里锄棉花，先生笑眯眯走过来，指着旁边的石人石马相问，我说："找着李渊坟，一辈子不受贫。"他说不是李渊坟，是李渊四代三代祖李熙、李天赐陵。在1952年上初中时，一次从尧山到县城，又遇到先生，拉我到西河村边看北魏杨翚（音辉）碑，说书法价值极高，包世臣称"北碑之冠"，康有为评为"精品上"，"寓变化于整齐之中，藏奇崛于方平之内。作字功夫，斯为第一。"1955年邢台上高中，历史老师杨文山有一份《文物参考资料》，经常刊载稼农先生考古文章，有关宣务山、尧山、唐祖陵的，其中有一篇《隆尧县南汪店唐代福胜寺遗址石刻》，那寺距我家50米，9岁那年大年五更在碑林间玩耍，眉宇间碰了一个口子，至今还留下一个月牙形的疤痕。穷乡僻壤，懵懂村童，是先生打开一扇窗子，让我看到了故乡的灿烂文化，不再妄自菲薄："东部盐碱，西边沙滩，有山不绿，有河常干。"唐尧故都，李唐祖籍，后周（郭威、柴荣）发祥地，全中国两千多个县，仅有涿县可以与之比肩。那里诞生过刘备、赵匡胤，还是我老伴的故乡，"门当户对"。唐宗宋祖都是河北籍。

1957年以后，先生的名字从报刊消失，听说被划成右派。寒假我去南羊村看望先生，一人落难株连全家，老婆孩子五口离城回村。但是先生依然架子不倒，村里没人小看。张家一门正气，父亲张书田是省劳模，耕读传家，老大稼政1937年参军抗日，老三稼南县委宣传部副部长。对于自己的遭遇先生并无太多怨言，只当大人错打了孩子。他种地、行医、养蜂，走街串巷为邢台文物商店收购古董。1961年去看他，正是三年困难时期，先生为人耿直，丝毫不为时下盛行的偷摸风所动，粗糠野菜也吃不饱，饿得骨瘦如柴，摇摇晃晃，才30多岁就拄起了拐杖。腌了一罐子鸡蛋，专门留着招待来送文物情报的朋友。大孩子偷吃了一个，被打得头破血流。

那年月运动如潮，风高浪急，1966年"文化大革命"更是来势汹汹，到处打砸抢，扫“四旧”。先生失去自由，被关进专政大院，梦中也为全县文物提心吊胆。终于找个机会逃出来，没有回家，匆匆去看文物，万万没有想到，所到之处惨不忍睹，比那梦中景象更为凄惨。

在安乐寺，唐塔被推倒，唐碑被拦腰斩断，砌进牲口圈，真个是粪土当年万户侯了。在唐陵，石人石马被斩首，光业寺碑断为十块，九块垒了房基，一块扔进井中。与邯郸齐名的柏人城，比赵王城保存完整的南城遗址，飞来横祸，五座古墓毁坏其二，掘坟扬尸。尤其让人心痛的是宣务山，这座从《尚书》《左传》《史记》到《帝王世纪》《七三州志》《太平寰宇记》《读史方舆纪要》均十分尊崇的“帝尧受封之地”“帝尧尝此山望洪水”“纳舜于大麓”的北方名山，早已面目全非。与响堂寺齐名的尧山无量殿石窟，被县一中造反派用成堆炸药碎尸万段。山巅元大德六年（1302 年）的尧帝庙碑高一丈二尺，40 里外都能望见，是冀南平原一个重要地标，亦被粉身碎骨，碑侧的彦琮墓荡然无存。彦琮是隋代著名高僧，中国佛教史上一位重要经师，曾译经 22 部 100 卷。

这对视历史文物胜于生命的稼农先生，无疑是天塌地陷，精神支柱连根颓倒。先生为之付出的半生心血顷刻化为乌有，他将这比作“挖了全县人的祖坟”。他找到县委书记张彪，张书记已被夺了权，自身不保。但是一个被处分的干部，如此仗义执言，让他感动，也冒险做了一件大事。唐祖陵前一对石狮，是中国古代石刻经典之作，挺胸蹲踞，仰天欲吼，气吞山河。尤以石爪深入石中，被评论为“利爪落地，坚石为开”之势。民国初年曾被当地劣绅卖给美国商人，王尹村共产党员朱林森发动群众，从内丘火车站截回，存放县政府内。张彪同志找了几名党员干部，连夜挖坑，把巨狮埋入地下，躲过一劫。

回村后先生大病一场，终日长吁短叹，痛惜众多珍贵历史文物毁于一旦，毁于一代无知的败家子手里，感叹自己无能为力，大家都成了千古罪人。痛定思痛，情绪更加激动，找出来自己多年的文物考察记录，厚厚十大本，密密麻麻，还有图像、数字。运动初期，像对付日本鬼子一样把它们东掖西藏，甚至埋葬地下，成为绝无仅有的历史存根，第一手资料。亡羊补牢，必须把它们整理出来，留给后人，否则无凭无据，信史也会沦为传说。有了它，总有一天文物可以依此复制出来。

造反派“不留空白”“没有死角”“摸敌情”“查户口”，推门就进。稼农先生干的是一种“地下工作”，时时担惊受怕，何况各级图书馆被洗劫一空，许多个人藏书被付之一炬。稼农先生常常为找一本书一篇文，磨破鞋跑断腿。好在他下定决心，只争朝夕，呕心沥血，终于花费六年的工夫，完成《尧山古迹考证记》《隆尧县宣务山文物古迹介绍》《唐山·宣务山考》《古城柏人考察报告》《大唐帝陵介绍》《光业寺与李唐祖籍》《安乐寺遗址》《释彦琮传略》等十几篇考古论文，几经修订，资料翔实，证据确凿，学术水平很高。比如关于李唐祖籍的考证和结论，竟与国学大师陈寅恪不谋而合。

“四人帮”垮台，“文化大革命”结束，但是不少国民心中的愚昧并没结束，山口村民为了搞副业，竟然一炮把最后一部分唐代雕刻炸毁，几分钱一斤卖了石子。十一届三中全会党政恢复，稼农先生 20 年沉冤昭雪，众望所归地当了县文化局局长兼文物保管所所长。此时先生已经年过半百，奔走呼号，发动群众，组织人力物力，寻访全县幸存散失文物，创建了河北省第一个县级碑刻馆，四次荣获河北省文化厅嘉奖。隆尧碑刻馆共计保存文物 219 件，元代以前文物 62 件，包括闻名于世的北魏杨翚碑，唐天宝五年王璠碑，唐上元元年安乐寺碑，唐开元十三年光业寺碑，唐天宝元年永康寺碑，唐祖陵石狮，唐塔飞天。其中就有南汪店三件，东汉浮雕神兽，金大安三年三千佛碑，元至正十六年光武灵应碑。

当时我也不太理解，曾经受乡亲之托，想找省文物局要回。事实证明稼农先生有先见之明，渐渐盗卖文物之风猖獗，防不胜防，连我村的一尊元代真武帝雕像、一座宋代石塔，也都不翼而飞了。

张稼农先生是隆尧文物事业的开创者、奠基人，尧山文化的忠实守望者。他奋斗一生，鞠躬尽瘁，保护了一批珍贵文物，带出来一支文物工作队伍，普及了文物保护知识。终于有一天胡春华省长来县考察，发出发扬尧山文化的号召。保护文物，建设文化强县。千军万马齐出动，总有个人影，倔强地在前面领路，那就是张稼农先生。

# 郭小川来信

少年学诗，下笨功夫。中学时期罕有书刊，见啥学啥。大学阶段受 1958 年诗风影响，攻民歌体，读过古今中外民歌 200 余部，追随张志民，反映农村，崇尚朴素。毕业后到生活中，迷上郭小川，他是新诗形式革新的能手，阶梯式，长短句，新赋体，变化无穷，眼花缭乱。我亦步亦趋地学郭，不知郭是天才，杰出的政治抒情诗人，那种特有的襟怀和悟性，不是我辈能学得到的，只能徘徊门前，无缘深入其堂奥。

酷爱郭诗，他的作品除了 1950 年第一本《平原老人》找不到，其余诗集《投入火热的斗争》《致青年公民》，叙事诗《深深的山谷》《白雪的赞歌》《一个和八个》，散见于《诗刊》《人民文学》《人民日报》的长短诗，我都千方百计搞到手。抗洪、抗旱、“四清”、“插队”，也必定带在身边，天天研读、品味，爱好的程度，超过了梅兰芳。可惜没多久，“文化大革命”开始，郭小川和十七年文学一起消失。小报上说他被打成“阎王殿黑干将”，在中国作协机关打扫厕所。

后来听说他到湖北咸宁干校去了，七年没看到郭诗，精神感到空虚，生活少了滋味。1973年初突然看到《体育报》上，一首长诗《万里长江横渡》，署名袖春。可凭直觉是郭小川，气势和形式语言风格异常鲜明。激动之余，产生求教的想法。要在从前是万万不敢的，天上地下，差别太大。现在同是天涯沦落人，也许还有机会。我把习作几十首打印成册，托吴泰昌同志转交，十天之后居然收到一封超重的信，5000余字，像老师批改作业一样，详细点评，一针见血地指出我的毛病是朴实有余，不敢华丽。末了告诉家庭地址，相邀一见，足见厚爱。

几天后，我找到虎坊桥永安里郭宅，从原来住处扫地出门，搬到这里只有一大间。杜惠同志告说刚刚因故离家，墙上一张放大照片，鸭舌帽下一双明亮的眼睛，好像有话要对我说。杜惠说小川是河北老乡，当过丰宁县县长，承德群众报社主编。他诗人气质，不安分守己，又写报告文学又写诗，郭小川被批为“修正主义分子”，“走资派还在走，到处乱窜”。

1976年10月6日一举粉碎“四人帮”，天安门广场举行庆祝大会，我有幸参加了，看到举国欢腾、群情激奋的场面，我想小川同志一定有好诗。还听朋友传说，他是新文化部部长的首位人选。万万没有想到，十天后噩耗传来，小川同志回京途中，住在安阳地区招待所，欣喜若狂，难以入睡。服下安眠药，手中烟蒂引发火灾，在烟雾中窒息身亡，带着渴望同“四人帮”战斗到底的一腔热血，过早地离开了这个世界，成为他的亲友和崇拜者莫大的遗憾。当时我惊呆了，涕泪交流，冥冥中想起过去不祥的预兆，翻出《秋歌》有这样的诗句:“我知道，总有一天，我会化烟，烟气腾空；但愿它像硝烟，火药味很浓，很浓。”郭小川和他的诗在烟火中涅槃，化为美丽的火凤凰和动听的凤鸣。

# 司　仃

河北省文联10名老作家，司仃“最延安”。1921年12月生于陕北米脂，15岁在榆林师范要求进步，被张明远（后中共中央东北局第三副书记）老师推荐上陕北公学。1938年4月由左权夫人刘志兰介绍入党，转中共中央党校二十一班学习，17岁已经是县团级。发表散文《年轻的妈妈》《王桂英》，引起重视，由王鹤寿、吕骥介绍进入鲁艺文学系二班，同班学员有康濯、孔厥、李满天、葛洛、黄钢等。1939年7月沙可夫带领鲁艺师生深入敌后，三五八旅掩护，边走边打。过封锁线夜行军，美术系的秦兆阳披个白被单在前面引路，司仃、徐瑞曾娇小体弱，常有男同学架着走。5个月才到达阜平，30多个女生仅剩下9人。沙可夫的队伍，文音美戏，都有个性，军纪不整，群众说不够八路军，“七路半”。诗人蔡其矫浪漫，枪林弹雨中还追求一位女同志，每天上山采一朵鲜花，放到人家窗台上。

司仃被边区组织部部长林铁送到洪子店，任建屏县妇联宣传部部长。像花喜鹊一样在大山里飞来飞去，飞到哪里都带来红火热闹。百团大战做战地记者，在前线神出鬼没，一篇篇报道发表在《子弟兵》报上，成为晋察冀的名人。加上她又是米脂人，“米脂的婆姨绥德的汉”，天生丽质，成为众人追逐的对象。公子王孙她不打，彩球偏偏打中辛莽。辛莽广东人，家无片瓦，投奔延安，入鲁艺美术系。行军路上，像田间写街头诗一样作墙头画。到根据地，用笤帚疙瘩、锅底黑、码码红作宣传画，画上的八路军战士八面威风，像要从墙上走出来。

辛莽黑瘦，司仃白胖，同志们开玩笑，一个蘸水笔一个墨水瓶，天作之合。1942 年 8 月在唐县夏庄结婚，主婚人沙可夫，证婚人丁里，煮了一锅红枣豆浆。新房是半间三角形草房，放不下一张床，支起一扇门板。屋顶透亮，可以观赏星星月亮，在云缝里追逐嬉戏。第二天飞进来一对燕子，羽毛漆黑闪亮，也要在屋里做窝，大爱巢套了个小爱巢。可惜蜜月只度了两天就出去打仗，回来半间草房已经化为灰烬，新人和燕子都无家可归了。

1943 年抗战进入最残酷阶段，剧社在赤瓦屋村被日军包围，幸亏一天大雾不散，司仃、辛莽他们才分散突围。赵尚志的弟弟赵尚武，背着刘佳的孩子，遭遇鬼子，胸前被刺一刀，老赵牺牲了，孩子还活着，叫纠克。从此部队化整为零。到西柏坡参加土改，南庄工作队，安子文是组长，经常送给她缴获的美国奶粉喂孩子。1949 年进京分配到中国文协，在文学讲习所学习 3 年，毕业后任河北省通县县委宣传部部长，1959 年任河北省文联专业作家。期间出版了《竹妮》《乡邻曲》，热情讴歌生活，人物性格鲜明，语言朴实生动，轰动一时。司仃为人低调，关键时刻敢于仗义执言。造反派抄田间的家，抄出来日本宣传品，说是“里通外国”的证据。她站出来说，正反两面材料都是写作素材，大家都搜集，辛莽也有，没这些怎么知道鬼子穿什么戴什么，怎么能画得像？造反派说汪润混进党内，她说从延安到西柏坡，汪润申请书写了 10 年，组织考验了 10 年。不光组织上入了党，思想上更入了党。

1970 年组织学员插队落户，“减少吃皇粮的”，去当一辈子农民。司仃分配到威县章台公社雪塔大队，当农民要迁户口，破釜沉舟。当年田间、汪润、司仃响应号召，从中国作协下放河北，言明户口不动。枪林弹雨十几年得到的北京户口，司仃很珍视，群众说，宁在北京一张床，不在外省有座房。军宣队、工宣队死盯着司仃，不同意就派人进京强行迁出。孩子们机灵，把户口本上她那一页折下藏了，军宣队、工宣队做得更绝，强令派出所把司仃的北京户口注销了。从此，一个老革命的姓名从户籍中消失了。司仃说:“你看看，活人变成了鬼。”没了户口也就没了口粮，司仃还得挤吃家人的粮票，参加生产队的劳动。这黑人一当就是10年，直到落实政策，“鬼”才变成了人。

# 冯健男

青少年时期读文学评论，希望有艺术分析，不想听政治唠叨。好的评论，应该政治与艺术相结合。1957年以后，剑走偏锋，评论标准由政治第一发展到政治唯一，作品图解生活，政治图解作品。冯健男的文艺批评属另类，敢说艺术，专评大家，好处说好，坏处说坏。1959年评马烽、沙汀的短篇小说，1960年评康濯、峻青的小说，1961年评周立波的短篇和吴强的长篇小说《红日》，积累经验以后，研究孙犁和梁斌。《孙犁的艺术》1962年在《河北文学》连载三期，不久《论〈红旗谱〉》、评论集《作家的艺术》问世，一颗颗重磅炸弹轰开局面，文艺界奔走相告，好评如潮。连被评论的作家也心服口服。孙犁说冯的文章“识见醇正”“时见精彩”，行文有时“见笔削之功”“得剪裁之当”。一个评论家成为文坛风云人物，在中国是很少见到的。

几番打听，得知冯先生已调入省文联，供职于文艺理论研究室。1964年专程去天津拜访，可惜去霸县搞“四清”去了，没得见上一面。“文革”开始，外出干部都被召回保定省文联新址，参加运动。问知先生归来时间，在大门口等候，一睹评论大家的风采。没想等来的是一个灰头土脸，破衣烂衫，胸前挂着“阶级异己分子”的冯健男，已被开除党籍。全机关都大吃一惊，是火线处理，没通知单位。知情人说，一次几个工作队员走在街上，看到一座砖门楼，比左邻右舍高了一点，先生多看了一眼，随口说了句：“这门楼好啊。”有人打了小报告，工作队敏感，派人去他湖北黄梅老家调查。回来大惊小怪，说冯家是大地主，其叔冯文炳，笔名废名，三十年代作家。

机要秘书小于说冯健男并未隐瞒，档案上显示他一向追求进步，立场坚定。冯文炳原是北京大学讲师，“七七事变”后回到本县教中学。先生自幼跟叔叔学文化，后到武汉求学，当过中小学教师。1946 年北京大学战后第一次招生，叔叔说他中文底子可以，报了西语系，录取时已 23 岁。其时冯文炳也应召回北大，叔侄二人一同离乡北上，过南京，冯文炳要带他去老虎桥监狱看望周作人，先生正言厉色说：“他是汉奸，我不会去看他。”

在北大先生思想“左”倾，要求进步，经常参加学生活动。1949 年 2 月 3 日，解放军进城，前门阅兵，校院张贴《人民日报》，广场演《白毛女》，学生争看《新儿女英雄传》。四野政治部主任陶铸，在北大挑选十名学生入伍，组成南下工作团。此时离毕业近三个月，先生宁愿不要北大毕业证，也要南下当一名解放军战士。在广州、广西做宣教干事，《战士报》编辑，经常冒着枪林弹雨上前线，1950 年被批准入党。1953 年与王愿坚一起参加东山岛战役，写了《东山少年》，轰动一时，不久调任《解放军文艺》编辑。勤勤恳恳，任劳任怨。

1958 年农业“大跃进”，郭沫若、田间率大批文艺工作者到张家口地区，大搞赛诗会。热闹一阵后，政治可靠的抽身回京，不可靠的留下扎根，竹可羽在怀安，刘雪苇在涿鹿，刘大海在怀来，冯健男在张家口市文联《长城文艺》当编辑。先生随遇而安，静下心来搞学问，劳而忘忧，苦中有乐。

命运的颠沛中，最容易看出一个人的品质，先生谦谦君子，喜怒不形于色。在文联宿舍，和我同住一小单元，各占一间，走道拉一布帘。十来平方米面积，他家挤了夫妇儿女四口，我的儿子刚出生，奶不够吃，常常哭闹。先生从不烦恼，小声说与儿女，不要惊动小弟弟。机关开会，他总是找个角落，默默地听，不点名不发言，发言从不伤人。干校劳动，也从不马虎，常常落后，有一次还被工宣队背后踢了一脚。

1974 年冯健男最后一批离开干校，分配到河北师大中文系任教，不大情愿。他长于写作，不善言辞，常常想幽默一下，而别人并不发笑。对省文联恋恋不舍，好长时间外出自报家门，还说是省文联的。到师大最初几年也没上讲台，跟着青年教师下乡接受再教育。一次在饶阳农村，往地里送粪，拄着铁锨站在拖拉机挂斗上。铁牛踢着一块石头，尥蹶子，把他甩出去，仰面朝天摔在地上，屁股着地，还死死攥着铁锨把。问他伤着哪儿，他咬着牙笑笑："不是上部，也不是下部，是中部。"

后来当了中文系主任，中国文学学会副会长，被公认为文学评论界权威，文风依旧，实事求是，主持公道，绝不趋炎附势。出版社要写废名评传，非他莫属。先生却说："我写不了这个，一因其人其文难懂，二因资料不足。写不出，岂能硬写。这是大不敬，我不为也。"只写了一篇回忆录，说："废名是我的叔父，我就写我的叔父怎样待我。废名是我的先生，我就写我的先生如何教我。废名说他是哲学家，是佛教徒，我是不懂的，我就不说什么。废名是文学家，我就说我所知的这么一段事体。"

关于白洋淀派，舆论沸沸扬扬，他不随波逐流。"我的回答是：江流天地外，山色有无中。"认为不比"山药蛋派"，赵树理领军，下面西（戎）李（束为）马（烽）胡（正）孙（谦）五虎上将，阵容强大，硕果累累，风格相近，名副其实。而河北只有孙犁是老作家，下面几位当初都是初学写作者，说不上以他们各自的而又相接近的艺术风格形成"流派"。言外之意，一个大师，几个学生，可以说“门派”，还不成为“流派”。

这就是冯健男的风格。

## 李 永 鸿

李永鸿1922年生于安新县，他们村李庄子是白洋淀中一个小岛，在郭里口东南一里。家境贫寒，目不识丁，7岁下淀打鱼，东飘西荡，练就一副好嗓门。“七七事变”白洋淀沦为敌占区，参加民兵，当游击组长，白天打鱼，晚上上识字班，负责教抗日歌曲，常常把当地真人真事编成民歌：“雁翎队是神兵，来无影去无踪，猎枪打雁神枪手，打鬼子好像打鸪丁。”“渔民欢，渔民欢，八路军来到白洋淀，穷人上学不花钱。”或者把流行歌曲改成当地语言，比如“一九四二年，环境大改变，雁翎队抬竿打汽船，八路军真勇敢”。好懂易记。

新中国成立后组织渔业合作社，当选副社长，学习赵树理笔下的李有才，常常结合工作编顺口溜，张口就来，竹板随身带，成为白洋淀有名的快板迷。吃饭想起一句，放下筷子记上，划船想起一句，停下篙就写，小本子上足足记了几百首。1957年诗人东娃下乡写剧本，看见了爱不释手，说这就是诗，或者叫民歌。李永鸿是个诗的天才，语言生动，感情真挚，还有点儿风趣。带回去在省群艺馆的《俱乐部》上选发了一组，人人说好。其中一首是：“年年有个七月一，男女渔民笑嘻嘻，庆祝党的诞生日，满淀渔船飘红旗。打上鱼来挑大的，大的里头挑活的，活的里头挑好的，好鱼献给毛主席。”颇有新意。

延安以来，提倡文艺工农兵方向。1958年新民歌运动兴起，全民写诗，到处举办赛诗会，河北以怀来、昌黎、束鹿最著名，涌现了一批写民歌的农民诗人，李永鸿之外还有马秉书、宋作人、侯立身、贾兆勋等。郭沫若、田间在怀来县南水泉主持赛诗会，来了许多北京诗人。在全国轰轰烈烈的新民歌运动基础上，郭沫若、周扬编辑出版了一本《红旗歌谣》，堪称经典。上海天鹰写了一部厚厚的《一九五八年中国民歌运动》，从理论上加以总结。1959年北京召开全国群英会，陕西农民诗人王老九、河北渔民诗人李永鸿应邀参加。王老九会上最出风头，李永鸿不甘落后，当场对诗："你老九，我永鸿，手拉手儿同路行，革命路上向前进，民歌越唱越好听。"陕西省文联主席，老诗人柯仲平写诗赞美："好个诗人王老九，劳动写诗一把手，黄河一带扛红旗，打着唱着飞着走。"河北省文联主席田间，在晋察冀文联就与柯仲平是老搭档，一向热心民歌，也来写诗称赞李永鸿，把李永鸿比作"白洋淀上的鱼鹰"。

工农兵方向在那个时代，还可以理解，但是"文化大革命"把它推到了极端，知识分子靠边站，许多诗人作家的名字从媒体消失了，工农兵作者大行其时，成为文艺舞台的主角。李永鸿发表了一篇文章《大破创作神秘论，为工农兵而创作》（别人代写），不久李永鸿被任命为脱产的安新县创作组长，每月发30元生活补贴，生产队记十分工。当时多数报刊出版社停办，留下来少数几家争先恐后找上门来，1973年，人民文学出版社出版了《淀上飞兵》，按当时三结合的创作方法，李永鸿口述，有个班子加工整理。河北人民出版社出版了《白洋淀渔歌》，基本上是原创。

同年《河北文艺》试刊，张庆田请李永鸿来，住在印染厂宿舍，一人动口，三人动手，创作长篇叙事诗《红菱传》。李永鸿识字不多，琢磨一些民歌，是其特长，创作长篇叙事诗就勉为其难了。他生活经验丰富，熟悉白洋淀渔民，时常迸出警句来，别人代替不了。"红菱做饭利落快，一会儿做好汤和菜。""野鸭惊起舍命飞，红菱把野鸭当敌追。”信手拈来，生活化，有个性。“渔民苦，渔民苦，黄连蒲根一起煮。”“躲在村外船里囚，过年给孩子梳梳头。没有梳子用妈的手，眼泪就是梳头油。”“韩万冬，打算盘，狗爪子刨坑穷人填，打上五八六十整，再打三七二十三。”语言生动，比喻贴切，神来之笔。红菱这个艺术形象，塑造基本成功。但是个别地方，思想拔高，豪言壮语，尤其阶级斗争的模式，失去李永鸿的本色，是强加给他的。我帮助老李修改小叙事诗《明镜歌》，也做过类似弄巧成拙的傻事。

李永鸿的诗受农民喜欢，有自己的读者群，曾任河北省民间文艺家协会副主席，河北省第三、四届政协委员。到了 80 年代，文艺方向有些改变，重心由农村转向城市，实行文学面前人人平等，工农兵的“加分”逐渐被取消。李永鸿门前开始冷落，很少再有人约稿，名字渐渐在报刊隐退。有一次华北油田在白洋淀开诗会，李永鸿近在咫尺，没有参加，我心中空落落的。打听一下，说他任丘开饭馆去了，给人家拉风箱。会后我赶到任丘，倒不是拉风箱，凭他白洋淀人的经验，为人买鱼做鱼，日子倒也愉快。老朋友了，我想安慰他几句，他却比我想得还开，说写诗就是这样有兴就有衰，王老九不能老久，李永鸿也不能永红，有过那几年红火，是大家抬举我，渔民诗人还是渔民。可在我心中，李永鸿还是诗人，他的生活和性格更接近诗的本质，留下一些警句让人记住。而后来一些流行诗人，还未必能如此。

## 钟　铃

我学写诗时，河北青年诗人领袖是钟铃、叶蓬，都是冀南文工团团员，跟着申身他们进了省文联。钟铃在《河北文艺》当诗歌编辑，几年稿件来往形同函授。尽管那时编辑从不署名，只盖公章，我也能从语言风格上认出来。他写大运河、冀南平原的诗歌我太熟悉了。后来进了中央文学讲习所，成为一个具有广泛影响的诗人，歌唱和他的名字一样响亮动听。1958 年河北省和天津市合并，《蜜蜂》并入《新港》，仍旧编诗。1962 年恢复《河北文学》，钟铃老师再没回编辑部，进了文艺理论研究室，听说他病情加重了，一种政治原因的流行病。

钟铃出生在临西县钟庄一个地主家庭，祖父曾留学日本，父亲与国民党将领张自忠是同窗好友，当过一任县公安局局长。高中毕业跟着请愿学生们到了南京，为了糊口曾在国民政府做过一年抄写员。这些问题参加工作时都交代清楚了，政审合格。可是历次政治运动都要算旧账，成了老“运动员”。1962 年北戴河会议后强调阶级斗争，年年讲月月讲，像紧箍咒样念得他头疼心悸，神经衰弱发展到了幻听，总觉得隔墙有耳，公安人员在时时监视他。

1964 年我去天津开会，第一次面见钟铃老师，偏偏他在写一篇批评我的文章。我大学期间写了一组爱情诗，在《河北文学》发表时闯了禁区，立刻招致读者来信，批评为小资情调。为了保护我过关，编辑部让钟铃写文章批评《歇工》，又让田间写文章肯定《水火》。可叹钟铃暗暗帮助了我多年，做无名英雄，第一次公开见面，却要以这种姿态出现。

“文革”开始，钟铃始终夹着尾巴做人，不敢大声出气，就这样还常常遭到训斥：只须老老实实，不许乱说乱动。进了学习班更升级为斗争重点。批斗钟铃醉翁之意不在酒，是在另一派群众组织头头邸惠连，“包庇坏人，招降纳叛”。小邸河北北京师院中文系毕业，能说能写，有勇有谋，外号“邸高脑”。出身好历史清白，军宣队、工宣队狗咬刺猬没法下嘴，就拿钟铃说事。

莫须有的罪名是“拍黑电影”，找到了一个短纪录片，拍的是棉纺厂武斗，在围观群众中发现了钟铃的身影，为钟铃的“阶级报复”找到了证据。会场一片惊讶，邸惠连却站出来振振有词，这个证据正好证明了钟铃被排除，你的眼睛能看见自己后脑勺吗？摄影师怎么能把自己拍入镜头，难道钟铃会分身术？

学习班转移唐庄劳改农场，“一打三反”进入“刮十二级台风”阶段。大部分学员插队落户去了，问题大的留下来，苑纪久、刘俊鹏行李都装上车，又扔下来，摘帽右派也不能去，只剩下少数重点被“拼刺刀”，“打歼灭战”。钟铃比右派还不如，受了刺激，陷于极度恐怖之中，惶惶不可终日，神经毕剥作响，脑袋随时要爆炸的样子。一天早起负责看护的老苑喊他吃饭，不见动静，口堆白沫不省人事，枕边一个安眠药瓶，赶忙送至隆尧县医院洗胃，抢救过来后送到尧城镇精神病院。原来是一座省立中学，我曾在那儿上过三年初中。“文革”后精神病人骤增，腾出来做了医院，病号多从北京送来。老苑住县招待所，买了一辆旧自行车，天天骑 12 里看护他。钟铃按精神病治疗，被绑在板凳上，用三棱针强刺穴位，疼得嗷嗷叫，然后吃大剂量镇静药，吃完呼呼地睡大觉。那种药很霸道，吃了很难受，气色不见好转，只是暂时躲开了残酷斗争，耳边没有了喊杀声。

1973 年学习班结束，钟铃回到省文艺组。人解放了，头脑还囚禁在清理阶级队伍的恐怖中。耳边还是海潮般的口号声，眼前还是森林般的拳头，溜墙根走，身子瑟瑟发抖，嘴里念念有词，不是请罪就是表忠心。但是词语文明，没有一句粗话。至今我还记得一句“南八男儿终不屈，皇天上帝眼分明”，是南宋诗人谢枋得的诗句。南八即南霁云，冀南先贤。南霁云是魏州顿丘人，就是现在河南省清丰县。新中国成立以前两千多年，从清丰到濮阳一带都属河北省，像一只腿踏在黄河岸上。安史之乱南霁云守睢阳，城陷被俘，壮烈牺牲。

出于无奈，机关把钟铃送回保定，并把他爱人接来照料。可怜钟铃已经神志不清，不认得患难老妻，被他一脚踢中要害，不治而亡。他爱人焦大姐也是省文联干部，也是地主出身，三年困难时期干部下放，为了保住病弱的丈夫，自己带着三个孩子，到了霸县农村一个供销社，苦苦熬过十几年。没想到临闭眼他还是一个被折磨成这样的病人。

# 仁者张峻

“文革”前的河北，十足文学强省。长、短篇小说全国第一，诗歌、戏剧名列前茅。省文联（包括作协）编制仅区区 46 人，其中专业作家还占去 10 人。可以说精兵强将，藏龙卧虎，连大名鼎鼎的理论家侯敏泽、冯健男，也只是研究室的普通干事。

周扬到天津，建议省委把文学接班人问题提到议事日程上来。省委经过慎重研究决定，给省文联特批 10 名青年专业作家编制，这在干部终身制、编制神圣不可侵犯年代，无异是破格和慷慨之举。由主管副部长远千里牵头，组织部、宣传部两部联手，举省体制遴选，两年仅得 6 人，其中张峻便是首选。

张峻长我 6 岁，1933 年生于隆化县一户贫寒人家。家族兄弟 10 人只能出一人上学，幸运落在他的头上，与同伴挤在一个破庙里念书。16 岁那一年替村里去乡政府送信，领导看他机灵，扣下来做文书。19 岁到县委当秘书，21 岁进热河省委组织部工作，不久又擢升《群众日报》编委。连升三级，不只是命运好，更重要的是他小小年纪胸有分晓，面存仁厚，是个当官的材料。可是青年张峻偏偏爱上文学创作，写了不少小说。1956 年春天参加了全国首届青年作家代表大会，年底又出版了短篇小说集《夜过黄土岭》。张峻属鸡，勤奋而胆小，被1957年的政治运动吓怕了，金盆洗手。不料1962年保定小说会，被康濯、李满天点名出山，重新燃起创作欲望，一篇《尾台戏》唱红了，东山再起。1964年第二本短篇小说集《搭桥集》出版。在1965年全国第二次青创会上，成就显然高出一大截，让我仰面而视。而他却能混同我等之中，可爱可亲。

突如其来的“文化大革命”，猝不及防，他和我被列为“修正主义苗子”。运动的重点是“整党内走资本主义道路的当权派”，在省文联我们算革命群众，可以逆来顺受，也可以扯旗造反。不见上海、四川、江西、湖北、吉林等省，群众组织的大头头都是青年作家，有一定的号召力。在河北大家都看张峻，一代青年作家的长兄。张峻依然缄默沉静，不见棱角，无事人一样镇定。看看张峻我们便心里吃了定心丸，渐渐他的身边形成了一个无形的组织，横在造反派和“走资派”中间，一道防火墙。在省文联造反派是少数，主要是几个工勤人员，无可奈何。外机关造反派冲击省文联，说我们是保皇派，被软磨硬挤地顶走了，江山依旧，毕竟革命不能输出。这样如火如荼的运动，张峻我们没有贴过一张大字报，在两年学习班白色恐怖中，没有说过一句违心话。1976年《人民文学》在东四旅馆开了包房，请张峻去写批“走资派还在走”的小说，他磨洋工，两个月没交一篇成品。

张峻的日常生活，常常是以文会友，以友辅仁，特别是承德那些文学“发小”。回去探亲时，听说白鹤龄“犯了事”，因为一首歌颂原地委书记王克东的诗，算旧账，说王是1962年老右倾。这首诗当年是白鹤龄通过张峻转给报社发表的，此时还有炮轰张峻的大字报。换个别人，躲还躲不及，哪能去引火烧身。张峻不怕，戴了个大草帽，遮住半个脸，去白家安慰。白鹤龄被打成“反革命”，一年多没回家了，白妻感激涕零。当时刘章也在难中，村革委8次上报材料，要对他施行专政。亡命中的刘章找到张峻，托付后事：“我到什么时候也不自杀，一旦出了意外，日后你一定要为我申冤。”张峻安慰他，没事不找事，有事不怕事，心先定下来，事情就会平静下来。有个青年朋友，在当省文联革委会副主任时起草的批斗计划暴露出来，田间、梁斌、李满天、张庆田之后便是张峻。张峻哈哈一笑，说我了解他，老实人，经不起煽动，一时糊涂，本质上是好人。怕他背上包袱，探亲时特意去看望他的家属，留下30元钱50斤粮票。友谊的本质，常常在于原谅他人的小错。

张峻是那个时代党员干部的典型形象，把整个灵魂和能力投入工作，服从组织，任劳任怨。郭小川是《群众日报》的前辈，有一首诗说：“当一天乌龟，驮一天石碑，占三尺地位，放万丈光辉。”张峻记在心里，工作经常变动，干什么都要干好。1973年纪念根治海河10周年，他在黑龙港流域奔波一年，写出长篇小说《擒龙图》，是同类题材上乘之作。1975年到灵寿县任县委副书记，一心扑在工作上，常年不回家。1979年创办大型文学刊物《长城》，任第二副主编，干一把手的活儿，殚精竭虑，把刊物办成全国“四小名旦”，发行10万余册。1983年任省文联创作室主任，带动河北作家上水平，自己身体力行，中篇小说《睡屋》获中国当代文学奖。出版了三部中篇小说集和一部散文集。晚年退而不休，十年磨一剑，长篇小说《历史在说》，在抗日题材创作中别开生面，是一部充满革命英雄主义和爱国主义的历史画卷。

河北的文学事业有个光荣传统，看重集体荣誉、团队精神，把培养业余作者放在第一位，曾经每个县都能拉出上百人的创作队伍。省文联也是个正厅级单位，可是花销与其他厅局不成比例，基本实报实销，一年到头开创作会。作家习惯不光顾自己，更要关注别人，少有个人奋斗者。张峻主持《长城》，首先想到谷峪，那个陨落已久的文学之星。谷峪错划“右派”，回家当了农民。张峻要借调他来工作，村里回信说谷峪是被管制人员，借调可以，得算搞副业，收入交给生产队。张峻答应，按当时财会制度，每月发给他一些生活补贴。谷峪来了，让人大吃一惊，刚 50 岁就老态龙钟，呆头呆脑，坐下来就打盹，吃完饭就要睡觉。哪还是那个冀南才子，那个谷峪早被运动扼杀了，留下的只是个人证。张峻难过之后，像一个医生、护士关照他的身心，天天来和他聊天，常常带他出去开会，终于使自称“半截入土”的谷峪，恢复了部分体力智力，又写出《春归雁》等一批文学作品来。还有冀县的孙跃，五六十年代一位活跃的青年作家，被政治和生活所迫，在文学界失踪多年，张峻把他找来，百般呵护，又重新振奋起来。

进入新时期文学，张峻是一个可以承上启下的人物，许多文艺界的朋友期望他被委以重任。如果那样，张峻的仁风义举可以发挥得更加淋漓尽致。

## 活　该

1958 年时兴一大二公，河北除省会天津外合并为六个地区。张家口、承德、保定因为地大或人多不变，邢台并入邯郸，衡水并入石家庄，沧州并入天津，通县划归北京。工农业“大跃进”，文化也大上，成立邯郸艺术研究院，下设三个豫剧团一个平调落子。豫剧一团系原平原省剧团，主演陈素真、宋淑云，二团主演姚淑芳、常年来，三团主演郭兰枝、郭兰凤。平调落子主演李魁元、武鸿凤，调来省会作曲家曹成章，导演张羽充实力量，喊出口号创建“邯剧”。剧作家头牌张鹤龄，编创剧目 40 多个，包括导演《屈原》《蔡文姬》《春香传》，编导以广宗义和团扫清灭洋为题材的新编历史剧《景廷宾》，创编现代剧《三八井》《好管家》等，参加全国和全省会演，受到郭沫若、戏剧大师田汉称赞，是全国戏曲界一颗光芒四射的新星。

1957 年以后，看人戴上有色眼镜。张鹤龄 1936 年生，12 岁曾跑到上海，跟着著名话剧演员刘琼、石挥学艺。也仅仅因为这两年，他便被视为旧知识分子，那时他才 20 多岁。1958 年柯庆施发表《论资产阶级法权》，形成一个批判“三名三高”运动，对待名人高人打了还要罚，降低工资。北京以赵燕侠为典型，邯郸以陈素真、张鹤龄为样板。陈素真夫妇由 2000 元降为 1000 元，张鹤龄从 80 多元落到 50 多元，理由是地区文教局局长才行政二十二级 53 元。新来的地区文教局冯副局长受命给他谈话，这个冯副局长原来是团省委副书记，下放永年大县任县委书记，酷爱文学。一次去保定开会，午饭后到小西门书店看入了迷，听到墙上挂钟响了两下，意识到时间紧迫，拔腿就走，忘记了放回书。售货员追出门外，要回书还问姓甚名谁，举报到省委。抓了典型，小题大做，不由分说开除党籍，降两级任用。这个倒霉冯副局长受处分下来，连民主党派干部都不如，没人把他当回事。由他动员鹤龄降两级工资，鹤龄本想争论一番，但面对这位领导，心想人家第一次出面工作，下不来台，今后如何工作。同是天涯沦落人，别为难他了，鹤龄低头认了。

1961 年初整风整社，反浮夸风，贯彻中共中央六十条，人民公社核算单位由生产大队下放到生产队，重心由腰落到了脚。地区分家，大县分小县。邯郸留下了声名正旺的东风豫剧团，姚淑芳和郭兰枝的两个剧团回到邢台。省长刘子厚喜欢河北梆子，省戏校校长是个冀南老干部，把毕业的一个梆子班整体分给邢台京剧团，改建地区梆子团。两个河南梆子团下放为县剧团，一个到了临城一个到了清河。正是三年困难时期，剧团也要吃饭，排姚淑芳的拿手戏《抬花轿》。在豫剧界姚淑芳以彩旦超长，素有“常香玉的唱，姚淑芳的浪”一说。原剧本散乱，姚淑芳提出让张鹤龄改编。领导从省里请来个专家，不熟悉戏曲，吭哧半年啃不下，末了还得请鹤龄出山，三天就拿出来了，他早心里有数。演出效果特别好，新花轿从邢台抬到北京，轰动文艺界，整个北京都像娶媳妇一样热闹。演了几十场，又从北京抬到了广州，珠江电影制片厂要拍电影，陶金要当导演。在深圳演出时，吸引过来大批香港文化人。姚氏轿舞被移植到许多剧目剧种。

“文化大革命”兴起，鹤龄正在临城县剧团。小山城他是个大“黑帮”“文艺黑线的干将”，批判他的标语大字报铺天盖地，什么污水屎盆子都往头上扣。同牛棚的一位中学教员悄悄说：“你真有学问，《杀子报》《大劈棺》《马寡妇开店》，我从小就看，还不知道是你的大作。”鹤龄哭笑不得，问他多大岁数，回答63岁。鹤龄说我属鼠的，今年30岁，你看戏时我还没出生呢，怎么贪天之功归为己有。这几出算不上好戏，300年前就有了。

另一个罪名更邪乎了，说张鹤龄是苏修特务。剧团一个造反派揭发，抄地区戏研室金珂的家，获得一张照片，他身旁有个大鼻子，肯定就是苏联人。你张鹤龄与金珂是好朋友，他还能不发展你。鹤龄说那时金珂在总政歌舞团，跟着周总理访问苏联东欧，还得过一枚奖章。造反派说那就对上号了，金珂胸前面，圆溜溜金灿灿的东西，那是一块金币，特务经费，人证物证俱在。

粉碎“四人帮”以后拨乱反正，平反冤假错案，冯副局长当了副专员，分管落实政策工作。鹤龄去找他，“文革”中无端扣发工资，长达50个月，一直没有补发。副专员说：“查无凭据，没有结论，没有死伤，不算冤假错案。”鹤龄问：“那我算什么？”副专员苦笑着一声说，算“活该”！活该是冀南一句土话，指无辜受屈，自己无力摆脱，别人爱莫能助，自认倒霉吧，大人训孩子常用的一句话。鹤龄想了想，也是如此，苦笑着用舞台上的京白说：“活该，活该，我活该，你活该，大家都活该，哈哈哈。”

# 大 师 兄

1964 年搞“四清”，大军压境，李雪峰拥兵永年，刘子厚坐镇任县。驻村工作队队员少则十几人，多则几十人。慰问这万人大军，邢台地区梆子团出了名。剧目有《蝴蝶杯》《陈三两》《杜十娘》和现代折子戏《红松店》，一台青年演员十分出众，老旦岳青莲、青衣于伶芹、小生闫培兰等，初登氍毹，崭露风华。下来搞“四清”的总政文工团团长傅铎，看入了迷，场场不落。有人说刘子厚懂戏，在天津抓出了“大跃进”（河北省跃进梆子剧院），在邢台抓出了“小跃进”。我是戏迷，觉得背后一定有高人。那人说省戏校梆子班下来的，名师出高徒。我说也不尽然，看他们有些身段很出彩，连他们的老师贾桂兰、刘香玉也不曾见过的。刨根问底终于发现，邢台梆子团有个耿荣先，是尚小云的高足，功夫了得。前几年东风豫剧团的胡小凤、牛淑贤都是他调教出来的。从地方戏突出出来，有了京味、书卷气。后来终于见到本人，他爱人在邢台县丝弦剧团当文化教员，住在西大街。我的小戏《轰鸡》就是小丝弦推出来的。

尚小云祖籍南宫，生在北京，先学武生，后改青衣，文武兼备，歌舞并重，独创了刚劲峭拔、激越奔放、明快爽朗的尚派艺术。14 岁当选北京“第一童伶”，27 岁当选中国“四大名旦”。不仅是一位杰出的表演艺术家，还是一位卓越的戏曲教育家。1936 年创建荣春社，10 余年培养学生 570 人，成名成家者 150 多人。学员分荣、春、长、喜四个班级，耿荣先是荣字辈的，同期有杨荣环、景荣庆、方荣翔、徐荣奎、李荣威等名角。耿荣先是个戏剧奇才，生、旦、净、丑，四蟒四靠全拿得起来。可惜后来高度近视，戴2000度眼镜，不便登台。他文化不高，但过耳不忘，是个戏篓子。有人统计，荣春社共上演昆曲28出、京剧361出，老生、老旦、青衣、花旦、花脸、武生、武旦、小生、丑角各种行当，他都记个八九不离十，相当一部分烂熟于心，被京剧界称为“大师兄”。

尚小云古道热肠，扶危济贫，新中国成立前同行生活困难，有求必应，给五块大洋，时称“尚五元”。1952年7月率团归故乡，住在南城内一个破大院里，剧场是席棚，没有电灯，借来一台柴油发电机，票价一律只收五角钱。不顾暑热，连演七天，都是他的拿手戏。全县群众赶集上庙一样涌来，气氛十分热烈。先生眼含热泪，一再谢幕，恋恋不舍。耿荣先被师父浓重的乡情感动，第二年邢台王秉辰来京请人，毅然自告奋勇，愿为恩师故乡的戏曲事业竭尽全力。

耿荣先受恩师教育熏染，对艺术严肃认真，精益求精，一丝不苟。常说尚大师挑班，最早赶到戏院，提前化妆，有时亲自“打通”（开演前锣鼓，招徕观众），鼓舞士气。常说“唱戏就得像其事”，满弓满腔，真摔真打。耿荣先处处以师父为榜样，教戏育人。他视力不好听力好，豫剧、梆子唱腔很快掌握了。教练功常举一个例子，有一年演《连营寨》，下雨天台下观众少，师父的儿子尚长春把该耍的把子“大下场”改为简单的“小下场”。下场后被师父用木刀狠狠打来，罚50个“大下场”，告诫说：“从此记住，哪怕台下只剩下一个观众，也绝不许泡场。”耿荣先对此记了一辈子，像师父一样对待演出的每一个细节，用京剧界的行话，管弓弓弯，管箭箭直。

“文化大革命”开始，耿荣先成为造反派批判对象，说他黑线粗，黑根深，说他满脑子毒草，张嘴就放毒气。宣布从此不许再搞业务，去食堂劳动。厨房里热气腾腾，雾水挂满眼镜。他常常加煤加不到灶膛里，添水添到锅沿外。摘了眼镜又寸步难行，不是踢翻盆就是撞上墙，只能拉风箱，回到家里对爱人说，我是一天三场《李三娘》。后汉将军刘智远从军，妻子李三娘在家倍受兄嫂虐待，逼其改嫁，不依就罚入磨坊，天天汲水推磨。磨道里产下一子，取名咬脐郎。耿荣先说厨房磨坊一样，吃苦受累不怕，也想产一子，琢磨出一部戏来。

1970 年至 1971 年，《红灯记》《沙家浜》《智取威虎山》拍了电影，全国上下强力推行样板戏，邢台梆子团要排《沙家浜》，一杆人马赶到北京京剧三团。这个团是原来四大名旦剧团的班底，荣春社的人多。他们问："邢台的，大师兄来了吗？"爱搭不理。带队的见势不妙，连忙打回去电话，让耿荣先换了衣服理了发，"描容上路"，也是一出京剧。

师兄弟们久别重逢，格外亲密。都知道大师兄爱喝两口，没有别的嗜好，天天有人请。一次喝高了，醉倒大街上，被巡逻的民兵抓住，送交派出所。那时正清理阶级队伍，抓"五一六"分子。看他戴着眼镜，形迹可疑，刑讯逼供，文武带打。耿荣先一辈子泡在戏里，好像走进《探阴山》《夜审潘洪》，如今遇上真的，受到惊吓，神经错乱了。有人说他喝醉了，在丰台铁道上数枕木，走一根枕木说一出戏名，不知数到哪一出，被呼啸而来的火车头撞飞了，回到他永远的戏剧世界里。

## 神嘴白良

十一届三中全会后，大张旗鼓拨乱反正。著名剧作家白良先生找到市文化局领导，要求落实政策。局长翻开档案苦笑着说：

“1957 年‘右派’分子名单上没你，说‘漏划右派’是群众运动所为，无法按‘错划’改正。1959 年的‘特嫌’系群众运动所为，查无实据，无从平反。”白良仰天长叹，这“双科”帽子确确实实地扣在自己头上 22 年，压得头难抬、身变矮，鬼门关前几徘徊。22 年“紧箍咒天天被人念来念去，常常头疼难忍”。

白良先生 1929 年生于获鹿（现鹿泉），农兼商家庭。13 岁随父到北平上中学，因参加学生爱国运动，“有反当局言论”，被当作“赤嫌”，记大过，勒令退学。1948 年逃出城来，步行七天七夜投奔革命，曾任石家庄市文工团演员、编导，市广播电台记者。工作兢兢业业，三年连升四级，当上记者科科长，议定保送苏联进修。1957 年因为被动员帮助党整风，提了一条意见：“正局长年老忘事，副局长年轻有为，不如调换一下位置。”被上纲为“要党下台”（其实两位局长都是党员），批斗十几天，定为右派分子。多亏市委宣传部部长爱才，“刀下留人”，才没戴上帽子。但是单位盯住不放，“死罪能饶，活罪难免”，仍按右派对待，“下放井陉农村为民，与原单位脱钩，不发工资，自食其力”。全凭自己忍辱负重，努力表现，才勉强回到机关。

可是有关领导并不罢休，拿着放大镜翻旧账，发现他入党申请书向党交心时，有“二十万学生集会见过蒋介石，同学中有一名国民党员”字样，如获至宝，1959 年被定为“特务嫌疑”，查抄住室，画地为牢，除了宿舍食堂别处不能去。不久便被清洗出电台，几欲下放县乡，没人敢要。先后被塞到滹沱河盲流化工厂、制胶厂劳动，收购骨头熬胶。白骨如山，苍蝇满地，臭气熏天，还被诬为臭味相投。

一人“犯罪”一人当，倒也罢了，还株连老婆孩子，被逐出城市，回乡为民。屋漏偏逢连阴雨，三年困难吃不饱，妻子面黄肌瘦，儿女嗷嗷待哺，欲哭无泪，求救无门。曾写诗一首：五七反右无戴帽，举家被贬上山村。三年荒旱曾食草，长歌当哭青山应。……嬉笑掩泪瞒故人。

十年“文革”，更是在劫难逃。进牛棚上干校，清不完的队，受不完的罪，流不完的泪。起初逆来顺受，忍气吞声。后来成了“老运动员”。忍无可忍时，也会表现出一个文人的傲骨。一次友人告密，说他为“大毒草”《桃花扇》鸣冤叫屈，写“黑诗”。白良理正词严，说自家门前有片桃林，有感而发，歌颂新社会，当场背诵。“一层朝雾笼桃花，点点桃花上青纱。回首远望花深处，红旗飘飘是吾家。”一连背诵了三首，让告密者哑口无言。一次八家群众组织联合起来，“八堂会审”他的“特嫌”问题。白良临危不惧，慷慨陈词，口若悬河，有理有据。捍卫自己尊严。驳得八家头头面红耳赤，无言以对。然后甩袖亮相，高唱样板戏“穿林海，跨雪原，气冲霄汉”，扬长而去，留下一片惊叹。从此白良一只妙笔一张利口出了名，赢得“铁嘴白良”的雅号。

1976年我采访到引岗渠，曾到过白鹿泉村。那里四面环山，背靠抱犊寨，面对长寿山，中间一条大道直通山西，是古时的秦皇驰道。南山前一股清泉，开放雪莲，潺潺东流，是当年韩信破赵射鹿所得之泉。县志上说，元朝诗人元好问曾终老此地，剧作家白朴多次前来探视，好一块风水宝地。泉北一户人家，依山傍水，占尽风光。进门讨口水喝，竟是白良老宅，大嫂还下放在家。怪不得白良锦心绣口，才思泉涌，700年前这里出了个元曲作家白朴，如今白家又后继有人。

白良自幼饱读诗书，聪慧过人。其老宅与龙王庙为邻，庙前有座戏楼，求雨谢雨，经常唱戏。白良在母亲怀抱中就学了不少戏文。母亲是个戏迷，嘴里常哼着《三娘教子》《三上轿》《三疑计》。父亲从北京120块大洋买回一台德国留声机，几十张“百代”唱片，戏曲的种子早早植在他心里。在北平上学，经常到长安、吉祥、广庆楼戏院听戏，看尽梨园名角，不仅是个戏迷，还粉墨登场，当了票友，在学校晚会上出现，为后来剧本创作打下了基础。

落实知识分子政策，白良已届知天命之年，知厄运已过去，知来日可追，苦难和多彩的生活，成为他的宝贵财富，奋力写作，铁嘴神笔，创造艺术的巅峰。1981 年新编古装剧《花烛恨》进京连续演出一个月，至今久演不衰。1985 年现代喜剧《瘸腿书记上山》轰动全国，荣获全国优秀剧本创作奖（曹禺戏剧奖前身），收入《中国戏曲现代戏史》，之后一发不可收拾，好戏连台，京剧《许世友下山》、丝弦《爱民情深》分别获第二届中国戏剧文学金奖和优秀剧本奖;《大山恋情》《赌海情仇》《张金垠》《怒斩白面狼》分别获省优秀编剧奖、现代戏超百场奖、“五个一工程奖”、文艺振兴奖，被誉为全国“成就卓著的老剧作家”，实现了艺术生命的辉煌。

今年白良先生八十大寿，依然笔耕不辍，历久弥坚。《白良剧作选》问世，更是河北文坛一件大喜事。

## 左 武 琮

把左武琮打成右派分子，纯属胡闹，玩笑。此人不单姓左，思想意识还“左”得可爱，绝无与右字沾边儿。当年山东人民出版社搞运动，学习周扬讲话，他不该赞美之后又加了一句:“为工农兵尤其为占多数的农民服务的口号应该更响亮一些。”运动领导人抓住不放，认为他形“左”实右，右在形式而非内容。以当时的政治气候，反本单位党支部书记即是反党，何况他是挑中央领导的毛病，这还了得。左武琮时年 28 岁，血气方刚，又根红苗正，据理力争，越挣脖子上绳套越紧，由中右升格为极右，开除党籍开除公职，押解原籍，交由群众监督改造。

左武琮是邢台县大陈庄的娃娃，乡亲们知根知底，不相信他会反党反社会主义。贫农出身，“七七事变”那年，枕头里的谷糠都吃光了，逃荒山西，在一家鞋店当学徒，8 岁大的孩子伺候店主一家老小，一人没睡他就不能睡，一人醒来他就得醒。白天扫地打水倒夜壶做饭，晚上蜷缩在灶炕里打盹。后来回邢台给一家皮货店当小伙计，打水倒夜壶做饭外，还得拉车接送两个少东家上学，泥里水里，风雪无阻。新中国成立前夕担任市店员工会小组长，出生入死送情报，送弹药。在一二九师的哥哥豫北战役牺牲后，说服父母参加刘邓大军，挺进大别山，成为三纵九旅一名班长。文武双全，被提拔为副营职宣传干事，兼《进军报》战地记者。羊山战役只身炸毁敌人一辆坦克，荣立大功，后任海军某基地指导员。1955 年山东省政治学院毕业，转业山东人民出版社当编辑，从头到脚红通通，一个污点都没有。

左武琮也根本不把自己当右派，回乡只当一个老兵转移战场，一条扁担不离肩，为烈军属挑水，替五保户攒忙。大陈是丘陵区，十年九旱，党支部号召改天换地，他冲锋陷阵。一次修地，他抢先爬上崖头，摸阎王爷鼻子，下面掏空了，把他摔了个半死。一次打大口井，他把别人劝上去，自己挖龙王爷屁股，井口塌方了，把他活埋在底下。乡亲们大受感动，称他为“右派雷锋”，选他为“模范四类分子”，上报县委为他摘帽。那时我还在宣传部帮助工作，部长同意，让吴书堂和我去办理。第一次见左武琮，30 多岁，一身农民装束，掩不住训练有素的军人气概。浓眉大眼，高高鼻梁下一张元宝嘴，未说先笑，十分随和。但是说明来意，刺到他的痛处，十分震怒。大声说：“我不是右派，根本不是，要弄就得彻底推翻。”这个条件全中国也没先例，不欢而散。左武琮吼声如雷，把我都吓傻了，村干部打圆场：“他是个聋子，说话声高。左边那个耳朵，羊山战役炮弹震聋的。”

几年后再见左武琮，右耳也聋了。大家喊他“真聋夫子”，天字出了头。还是那处小院，门朝西开。妻子去世了，与小女儿相依为命，日子过得很煎熬，小院也灰暗阴冷了许多。日近中午，老左正坐在南屋灶坑里，头发乱成一堆茅草。扳过肩膀露出脸，浮肿得像一块发面饼子，黑中带黄，目光呆滞，眼角瘀血。“文化大革命”头上没了光环，低人一等，干一天活，男人记十分工，妇女记八分，给他记六分，分的麦子全换成代食品。谷糠薯渣团子捏不成个，捧在手里吃。已是午饭时刻，他掰了一块，我也捧在手里和泪咀嚼、咽下，体会这苦人的艰难。四下打量，家三伙四，破破烂烂，唯独一摞摞书报整整齐齐，我放心了，这个汉子精神没垮。我还知道，老左尽管落难至此，身旁还有一帮文学青年，本村的，石头庄小陈庄祁村的，有男也有女。“文革”前围着他，众星捧月，到如今也不嫌弃他，常来走动，给些衣食帮助。老左全聋了，会用眼神手势交流，给他温暖。

1979 年 12 月彻底平反，机关领导当面低头赔罪，称赞他一贯拥护党和社会主义，根本不存在右派问题。左武琮不屈不挠，梗着脖子过了 22 年，就是等的这句话。话既出口，坦然一笑泯恩仇，补发工资一分不要，安家费一分不要，到邢台县任文化馆副馆长，而且离开城市到将军墓，创建山区分馆。那时还不兴助听器，他知道自己耳聋，反映现实生活有困难，定了个目标，深入了解山区抗日斗争，重点创作抗大在浆水。步行走遍四大山川，访问千家万户。又追踪全国 30 个城市，采访了 40 多名将军。老左采访不花公家一分钱，全凭自己那点工资，饥一顿饱一顿，常常露宿街头。有一次北京一位老将军留他吃住，推说已经解决了。出门不远睏上来，找了个墙旮旯钻进去睡着了，被巡逻的战士抓住。老将军落下热泪，拿钱塞给他，还是坚决不要。终于 42 万字的《抗大风云》由花山文艺出版社出版了，反映挺进大别山的电视连续剧《召唤》问世了。众多英雄人物形象的背后，正是这个铁骨铮铮的硬汉子——左武琮。

# 邢　卓

"文革"后期在《河北文艺》当编辑时，邢卓的一组诗让我惊叹，专程到保定"家访"。十一中语文教研室见到他时，让我眼前一亮，25岁，血气方刚，方阔脸膛，棱角分明，浓眉大眼，十分刚毅，锋利的目光，透着无所畏惧。我暗想，这个才华横溢的秀才，倒像是气冲斗牛的武侠，《挑滑车》高宠、《连环套》黄天霸一样的气质。

还真让我说中了，经过了解，邢卓确有一段传奇的经历，是一个反潮流的英雄，一位敢于公开向"四人帮"叫板的义士，传诵一时的"王亚卓事件"就有他，果然卓尔不群。

1974年冬，北京小学生黄帅，在日记里给老师提意见，受到批评。她给《北京日报》写信，希望报社帮她解决师生矛盾。几天之后来了一男一女，鬼鬼祟祟，要走了日记。12月12日，《北京日报》刊登出黄帅批判"师道尊严"的"来信和日记摘抄"。6天后《人民日报》头版头条全文转载，还加了编者按，称赞黄帅是"敢于反潮流的革命小闯将"。一时间12岁的小女孩成为风云人物，到处做报告，参加国宴，占尽了风光。

这时，内蒙古生产建设兵团十九团三个年轻人，政治处报道员邢卓，新闻干事王文尧，电影放映员恩亚立，正在议论此事，很不以为然。他们结合家乡见闻，有理有据地反驳，那么多好端端的学校，被造反学生砸得乱七八糟，辱骂老师，往老师椅子上抹粪，老师们威信扫地，怎么教书育人？王文尧的父母姐姐都是教师，体会更多，越说越气，义愤填膺，站起来说："我们跟她辩论，要不，她还以为自己多正确呢！"也不顾及《人民日报》和编者按，当即决定给黄帅写信反驳，署名呢，王文尧、恩亚立、邢卓各取一字，就叫王亚卓。信发出去，出了一口怒气，觉得痛快。不久收到了黄帅的亲笔回信，说："我年纪小，不成熟，很多问题不明白，想和你们继续讨论。"王亚卓们觉得，这小孩态度还不错。

谁知几天之后，2 月 11 日，中央广播电台公布了《黄帅致王亚卓的一封公开信》，竟然大加挞伐："在革命滚滚向前的洪流中，资产阶级老爷们发出悲哀的嚎叫，挽救不了自己灭亡的命运。你的话同资产阶级复辟势力的语言多么相似！"不知道这个"资产阶级老爷"，其实是三个小青年，一封信竟像复辟势力那样可怕，让他们坐卧不安。那时正搞"批邓反击右倾翻案风"，"黄帅事件"是他们祭起的一件"法宝"。

"四人帮"动用专政手段，"王亚卓"厄运来临。很快被关、打、饿，流放沙漠，逼他们低头认罪，反戈一击，交出黑后台。三个小青年挺直腰板，拒不低头，像沙漠中的三棵胡杨。邢卓是"王亚卓"信件的执笔人，打击重点，受苦最多，批斗二十多场，给留团察看处分，等候从重发落。他妹妹与黄帅同岁，听说哥哥成了"反革命"，受到惊吓，昏迷不醒，死于医院。母亲本来体弱多病，经不住打击，不久也离开人世，真个是家破人亡。1976 年初，周总理去世，"批邓反击右倾翻案风"愈演愈烈。基层领导看他处境艰险，再无出头之日，劝他办了"病退"手续。邢卓挥泪脱下军装，告别了七年的军营戍边生活。

在那个异常寒冷的春天，邢卓灰溜溜地回到保定。看了档案，没有哪个单位敢收留他，还是母校十一中知根知底，一个品学兼优的学生，当年带头报名支边，让他当了一名代课老师。

1978 年 6 月，《人民日报》发表《揭穿一个政治骗局》，将

“四人帮”制造黄帅事件，迫害“王亚卓”的真相公布于世。一夜之间，邢卓成为家喻户晓的政治明星，当选五届全国人大代表。如果“顺竿爬”，以邢卓的智商和胆识，会不费力地爬到相当的高位。但是邢卓泰然处之，拒绝了仕途，选择了文学，到保定师专中文系进修了三年。

1984 年省作协在全国率先创办文学院，我首先想到的是邢卓，他和保定的韩冬、薛勇、李景田、安宇，以及全省范围内的王立新、董天柚、何香久等中青年作家脱产二年，边学习边创作。在首届文学院二三十名学员中，邢卓是最为刻苦者之一，两年中写出长篇小说《雪纷纷》一部，中篇小说《忌日》《冬天的风雪》《感情的冲刺》《月亮对着太阳笑》等中篇小说六部，《愤怒的二重奏》等短篇小说九篇。其中《忌日》等三部是写“王亚卓”事件的，荣获“十月文学奖”。我非常了解这些作品来之不易，进文学院时他的一对双生儿子刚刚落地，白天当保姆，夜里搞创作。文学院每年集中学习三四次，每次少者半月，多者三十天。两年中他一次假也没请过，白天听讲座，夜里写小说，眼都写红了，脸都写青了。毕业典礼时大家都说，邢卓是文学院的劳模。

# 马 胜 利

燕赵儿女不笨，且不说唐宗宋祖、祖冲之、郭守敬，就连近代发明创造也层出不穷。抗战时期的地雷战、地道战、雁翎队，农业合作化时拥有全国最多的劳模，工业战线常说：河北出经验，山东出效益。30 年前国企改革，邯钢经验，保定马恩华，名噪一时。石家庄更是一马当先，“马承包”“张联合”“许引进”“夏服务”，并称石家庄经济改革“四大名旦”。

1983年元旦我受命主持河北省作协工作，深感形势所迫，河北作家只熟悉农村，不大懂工业，不抓紧就会错失良机，酝酿成立作家企业家联谊会，聘请工人作家孟云奎联络。文企联姻，全国首创，得到省委副书记李文珊支持，1985年初召开成立大会。会长关玉尧，原石家庄华北机械厂厂长，时任省机械厅厅长，正在筹建正定荣国府。我任常务副会长，副会长还有马胜利、张兴让、许期颐、郎宝祥、王汝林、刘汉章和作家陈冲。会上宣读了王蒙同志和国家经委的贺信。王蒙的话至今记得清楚，企业家和作家是改革开放两个最敏感的阶层，命运息息相关。会后组织一批作家深入工厂，孟云奎在塑料厂总结“满负荷工作法”。文学院作家王立新跟随马胜利，如同一个秘书。

石家庄市造纸厂在北道岔，北马路与京广线交叉口，距省作协仅两站地，我也常去看马胜利，他属虎我属兔，性格有差别，互相吸引。老马是回族，只上过小学，人很聪明，快人快语，嘴角常挂一丝笑意。原来在棉一工作，工会积极分子。棉一厂长调到造纸厂，让他当销售科科长。这时造纸厂正在困难时期，管理混乱，产品积压，已经连续三年亏损。1984年市一轻局下达利润指标17万元，一季度末还不敢接受。马胜利坐不住了，反复研究农村家庭联产承包责任制，打算借用过来，承包造纸厂。

1984年3月28日，造纸厂门口贴出一张决心书：向领导班子表决心。署名马胜利，请求承包造纸厂，承诺利润翻番，工资翻番，达不到目标，甘愿受法律制裁。围观者人山人海，阻塞了交通。厂内更是炸了锅，说他“抢班夺权，野心大暴露”，立即免去科长职务。老马也不示弱，决心书送到一轻局，市民们议论纷纷，拭目以待。4月19日召开答辩会，100多人赶来参加，马胜利在承包合同上签字，立下军令状，当年实现利润70万元，力争100万元，以后每年递增20%。

马胜利又在厂门口贴出一副对联：打破铁饭碗，砸烂铁交椅。横批：多劳多得。随即出台一系列政策，层层承包，责任到人，明确奖惩。围绕既定方针，又制定了“三十六计”“七十二变”。老马表现出大将风度，胸有成竹，指挥若定。以产定销，市场需要什么生产什么，把原来大卷卫生纸，包装一变六，颜色一改三，还发明了“香水纸巾”。政策调动了积极性，利润打着跟斗往上翻，1984 年达到 140 万元，1985 年 280 万元，1986 年 560 万元。老马创造了“一包就灵”的神话，成为国企承包第一人，新华社发了通稿《时刻想着国家和人民利益的好厂长马胜利》。马胜利成为改革开放的符号，两次获得“五一劳动奖章”。

一马当先，一帆风顺，城府不深的马胜利有点飘飘然，做了一个超大的牌子耸立门口，上写“厂长马胜利”，像一面飘扬的旗帜，赫然在目，走在大街上坐在火车上，一眼就能看见。树大招风，一天晚上王立新和马胜利半夜找到我家里。说中顾委有个老领导，新中国成立前就在华北搞经济的那位老人，看着刺眼，命令立即拆除。老马气呼呼地说：“牌子不能拿下，我马胜利事小，改革开放事业事大。”王立新说现在依法治国，法律哪一条规定牌子高低尺寸。我说先别着急，拖拖看，软磨硬抗，不了了之，“厂长马胜利”的牌子依然高高在上。

马胜利找到国企解困的药方，全国有 800 家造纸厂要求他去承包。老马兴致勃勃，马不停蹄地考察了 100 个造纸厂，闪电般承包了 27 家，成立“中国马胜利造纸集团”。1988 年 1 月 19 日成立大会，号称“中国造纸托拉斯”，各界人士都来捧场，尽说拜年的话。马胜利准备不足，27 家分厂法人都是他一个人，鞭长莫及，分厂只要老马的光环笼罩，不对集团负责。结果管理混乱，污水横流，纷纷受到限制。1990 年马胜利造纸厂亏损 300 万元，1991 年集团解散，1995 年口头通知，56 岁的马胜利免职退休。

马胜利倒了，除了自身原因外，我还想起了一句古话：“杀君马者道旁儿。”人们只顾看热闹，夹道欢呼喝彩，让你马不停蹄，一路跑死。这道旁儿可能包括我自己，不知不觉地参与了捧杀。大幕落下，光环褪去，老马还原了自己，渐渐反省，埋头总结“十大失误”，酝酿写自传《风雨马胜利》。明白了自己是人不是神。同时他也明确地表示，自己打出国企改革第一枪没错，也不后悔，后悔的是有勇无谋。就经济发展而言，没有失败，只有探索。

门口那块超大的牌子终于被拆下来。老马在厂门口摆了个摊卖包子，马胜利牌包子薄皮大馅，味道鲜美，慕名而来的人很多，我风雨无阻，每天必到，尽量多买一些，分给左邻右舍，也给老马一点支持。2004 年山东一家鞋厂请老马出山，任总经理。老马问我去不去，我说当然要去。“马胜利”这三个字就是品牌，有特殊价值。中国人都知道，国企改革，千里之行，始于足下。

癸巳年一冬无雪，午马正月初四立春，接连两天飘起雪花，大地一片银白，一片肃穆，老马正月初六走了，让人想起，那张白纸上马胜利写了第一笔。

# 生活的存根

存根的《寒窗独语》展示了一种我不熟悉的生活，察南小城，城厢农村，抬头可见的黄羊山，一条桑干河把它们串联起来。桑干河是季节河，丰水期波澜壮阔，枯水时涓涓细流，如泣如诉。涿鹿人民的生活也像这条河一样，有旱有涝，起起落落。存根的家族世代经商，命运为时代左右，日子受“运动”折腾，旧社会苛捐杂税，横征暴敛，新中国成立后均产改造，直到“文革”下放农村，饱受苦难。这一时一地的生活，文学作品少有反映，面临被人遗忘境地，存根作为当事人刻骨铭心。父母从商，给他取名“存根”，是商业用语，指收支单据的底联、凭据，用于那个特殊年代的生活，颇为得体。

对于过去的痛苦，有不同的态度。有人纠结于心，耿耿于怀，不能自拔。也有人比较超脱，不在乎以往的坎坷，着眼于未来。存根属于后者，不是“伤痕文学”的模式，不是咬牙切齿，痛心疾首。“伤痕文学”是肯定的，但是已经过去20多年了，他不想重复，而采取痛定思痛的方式，跳出旧时圈子，冷静淡定，近似旁观。不是死盯着过去的悲剧，着眼剧情的发展；不是回到原地，趴在地上拓片、照相，而是站在今天回望过去，把个体经验，让大家分享。这样也并不减弱对生活本质的揭示。

《童年记忆》一组散文十分动人，作者随父母下放农村，吃商品粮沦为农业户，大人被打入另册，孩子也成为“可教子女”，倍受歧视、凌辱，心上烙印很深，很疼。但是作者今天回忆往事，好像若无其事，甚至轻描淡写。老师问学生们长大想干什么，贫下中农的孩子想当解放军，他说要当木匠。在那个天真烂漫、充满幻想的年纪，得出这样一个认识结果，中间的过程会充满血泪，作者避而不谈，读者可以想象得到，一个苦笑有时比一个长长的哀号更加打动人心。家里养了一只洋种大公鸡，野性十足，强悍，霸气，甚至还啄人，连累母亲拿上礼物去邻居家登门谢罪，不得不用铅把它的腿链上，母亲对邻居说:“养个儿子倒挺省心，养了个公鸡却老惹事。”鸡种从外国来到中国，自是不懂中国国情，更不受家庭出身的影响。它的雄心勃勃，威武不屈，天性使然。而人自小便被折磨了天性，哪里还能比得了一只鸡。对比何其鲜明，寓意何其深刻。《佛前一盏灯》写千年古刹清凉寺，被红卫兵砸成一片废墟，只剩下一失明的僧人支撑着，“一个孤独的灵魂担当了丛林的大难”，“佛又一次舍身救了一些人”。深刻的思考还带出几分禅意，让人想起佛陀“舍身饲虎”的故事。

书名“寒窗独语”，这个独字不仅指思想标新，也包括艺术独到。存根多才多艺，摄影、绘画，绘画中的国画、西画，都有造诣。他的碳素硬笔画集《长河遗韵》，100 幅素描把即将消失的桑干风情记录下来，传之于世。基本上是西洋画法，精细入微，又运用了国画的线条，中西合璧，形象逼真而又传神。他把这种方法也用在散文创作上，如《今日有约》《苦妮大娘》，淡墨勾画故事轮廓，浓墨突出人物性格，结构和记述近似小说手法。还有一部分散文，如《端午时节》《童年记忆》，更近似中国画，淡化形似，突出神似，不重写人叙事，着重表现感情，运用情节细节不在多而在精，而在典型化。前者以观察描写，往往求全求实，后者凭记忆写作，已有筛选提炼，更加情真意切，效果更好一些。

叙述是线条，语言是感情、韵味，存根的语言修炼到了一定程度，规范、干净、文雅。不仅有所追求，还注意了变化。山水游记追求雅致，乡情亲情注意朴实，但是差别还不够明显，总起来语言色彩还有些单调。雅时雅不够味，俗还俗不到家，山水游记可以华丽，乡情亲情需要朴实，有时语言的华丽与感情的真切是矛盾的，写乡情亲情过于华丽，削弱感情的真切，造成“隔”的感觉。就像平时亲友之间说话，如果咬文嚼字、海阔天空就显得虚情假意，家长里短，实话实说就觉得亲切。所以作品的语言，因意赋形，量体裁衣，本色些才好。

总之，存根的散文创作取得可喜的成就，已经跻身全省优秀散文作家前列，我们期待着。

# 忆逢阳

刘根来，笔名逢阳，祖籍沧州海兴。海兴和黄骅原来都属盐山县，苦海沿边，洼大村稀，芦苇丛生，是 1944 年华北大蝗灾的发源地。蝗群像黄风一样驱赶着逃难的人流，他爹一辆蚂蚱车推着媳妇走西口，走到张家口赶上日本投降，进了八路军的兵工厂，凭着心灵手巧成了技术尖子。一次跟着厂长进北京，住招待所，服务员看了登记，把老刘让进一个豪华套间，厂长安排普通单间。厂长大怒，找去理论。服务员指着登记册说："没错儿，他是八级，你是十三级，就得有差别。"厂长破涕为笑："他是八级钳工，我是行政十三级。"

根来 1946 年生，生就一个熊孩子，放屁蹦坑儿，尿尿和泥儿，一次玩疯了，一头栽进生石灰堆里，哭喊起来，泪水碰上生石灰，放热反应会产生 700 摄氏度高温，眼睛被灼烧成两个血铃铛。他爹抱着他跑了三家医院。肿消了视力也没了，困在家里，凭着仅存的一点微光，紧贴着书面看，他爹笑称舔书。家里的书舔完了，就背着他去图书馆、新华书店，上下班顺便送接。吃下去的书消化好，过目不忘，小伙伴整天围着他听故事，甘愿当他的拐棍。靠大伙儿帮助读到师范毕业，当上小学教师，发表了几首诗，调到张家口地区文联。

我在《河北文学》当诗歌编辑，看到署名逢阳的来稿，郭小川体，字迹清秀，列为重点作者，按规定进行一次家访。1973 年初次见面，他的一副眼镜让我看晕了，1800 度，何止瓶底，密密麻麻光圈相套，深不可测，后面的眼珠只剩菜籽大小。请我吃饭，在原察哈尔省宾馆，报社朱述新作陪。六月天点的涮羊肉，宾馆第一次开设菜品，在玉米面都要定量供应的年代，算很奢侈了。三个人都是第一次品尝，胃口大开，连肉汤都喝干了，把人家的铜火锅也烧穿了，赔了 16 元，刚好是根来半个月工资。

饭后到他家，一间小屋半间书。那时书价低，《老残游记》0.68 元，《刘半农诗选》0.6 元，《闻一多诗选》0.89 元，孙犁的《铁木前传》0.25 元，加在一起也不是个小数目。朱述新说都是牙缝里挤的，从他爹那里抠的，看根来人这么瘦，饭吃得少，书读得多。看根来的书，堆积如山，而摆放整齐，错落有致，分门别类，门牌号码，了如指掌。臧克家老师需要一本《敦煌曲子词集》，跑遍全省无觅处，在这里根来顺手取来，还要亲自送去，借机拜见仰慕已久的诗坛泰斗。

根来足不出户，知名度却很高，因为满腹学问和豪爽的性格，有个外号，有人唤刘大瞎，有人叫刘大侠。我每到张家口出差，他都全程陪同，只要他出面，一切问题迎刃而解。一年夏天，酷热难当，我们来到沽源金莲川，住在林区小木屋，果然是名不虚传的“凉径”，晚上天气骤变，北风呼号，飘起雪花，附近有三拨朋友来送棉大衣和毛毯。一年秋天在尚义县蒙古营，碰上连阴雨，草原变泥滩，进去的大路断了，民兵连长巴图叫来全营青年，一连七天，除了喝酒就是听根来讲故事，从蒙兀室韦，两宋、辽、金，成吉思汗，讲到土尔扈特回归，起伏跌宕，大开大合，听的青年们热血沸腾，忍不住策马奔腾，泥浆满身，个个都成了“土尔扈特”。第二年巴图来石家庄开会，已经是劳动模范，出席省人民代表大会。

根来与我性格相近，脾气相投，心相交情相感，简直就是另一个我。我天生一双 48 码大脚，买不到鞋，40 多岁还穿老母手做布鞋，前包后掌，反复修补。根来微弱的眼神看到了，趁我午睡时画了鞋样，让夫人牛惠泉找鞋厂定制了两双皮底鞋，来石家庄火车上展示一路，争相传阅，笑称我家哥哥脚踩两只船。得知老母亲去世，怕我悲伤过度，托胡学文从沽源逮了两只百灵，连笼子带鸟食送到家中，帮我度过此生一道大坎儿。听到鸟叫就听到了他的心声，根来有颗金子般的心。

说百灵想到另一只鸟。有一年刘根来、边国政和我到云南开会，在中缅边界畹町买纪念品，国政挑了一把景颇刀，我要了一挂紫檀珠串，根来选了一只缅甸鹦鹉，一身橄榄绿，颈上紫环带，胸前玫瑰红。漂亮极了，根来要带给他老爹，一岁幼鸟，还不会叫，生猛得很。关在铁笼里，不停地冲撞，飞累了嘴脚并用，撕扯那盛水的易拉罐，直到撕得粉碎为止。在楚雄宾馆，竟然咬破铁笼，兴奋地飞来飞去，逗我们玩似的。三条大汉六只手抓一只小鸟，40 分钟未果。还是根来聪明，用那样一双眼观察，发现鹦鹉只能飞直线，不会拐弯。吩咐我俩在墙边轰，他站在屋中央守株待兔。果然飞累的鸟儿撞在他身上，伸手捉住，被小家伙咬了一口，叼去一块肉，血流如注，绿鹦鹉变成了红鹦鹉。这只鸟儿跨六省市，越 5000 里到张家口，朝夕相处，终于和根来成了好朋友，渐渐学会了“你好”“老爸”“接电话”等几句奉承话，叫得老爹开心，逢人必说“瞎根来找了个替身”。听说这只鹦鹉活了七八年，与老刘同时老的。

根来工作也是一把好手，1982 年在全国首创《长城文艺》刊授，招得学员 5 万多名，公益之外又有经济效益。领导看他根红苗正人缘好，拟提拔他接班。根来坚辞，说：“地区文联用我，人家会说是瞎干。”那个年代是文学的辉煌时期，作家们创作热情高涨，出书难成为瓶颈。根来找到我，与新成立的中国文联出版公司协作出书，为河北几十名诗人出了诗集，还组织出版了《李莲英》《韩复榘》等几本畅销书，一下子打开了局面。

期间还发生一件奇闻，瞎子逢阳独自畅游巴蜀，走遍四川名城。沿途车厢船上与人攀谈，各地山水风光，文化古迹，奇闻轶事，滔滔不绝，绘声绘色，全是书本知识。而他自己每到一地，只能止步山下江边，听闻一下山风江涛，完成到此一游夙愿，行程一个半月，交通住宿费只花了240元，那时物价很低，旅馆住一夜只需一两元。

《燕赵都市报》创刊，开设一个文化旅游栏目，需要一位博学杂家，大家都说逢阳是最佳人选。原来是一句玩笑话，根来听说后，由夫人陪同赶来。开始码字排版，倒还顺利，后来改成电子版，根来熊劲又上来了，一头扎进电脑里，玩鼠标，舔屏幕，渐入佳境。一年下来栏目办得风生水起，知名度高起来，根来眼镜度数也达到极限，2300度，视力全无了，文字生涯到此止步。这一次根来没有泪水，反而是心安理得，笑说："我瞎逢阳临了潇洒走一回。"

## 导演左明

抗日广播剧《放下你的鞭子》曾风靡一时，也成为经典流传下来。但该剧作者的姓名，却很少有人知道，我也是近几年才晓得的。

他叫左明，汉中南郑人。汉中原为地域概念，首府在南郑。近代在原南郑设汉中市，仍有南郑县。汉中是历史文化名城，出戏的地方，《追韩信》《空城计》都发生在这里。

左明本名廖作民，1902年生，从小就是个戏迷，18岁入联立中学，组织纪念五四运动三周年游行示威，带头冲进道署衙门，展开为时三个月的抵制日货运动。1924年，他赴上海，就读于上海大学，编印汉中旅沪同乡会会刊《汉钟》，揭露汉中封建官僚巧取豪夺、苛捐杂税，显露出超人的革命激情和组织才能。

1925 年，廖作民转入北京国立艺专，编演时装戏。1926 年，创建了中国北方第一个红色话剧团体“五五剧社”，并加入中国共产党。1927 年，他重回上海，投奔田汉、欧阳予倩麾下，随南国社巡回演出。1929 年，廖作民与郑君里、周扬、陈白尘等 17 人创建摩登社、上海戏剧联合会、左翼戏剧家联盟，被誉为革命戏剧界四大金刚之一。1937 年，他组织抗日救亡演剧队，任第五队队长。南郑廖氏家族以其为“艺伶”，开除祖籍。廖作民索性甩掉姓氏，改叫左明。

左明是个戏剧天才，集编剧、导演、演员于一身，演出话剧《迷娘》时获得灵感，执笔写出《放下你的鞭子》，一举成名，一发而不可收，把抗日戏剧当作毕生奋斗的方向。他先后写出独幕剧《大义灭亲》，无声电影《王先生的秘密》，有声电影《难姐难妹》《王先生生财有道》等。他还因《王先生》系列影片 10 部，被后人称作“中国电视连续剧的开拓者”。

1938 年，左明率第五演出队到延安，受到毛泽东、朱德、周恩来的亲切接见。他建议将“马列主义艺术学院”改名为“鲁迅艺术学院”。他后来任该院戏剧系主任。毛主席说:“这个名字改得好，中国有了自己的旗手。”他的论文《我们的戏剧运动》，阐明了文艺为谁服务的问题，较早地提出“民主艺术”“艺术源于民众”“工农才是我们真正的服务对象”等命题。

左明长期艰苦奋斗，积劳成疾，患上肺结核，得到国际友人马海德的医治，并且享受到高干待遇，每天两个鸡蛋、半斤牛奶，还有鱼肝油。战略转移时，周恩来亲自安排他随中央纵队行动，有马骑。

1939 年秋，左明带病回乡，为鲁艺招生，被国民党特务尾随，《汉中日报》公开了他的消息。他不得已在城固县教书，创作了话剧《中国进行曲》。为实现创作抗日戏剧的抱负，他于一年后到重庆，与田汉会合。周恩来又资助他回乡治病。他抱病创作话剧《爱国一片心》，只差一场没有结尾，于 1941 年重阳节遗憾离世。他去世那天，汉中发生了罕见的日全食。

这一年，左明年仅 39 岁，从事戏剧活动 16 年，但是他对中国戏剧事业的贡献是巨大的。

# 忘不了的一些事

# 惊 雷

中国人发明了火药，也发明了地雷，古称“火药炮”。1130 年金兵攻陕州，宋军以地雷克敌制胜。1412 年焦玉著《火龙经》，记载了地雷的制法；明代《武备志》中收录了十多种地雷的构造图。戚继光守蓟州，地雷也是看家的武器。直到诺贝尔的炸药问世以后，中国才落后挨打。

中国民间会做火药，连我都能。儿时过春节，从厕所茅坑砖墙刮些碱格巴，加上木炭，研成面儿就可以当礼花。解放区小学课本上，读过《李勇埋地雷》，课外读物有《爆炸英雄李混子》，讲的是家喻户晓的英雄人物。1962 年八一厂出品了电影《地雷战》，背景是胶东抗日根据地，其实地雷战搞得最红火的是冀中。1986 年省委组织部一位同学告诉我，冀中地雷不是土炮，而是洋雷。当时一位美国外交官参观后说，冀中的地雷可以与美国的火箭媲美，美国掌握的技术，在中国晋察冀各处都有了。

冀中地雷战惊天动地，因为背后有一批科学技术人员，为首的叶企孙，是我国近代物理学一代宗师。他 23 岁时，在普朗克常数 H 值和高压磁学研究上已经处于世界顶尖地位。回国后创建了清华大学物理系、北京大学磁学专门组。23 名“两弹一星”功臣中有多人出自他的门下；著名科学家华罗庚、李政道、杨振宁、钱学森，都是他一手提携出来的，是专门培养大师的大师。尤为突出的是，他还是一名伟大的爱国者。

“七七事变”那年 8 月，叶先生奉命南下组建西南联大，因交通断绝和伤病而滞留天津，负责清华职工转运工作。正逢冀中军区司令员吕正操派人动员京津一批知识分子到根据地来，天津方面有市委书记姚依林支持。叶先生的助教熊大缜先行抵达冀中，不久任军区供给部部长，不断派人到天津提出炸药和无线电收发机的需求，先生奔走京津之间，介绍了一批物理方面的研究生、实验师到抗日前线。

抗日战争并不如歌曲所唱:“没有枪没有炮，敌人给我们造。”从武士道日本兵手中缴获枪支还有可能，得到炸药万分艰难。军区有一批阎锡山丢下的原料氯酸钾，按“一硝二磺三木炭”土法制药时，干透的氯酸钾与硫黄一混合就爆炸。科学家们发现掺上植物油再混合，就可以制成稳定的炸药。用电雷管引爆导火索效果最好。氯酸钾用完以后，他们用肥田粉（硫酸铵）和火硝研制炸药，用更灵敏的电汞雷管引爆，效果更佳。肥田粉和制雷管的铜壳、铂丝都要向叶先生求助。先生利用清华大学留守基金和私人捐款近三万元采购，在英租界油漆厂秘密制造炸药，做成条状混装在肥皂箱内，运往游击地区。还设法购置药品、无线电通信器材、子弹图纸等，源源不断送给冀中八路军。有的科学家把急需的铜线反复折叠，塞进条绒灯笼裤里，瞒过敌人的岗哨。

洋地雷在战斗中发挥神威，科学家得亲自操作，在方顺桥炸翻了日军火车，在白洋淀炸沉了日本汽艇。可惜这些丰功伟绩被一线战报宣传淹没了，功劳都记在了保定外围神八路和雁翎队名下，科学家只能成为无名英雄。所幸上级领导并没有忘记他们，聂荣臻当时说:“我们今天在战争中消耗很大，就要依靠‘边区科学家’。”吕正操后来说:“知识分子确实在冀中军工生产中起了很大作用。”

但是好人未必有好报，叶企孙最得意的门生熊大缜，为赴国难，放弃了赴德留学的名额，取消了婚期，一腔热血投奔冀中抗日前线，出生入死，功绩卓著，位至军区供给部部长。想不到1939年4月，军区锄奸队以莫须有的罪名，将他当作“国民党特务”逮捕。7 月在反“扫荡”途中，押解员未经批准，对熊大缜施以毒手，用石块将他砸死。此案株连知识分子上百人之多，甚至连吕正操司令员也受到了怀疑。身为军工科技的核心人物，叶企孙先生自然不能幸免。师生相知，情同父子，先生听到噩耗后，心痛不已，连夜赋长诗一首："一朝君奋起，投军易水东。壮志规收复，创业万难中……"

先生科学大师，大仁大义。20 世纪 40 年代曾任中央研究院院士、总干事，享受国家最高荣誉。国民党撤离大陆时，专门派飞机去北平抢运教授，先生断然拒绝，献身新中国科学事业，想不到后来背了一个“国民党特务”的名号。1967 年被红卫兵揪斗、抄家，扣发工资，编入“黑帮劳改队”，刑讯逼供，一度神经错乱。第二年被关押，连续八次提审，受尽精神凌辱和肉体折磨。先生出狱后病情加重，小便失禁，两眼肿胀。如此风烛残年，仍在监控中，海外来访的故旧如赵元任、任之恭等提出探望均被拒绝。直到 1975 年春才宣布解除隔离，然而为时已晚。先生于 1977 年 1 月 13 日含泪去世。享年 79 岁，终身未娶。一代科学巨星陨落，报端不见一字。追悼会规格很低，悼词模糊不清，吴有训愤然退场，以示不满。

熊大缜的冤案始终像秤砣一样压在吕正操的心头。拨乱反正时，他秉公上书，1986 年河北省委做出《关于熊大缜问题的平反决定》。千古奇冤一朝昭雪，遭受株连的叶企孙先生和他同案的科学家、知识分子的问题迎刃而解。1992 年 127 位海内外著名学者联合签名呼吁，在清华大学为叶企孙先生竖立纪念铜像。2000 年又出版了他的传记《中国科技的基石——叶企孙和科学大师们》。叶企孙、熊大缜师生等人在天之灵，不知作何感想。

# 小 三 线

1964 年 8 月 2 日，美国驱逐舰“马多克斯”号入侵北部湾，第七舰队悍然轰炸河内，战火烧到中越边界。毛泽东彻夜未眠，一早在中国政府声明文稿上写道：要打仗了，我的行程得重新考虑。这个行程指骑马考察黄河的浪漫之旅。

鸦片战争以来，中国多次遭受外国列强侵略，平均 15 年一次，国家险些被瓜分，死难同胞 5000 万人。想起当年希特勒闪电进攻苏联，万里疆土竟然没有后方可言，因为乌拉尔山以东没有工业。而此时的中国也是七成工业在沿海，改善工业部署，调整一线，建设三线，成为毛泽东晚年一个富有远见的战略部署。主席接连发出指示，一次说：“三线一天建设不好，我就一天睡不着。”

三线建设历经三个五年计划，投入 2052 亿元经费，400 万人力，项目 1100 余个。沿海工业和科技单位，尤其是“独生子”大举内迁。曾经拥有茅以升等杰出科学家，被称作“中国麻省理工”的唐山铁道学院，连锅端到了四川峨眉山，河北高教大伤元气。

“三线”包括京广线以西、甘肃省的乌鞘岭以东和山西省雁门关以南、贵州南岭以北的广大地区，重点工程有成昆铁路和攀枝花钢厂。彭德怀被起用为中央西南局“三线”建设委员会第三副主任。河北在东部沿海、西部三线之间，属于“二线”，按毛主席指示：“各省要搞兵工厂，先搞修理，再搞制造，要自己造步枪、冲锋枪、轻重机枪、迫击炮、子弹、炸药。”省里共有军工单位 13 家，全部转移到冀西山区，称“小三线”。第一批在曲（阳）阜

（平）；第二批在涞源，重点是涞源钢厂；第三批在石家庄、邢台、邯郸西部山区；第四批修建战备公路。大小四五十个军工厂，遍布八百里太行，要建成一个真正的“铜墙铁壁”。

三线建设要求特殊，布点要“靠山、分散、隐蔽”，厂址要“山高而陡，沟深而窄”。省委战备领导小组组长是李颉伯，省地市办公机构统称“三办”，“文化大革命”后改为军工组。邢台待人宽厚，没让他们进深山，厂址选在距离市区不到百里的将军墓镇。三机厂在孟家嘴，四机厂在稻畦村，都是生产半自动步枪子弹的。电讯器材厂在将军墓后山，镇东建立了一座军工医院，计划下一步在路罗山区建设机关枪厂和高射炮厂。

1970 年冬在邢台县将军墓，我正碰上“小三线”上马。指挥部有一个朋友，县丝弦剧团副团长武茂生。将军墓是山区重镇，位于稻畦川口，援建队伍来自邢台、临西两县 1300 名民工，拥有 10 部卡车、30 部拖拉机和 50 辆马车，可谓兴师动众了。邢台县曾是抗日模范县，1937 年 11 月张贤约将军率领八路军先遣队来到西黄村，1938 年 4 月刘、邓率东进梯队进驻小道沟，1940 年 11 月抗大总校迁至前南峪，都在邢台县地面。县委书记高扬、县长胡震是邓小平在西安中山军事学校任教时的学生。山区群众积极抗日，当年稻畦村民兵老二说，什么时候咱山坡上的玉茭结子弹就好了。今天老二当了副支书，稻畦川里真要出子弹、手榴弹了，兴（奋）得他走路一溜小跑，脚手不闲。

防止成为敌人空袭目标，三线厂建筑形式要“村落化、民房化”。邢台山区民房是石块垒墙，石板盖顶，木头门窗，石块石板都是红砂岩，与当地的丹霞地貌浑然一体。建厂民工和当地群众兵分两路，一部分人开山取石，一部分人准备木料。社员们把儿女成亲盖新房的梁檩、老人们留的寿木、厨房的大案板都献出来了。工地需要什么，就到老百姓家里拿什么，只凭指挥部马主任一枚手戳就可以了。县政府拿起当年“支前”的精神，发给工地每人每天一斤粮食、每月一斤食用油的补助，当时县里职工定量是每人每天一斤粮、每月半斤油。县供销社把全县自行车、缝纫机的五分之三送给三线职工。城里人离不开肉，每人每月供应半斤，将军墓农民除了“猪呀羊呀送到哪里去，送给人民解放军”外，还特意到山西左权县赶回 70 头牛、驴，分到生产队寄养，养得体肥膘壮，供三线随吃随杀。

第一批军工 1600 人，一部分来自保定三线厂老工人，一部分来自天津、上海的技术人员，一部分是援越军人集体转业来的。军工们爬上山顶，对着群山高喊：“我来了！”军工的生活是：抬头看石头，低头踢石头，吃饭窝窝头，干活拿榔头。开始看着青山绿水，小桥流水，满是诗意。听老人讲抗日故事，唱丝弦四股弦，新鲜刺激，其乐融融。后来混熟了，亲如一家，不把自己当外人，青年工人偷摘桃儿杏儿，柿子苹果。召开军民团结大会，厂长支书并肩而坐吓唬：“人民民主专政，工人阶级为领导，工农联盟为基础，谁破坏工农联盟就是现行反革命。”开一次会平静十天半月，然后是一波未平一波又起。解决不了的是教育问题，学校下放到大队办，军工孩子插班学习，老师都是本村人，挣工分，教学像放羊，把一个个小宝贝都变成了蓬头垢面的野孩子。军工们哀叹：“军兵工人炼红心，深山老林扎下根。为了革命献青春，献了青春献子孙。”

十几年后，军工转民用，陆续下山。一次路过稻畦，路旁的军工厂，门窗都被卸下，变成了黑洞，眼睛深邃，笑口常开，往事如烟，好像一则笑话。可是我却不那么认为，反倒生起些许敬意。毕竟这些稻草人，吓跑了昔日南北两只猛禽。

# 深挖洞

1973年元旦，《人民日报》新年献词中传达了毛泽东主席的最新指示："深挖洞，广积粮，不称霸。"是对那一阶段国家生存发展战略的高度概括，比原来的"备战、备荒、为人民"通俗易懂，也更具体化了。

中苏两国兄弟阋墙，勃列日涅夫趁美国陷入越战泥潭，到处插手，在我国边界陈兵百万，大军压境，不断搞摩擦，甚至擦出了珍宝岛的战争火花。相传还向西方动议，对中国方兴未艾的核力量"动外科手术"。作为伟大军事家的毛泽东，一向主张打防御战，后发制人。他案头常放一本吴晗的《朱元璋传》。这个放牛娃出身的明朝皇帝尊重读书人，每攻占一地，必向当地文人问策。打下徽州时，老儒朱升进言："高筑墙，广积粮，缓称王。"《孙子兵法》上也说过："善守者，藏于九地之下；善攻者，动于九天之上。"拿过来古为今用，作为战略口号，是毛泽东的领导艺术。

这句指示层层布置下来，形成一个全民挖洞的高潮。任务下达到文艺组，老八路们摩拳擦掌。张庆田说："就是挖地道呗，这是老头脱泥钱——撂下的活儿了。"办公室主任老魏说："玩儿去吧，今非昔比，不是一家一户挖'蛤蟆蹲'，防手榴弹。这是现代化战争，要能防原子弹。"人（民）防（空）工程，要求在地下10米，文艺组编制25人，老弱病残干不了，出身、历史有问题的人不让干，怕他们打起仗来当内奸。剩下来能上阵的，不过五六个人、七八条锨。好在是"全民皆兵，群攻群防"。我们这个大院，原来是农业机械化学校，安插进了文艺组、文化局、教育局、出版局、干休所等几个小单位，联合起来挖地道，也不是人防工程的主干道，只是一个分支。

施工口选在一座大楼后面的空地上，旁边支起高高的苫布，遮人耳目。先挖一口竖井，直径 1.5 米。原始劳动工具，一镐一锹，愚公移山，蚂蚁啃骨头。挖到 3 米深以后，井口安上支架、滑轮，用吊斗往上提土，算是机械化了。挖够 10 米，再向两面横挖，才是真正的地道，宽 1.5 米，高 2 米，隔几步留一个灯龛，隔几丈留一个猫耳洞，还有厕所、贮藏室。防止塌方，挖一段用砖砌一段，一般人干不了，要用泥瓦匠。洞越深，光线越暗，气氛越紧张，好像回到了战争年代。

那时我 30 岁出头，人高马大，被称作“文艺组第一条好汉”。干活不会耍滑，手上起泡，用胶布贴上，慢慢地血泡磨成老茧。出大力流大汗，一顿吃一斤粮票的干粮，一个月定量只有 30 斤，“后方”的人就勒紧裤带支援。到了 5 月，洞里潮湿，洞壁挂满水珠，身体挂满汗珠，就脱了上衣，甩开膀子干。这时毛主席的口号被改作“深挖洞，光脊梁，不怕脏”。

挖着挖着，镐头碰到了石头，溅起火星。不光石头，还有水泥块、锈了的铁丝网、罐头皮，美国制造的。魏主任分析是 1947 年解放石门时，国民党守军的战壕，那时的石岗大街和北马路还是郊区，市中心只限于火车站周围和中山路两侧。老魏参加过石门战役，敌人壁垒森严，工事密如蛛网，多少战友牺牲在这里。新的火星引爆了他胸中旧的仇恨，眼前的地道和 20 多年前的工事接上了茬，当年的魏连长又像听到冲锋号一样，率领我们打起了冲锋，杀红了眼，身先士卒。可是突击行动加速了伤号和减员，我最后一个撤下火线。怎么办呢？长期行动已使地道无密可保，不如“降低资质”，让一些有点“出身、历史问题”的同志补充兵员，不搞“唯成分论”了，还美其名曰“全民皆兵”，匹夫有责。

我退下来后，也不大关心深挖洞的事了。据说若干年后，人防工程基本完成。城市下面又兴起一个街市，四通八达，指挥所，作战部，“五防三通”，能攻能守，是地下长城，是新的八阵图。据说工程浩大，投资上百亿，挖出来的坑道能绕地球几圈。

当然这些地道后来并没有派上用场，时间久了，废物利用，有的做了地下商场、地下仓库。相邻的一所工厂子弟学校，地下工事被孩子们用来捉迷藏。我付出许多血汗的那一段，被一个商贩用来储存香蕉，家人买了我也绝对不吃，看一眼腰肌劳损病就犯了。但是，对那一场“深挖洞”运动，至今我也不反感，不认为是“头脑一热，劳民伤财”。因为那是一场军事部署，而作为军事家的毛泽东是没打过败仗的。事前他老人家就说过：“你打我就打，你不准备人家就欺负你。你准备好了，他就可能不来，打来了也不怕，有办法。”正是这座地下长城的象征意义和震慑力量防止了一场箭在弦上、导火索哔剥作响的战争，保卫了我们的民族，保卫了我们的“两弹一星”。做事后诸葛亮，没多大意思。

“深挖洞，广积粮，不称霸”，至今已褪去了时代色彩，被中外众多的企业家、金融家运用在发展经济和商战上。可见它已经变成人类共享的一种智慧结晶。

## 五七大军

“文化大革命”开始，把知识分子划到地、富、反、坏、右、叛徒、特务、走资派一边，排在第九位，所以俗称“臭老九”。“臭老九”是臭豆腐，闻着臭，吃着香。演京剧《智取威虎山》，每当座山雕说到一句台词：“老九不能走啊！”台下总会爆发一阵热烈的掌声，说明人心所向。后来对知识分子执行“再教育”“给出路”

的政策。

河北省各干校给大批知识分子的出路是“插队落户”，从干部籍中除名，带着户口去当农民。因为我一向对工宣队“不配合”“不听话”，也被从创作组叫回，带着一名画家、一名琴师、一名演员，去临西县东留善固大队插队落户来了。不久，邢台地区插队干部来到，浩浩荡荡一百多人，带队的是我小学老师。虽说是被下放，因为集体行动，看不出他们愁眉苦脸。紧接着又来了五六十名天津知青，多数是初中毕业生，十六七岁，“少年不识愁滋味”，打打闹闹。这些人统称“五七大军”，都是按照毛主席的“五七指示”，下来接受贫下中农再教育的。以后又陆续来了河北大学、河北师大教改小分队，邢台地区文艺宣传队，加上长期驻村的新闻记者、写作班子，多达二三百人，占了全村人口的六分之一。那年东留善固邀请44个生产大队搞竞赛，邻村张三寨的群众说怪话：“俺们永远也赶不上，你们增加了那么多‘长工’，不花钱，光攒粪，一人一台造粪的机器。”

别林斯基说过：“悲剧是一所最好的大学。”但是，离开了一定的条件，悲剧只能是深渊，永远成不了大学。所有外来人口归一位驻村解放军干部领导。这位军人染上了时代病，整天瞪大眼睛寻找阶级斗争新动向，处处突出政治。每天早起，高音喇叭比公鸡叫得还早，把大家集中起来学理论。《反杜林论》《哥达纲领批判》，社员和知青听起来像天书，辅导员台上讲，台下鼾声一片。唤醒一个社员问：“《反杜林论》什么意思？”那个社员说：“他瞎说，明摆着，梨树都是杜梨嫁接的。反对杜梨，怎么有梨树？”问另一个社员：“《哥达纲领批判》什么意思？”那个社员说：“也是瞎说，哥哥大，弟弟小，这就是纲领。批判什么，没大没小，还不乱了朝纲。”

插队干部住在社员家里，专给知青盖了两排红砖房，房子很矮，进出都要低头。我们四人吃派饭，邢台干部们单独起火，知青一人一户，或者合伙做饭。他们多数人不会做饭，饥一顿饱一顿。

接受再教育，要大家脱胎换骨，与贫下中农画等号。一位干部光拉车，派锄地他不干，拉车两个车把平行是等号，锄地不是，锄把与土地成锐角，人在后面就是大于号。知青们三天一次“比茧”会，伸出手看谁掌上茧子厚。可怜这些孩子们，本来细皮嫩肉，锄把一磨就出水泡，水泡再磨就成血泡，血泡上面贴胶布，胶布磨破若干次，才能变成老茧，老茧越磨越厚，最后手掌疙疙瘩瘩像一块搓板。尤其一些女知青从一双纤纤细手到一块小搓板，要吃多少苦，流多少泪，才能完成这一次蜕变的痛苦过程。

成千上万城市知青农村落户，成为一个很大的社会问题，省、地、县都成立了知青办，帮助他们解决困难。然而问题依然层出不穷。个别知青看前途无望，消极悲观，走上了邪路。邻县四个知青，春节没钱买票回家，夜里用酒泡的窝头醉了生产队一头老母猪，放在一块门板上，盖了一床破被，抬着赶集去卖。路上遇到一辆卡车，问他们干什么，回答说送一位产妇去县医院。好心司机坚持要把他们抬上车捎进城。四个人怕露馅，只得一同上车。黎明赶到县医院，其中两个人去厕所，另外两个说去买吃的。一等不来二等也不来，听车上哼了两声，司机以为要临产了，掀开看是一头母猪。

一年以后，我们四个人分回到省直，邢台的干部大部分留在临西县。天津知青陆续在当地就业，少部分因为已经在当地结婚成家成为永久的东留善固农民。

至今我的户口本上还有这样的记录：1972 年某月某日从临西县迁来。

# 画 等 号

儿时农村的运载工具，主要有扁担和独轮车两种，一种肩担、一种手推。手推车又有平车和蚂蚱车两种，都是木架独轮。小平车推轻便之物，车盘在木轮上方。蚂蚱车运笨重东西，木架在车轮两厢，窄窄鞍桥罩在车轮上边，好像蝗虫脊背，两边车架似蚂蚱展翅，因而得名。有的地方称“鸡公车”，也是一种比喻。两个车把末端有绊绳，挂在脖子上助力。因为独轮，重心不好掌握，需要扭动腰身以求平衡。我十二三岁推平车，十五六岁学推蚂蚱车，常常人车摔跤，人仰马翻。

传说黄帝发明了车，故名“轩辕氏”。那是战车，四个轱辘，多点支撑。比较起来，独轮车更具想象力，据说是诸葛亮发明的，木牛流马的一种。独轮车沿用了1600年，解放战争时期再立新功，陈毅元帅说，独轮车推出了淮海战役的胜利。但是毕竟老掉牙了，西方的卡车都开到了青藏高原，它还吱吱呀呀唱着古老的歌。直到20世纪50年代，技术革新，农村才用上滚珠轴承的胶轮车，马拉的叫胶皮车，人拉的叫排子车。

1971年到临西县东留善固插队落户，二队的一辆排子车成为我的专车。队长说新社员拉新车，往地里拉粪拉土，往村里拉麦拉秋。当时流行一句话，接受再教育，与贫下中农画等号。评我为五好社员，同来的小刘不同意，说那是自来红，排子车两个车把是平行线，天然的等号，哄堂大笑。我也觉得自己差距很大，虽说一身黝黑，两手老茧，但还有一种农活不曾干过，就是出远门拉煤。

当时农村做饭、烧炕全用柴草，没有烧煤的。县城里都没有煤店，谁要卖煤就是长途贩运、投机倒把，煤被认为是奢侈品。东留善固当了先进典型，破天荒为五保户生煤火，时间仅限于腊月和春节一段时间。生火的煤，由生产队派排子车远到京广铁路以西的章村煤矿直接采购，车程230里，往返三四天。这个光荣任务，经我再三申请，终于争取下来。

出发那天，正是农历小雪节气，天在下雾。六个生产队六辆车，人带干粮驴备草，结队而行。去时空载，人还可以坐在车上，说说笑笑，轮流唱歌，轮到五队宝宝了，他还在打呼噜。捏住鼻子问，他说刚结婚，媳妇不给枕头，说罢歪头又睡了。一个嘎小子牵住驴笼头，掉转回头，小驴认道，乖乖原路返回去了。当时车过威县，已经走出30里开外了。

人有精神驴蹄轻，雾散了，红日当头，舍不得耽搁时间，午饭啃了几口凉窝头，找了个浇冬水的垄沟，饮了几口撅尾巴茶，继续扬鞭上路。日落前赶到南和北关，找了个起火小店。先把驴卸了套，让它们在地上尽情地打滚，消除疲劳。驴们站起来，身子哆嗦了几下，放完响屁，伸着脖子好哇好哇叫了一阵，给它们饮了水又拌好草料，安顿好它们再解决人的饥渴。拿出窝窝头，让店家给烩烩，每人五分钱。我摸了摸自己兜里的钱，想一块儿付了，又怕说搞特殊，腐蚀贫下中农。要了一壶好茶，略表心意。

晚上睡通铺，一层干草，两张破席片苫不全，每人一角钱住宿费。可能不常纳客，人还没躺下，跳蚤就兴奋起来，席上乱蹦，可能是闻着了人肉味。刚要合眼，宝宝风风火火闯进来，要找人拼命。我赶忙起来拦住，拉他到前面，要了一壶巨鹿水仙花、一斤猪头肉，给他消气。想不到宝宝自己先扑哧笑了，说毛驴回到家门口，他还在睡，雾还没散。媳妇出来泼脏水，泼到他脸上，才惊叫了一声："下雨了。"媳妇明白了一切，说："丢死人了。"往他脸上打了一巴掌，又往驴屁股上捶了一拳头。

第二天中午到了章村，才知道什么叫煤矿，煤堆比东留善固清凉江故道的沙丘还高。那时讲阶级感情，工人阶级为领导，工农联盟为基础。卖煤工人听说是东留善固的，格外开恩，交十块钱敞开装，好像白送的一样。来时每辆车上都带着柳条笆，可劲地装，然后用大铁锨拍了又拍，足有一千七八百斤。只图占便宜，忘了老人们的话，饭多了撑坏了胃，水多了尿泡累，多装了几百斤煤，受了一路罪。

当晚又在南和北关喂了一夜跳蚤，天明上路，车上有载人不能坐了，跟着驴走，中午赶到河古庙。人走累了，毛驴身上有汗，我又搞了一次特殊，一块五角钱买了三只烧鸡，一人扯一条腿啃起来。吃着吃着有了情况，西北天上雨云上来，赶快开拔。开始是小雨，雨丝像筛子筛得一样均匀，渐渐雨丝转变成雪粒，大米粒似的地上跳。雪粒遇煤化了，增加了载重。毛驴吃力地走走停停，伙计们早有准备，拴上绳子拉帮套。我没准备，解下裤带拴在车把上，与毛驴并肩战斗。

车过威县，马路结冰，驴蹄人脚都打滑，像踏上平衡木。驴身上湿漉漉的，雨水加上汗水。人的衣服与皮肤有间隔，就结了一层冰，白花花像一身盔甲，嘎巴嘎巴地响。人困驴乏走不动了，又不能停下。停下来怕车轱辘和蹄脚冻在地上，一寸一寸地往前磨蹭。有人说卸下煤走人吧，省得人与牲口都冻死。大家不同意，天这么冷，五保户还眼巴巴等着呢。天黑了，离家还有 20 多里，那时没电话更没手机，伙计们有点绝望，身上的热量早被冰甲吸尽，不停地发抖。不知谁先打了一个喷嚏，立刻传染开来，连起来就是一首悲壮的歌，被村里派来的人马听到了，我们得救了。

第二天晚上开讲用会，生产队指导员表扬我，大尧这次真正与咱贫下中农画等号了。我觉得还不够，早给毛驴画上等号了。

# 赤脚医生

“赤脚医生”，是二十世纪六七十年代的新生事物，今天的80后、90后大惑不解，以为是不穿鞋的医生。而我们这些30后、40后，回忆起来却很亲切，心里热乎乎的。

1965年毛主席提出“把医疗卫生工作的重点放到农村去”，这就是著名的“六二六指示”。农村合作医疗兴起，我们村的做法是：社员每人出5分钱，生产队为每人交2角，生产大队出2元。2元2角5分，在今天连一包感冒冲剂也买不了，可是当时解决了大问题，看病不花钱。合作医疗实行“三土、四自”，即土医、土药、土法，自采、自种、自制、自养。土医生集中在大队，非正式，不在编，挣工分，背着药箱，一根银针，一把草药，田间地头巡诊，随叫随到。1968年《人民日报》头一次出现了“赤脚医生”这个名称，后来有一首电影歌曲，郭兰英唱的：“赤脚医生向阳花，贫下中农人人夸，一根银针治百病，一颗红心暖千家……”

毛泽东一向关心农民，他知道农民相信中医中药，曾经指示：“中国医药学是一个伟大的宝库，应当努力发掘，加以提高。”合作医疗的理论基础是中医药。窃以为，中医药是中国的“第五大发明”，岐黄以来形成一个有效的科学体系，保证了中华民族的人丁兴旺。西医起步晚，到中世纪欧洲人口还不多。中西医各有特长，中医是整体把握，辨证施治，对一棵病树从根到梢观察分析。西医是从局部下手，头疼治头，看到一个病叶摘掉一个病叶，看到一个病枝锯掉一个病枝。近代以来，西医西药随着炮舰进入中国，为了占领这个大市场，制造舆论“东亚病夫”，推行一套商业化操作，排队挂号，不讲价，新中国成立初一瓶油质盘尼西林贵过一头牛。中医被贬低、边缘化，只有广大农村还保留着根基。不少农民知道一些寒热、阴阳的道理，懂得一些推拿、针灸、拔罐的方法，流传着“龙肝凤胆不为贵，牛溲马泡治好病”的谚语。南院的二伯发烧咳嗽，赤脚医生不说感冒，说是瘟疫，葱白、生姜、桂枝熬了一锅，喝下去烧退了。还咳嗽，白萝卜籽研面，加上冰糖，痰止住了。麦收时二片割了手，露出骨头，血流如注，赤脚医生垄沟上找来一个马包皮（马泡），拍碎敷在伤口上，血止住了。

看现在的儿科门诊，小月孩感冒也要打点滴，针头插在脑袋上，痛苦不堪。想起我母亲，不识字，会看儿科病，一天到晚门庭若市，方圆几十里都慕名而来，赤脚医生都来学习，称她为“小脚医生”。母亲看小孩病是姥姥家祖传，针刺加药面。母亲常说，刚生下来的孩子没大病，不是吃着就是冻着。一边看病一边给大人讲儿童保健知识，伸手到小棉袄里，如果背上有汗，就是穿多了，容易上火，火大招风。如果孩子嘴唇潮红，就是吃多了，食火招寒。如果孩子青筋大肚，说“大肚脾”，其实脾没大毛病，是严重营养不良。孩子有病根在大人身上，当妈的不注意，吃热贪凉，孩子喝了火奶寒奶就得病。这些都与《黄帝内经》上的“治未病”一脉相承。小孩厌食、打嗝、腹胀如鼓、寝食不安，是窝了食，针刺上、中、下三脘，足三里，神阙穴，挤出点血，严重的给几包药面，回去就好了。大肚脾，用铜钱蘸油刮脊柱两侧，就是现在的刮痧，刮足太阳膀胱经。药面成分是焦三仙、白术、木香、砂仁等。羊肝放在砂锅瓦片上焙干，研成细面，能治大肚脾。小孩毛发支奓、手足抽搐、闹觉露睛，是受了惊吓，针刺指尖、耳尖、太阳穴，放放血。小孩长“马牙”，实际上是牙龈化脓，放出脓血，用盐包擦拭，两三次就好。

我落生 14 天父亲牺牲，母亲含辛茹苦把我养大成人，工作后想把老人家接出来。母亲不出来，乡亲们不放她，离不开她，村里三分之二人口是由她接生的，几乎所有的孩子都挨过她的针。母亲把治病看作义务，从不收钱，治病救人，有口皆碑，乡亲们说我和儿女孙辈的福气都是她老人家修出来的。

合作医疗和赤脚医生，一出现就受到广大农民的欢迎，文艺工作者也较为关注，河北籍作家杨啸写了小说《红雨》，被拍成电影，北影出品，崔嵬导演，着重写阶级斗争。上影也拍了一部电影《春苗》，谢晋导演，带着“反潮流”的火药味。遗憾的是至今还没看到一部成功地反映赤脚医生的文艺作品。

# 想起王宝钏

这是一件真人真事，曾经轰动一时，家喻户晓。然而时过境迁，回味起来未免让人辛酸，是那个时代酿出的一出悲剧。更不忍再说出她的名字，以免饱受摧残的灵魂再一次受到伤害。权且就叫何辛吧。

1971 年腊月，冀南平原三省交界处传来一件奇闻，一名女大学生决定嫁给一个贫下中农饲养员。好事者闻风而来，那时尚无众多媒体，都是各级革委会报道组和文艺宣传队的人。县招待处人满为患，挤不上公用的大卡车，我骑了一辆自行车赶去。白花花的盐碱地上，黄土房组成的小村，黑压压的人群在看热闹。新房门上的对联格外醒目：扎根树上结硕果，连理枝头话丰年。门垛是新的，泥缝未干。木门是旧的，腐朽处用报纸糊上，再刷一层墨汁。

众人张罗喜事，婚礼如期举行。新娘白白净净，大大方方，有几分男人气概。新郎又黑又瘦，扭扭捏捏，倒似女儿态。第一印象是不大般配。天公也不作美，空中飘着片片雪花。可是随着鞭炮锣鼓声起，高音喇叭震耳欲聋，隆冬寒气已被驱散。这些响动也让我惊醒，不能以陈腐眼光看待新生事物，是带着亮晶晶露珠的新事新办。如此，眼前便一片亮色，扎根树上的纸花也像真的一样红火欲燃。扎根树是新娘从集上买来的，几株桃树苗子，在众目睽睽下栽到院里，扶正，浇水。

访问了几名知青，他们没去贺喜，躲在家里议论，也并不反感。认为这种结果并不出人意料，甚至是大势所趋。知识青年下乡，转出城市户口，断了后路，只能老老实实待在这里，厮守一片土地，当一辈子农民，面朝黄土背朝天，别无选择。有的人出身“不好”，希望渺茫，万念俱灰，只想找一户贫下中农人家，改换门庭，下一代不再低人一等、当黑崽子了。

几位本地婆婆说了实话，这些城里妮子刚下来，她们不欢迎，是给咱们庄稼人争工分来了。后来转忧为喜，是福不是祸，给咱们送媳妇来了。咱这里人穷地薄，越穷越兴要财礼，正发愁小子们打光棍。女知青不要财礼，天上掉下来的便宜。

问何辛的事谁保的媒？邻居大嫂们说，是大伙将军将出来的。那天在场里干活，这个引：“小辛到俺队，吃糠咽菜不在乎，脏活累活抢着干，真不孬哩。”何辛说：“响应毛主席号召，扎根农村干革命，与贫下中农结合呗。”那个逗：“光耍嘴，口头革命派。”小辛认真了：“不是不是。”这个又说：“忠不忠看行动，寻个贫下中农结婚，那才叫真结合呢。”何辛没当回事，笑笑说：“中啊。”嫂子们紧追：“你看石头中吗？”何辛随口说：“中，中。”何辛打哈哈，众人起哄，紧锣密鼓，竟然弄假成真了。

何辛虽说是大学生，正赶上这几年运动多读书少，灌了一脑袋政治。头脑简单，又好面子，下不来台了。从提亲到进洞房，连哄带骗，又推又拉，总共十天工夫。直到坐在人家炕上，面前一个大活人，梦才半醒，哭着说:“你说这世界上谁最丑，谁最傻？”新郎是个没嘴葫芦，光顾着笑，答不上来。何辛还得自问自答:“这个世界上，没有比你丑的，没有比我傻的。”

生米做成熟饭，何辛也就认了，当一名农妇，烧火做饭，喂猪起圈，侍奉公婆，生儿育女，扑下心来过日子。可是本指望相依为命的丈夫，却让她越来越看不懂了。得了便宜卖乖，不知心疼人。不知从哪儿学来的夫权观念，稍不如意，张口就骂，举拳就打，一向敬重贫下中农的他怎么会是这样？忍无可忍时，想到离婚，可是看他老实巴交，磕头求饶，可怜兮兮，心就软了。1973 年何辛被安排在乡中当教师，与人发生口角，被那人恶语中伤，说是“丑闻”，一怒之下，无处诉说，向报社写信:“有人说嫁个农民没出息，依我看那种看不起庄稼人的人最可悲。有人说落在农村没前途，我坚信在广阔的农村奋斗终生大有作为，前途无量。”把自己并不称心的婚姻，说成是扎根农村的自觉行动。

1974 年 2 月 7 日，《人民日报》头版发表了《敢于同旧传统彻底决裂》的文章，并全文配发了何辛的“事迹”。夸耀“是一部生动的批林批孔教育的好教材”，“希望涌现出更多敢于同地主资产阶级旧思想决裂，敢于反潮流的人物”。何辛一夜成名，当上全国人大代表、地区知青办副主任，按照上级的调子到处做报告:“爱上农村，爱上农民，是毛主席思想哺育了我，是无产阶级‘文化大革命’锻炼了我，贫下中农教育了我。”为此累坏了身体。这一阶段，下乡知青嫁给农民成为时尚，保定地区统计，占知青总人数的 75%。

其实对何辛的遭遇，至今我并无厌恶，更多的是同情。因为人们的智慧中，对婚姻的知识是懂得最晚的。何辛的悲剧并非是与贫下中农结合。相反，贫贱之中人才多，嫌贫爱富倒是为传统道德所不齿的。京剧中的《王宝钏》《西厢记》，外国文艺中也有不少公主与乞丐的恋爱故事。公子王孙看不上，“绣球专打平贵男”，明明是薛平贵，大家都读作薛贫贵，其中含有深刻的哲理。选贫还是选富其实并不重要，关键是选择自己的所爱。为财产而选择是出卖自己，为眼前的势力选择是赌博，“只有以爱情为基础的婚姻才是合乎道理的”，这是恩格斯说的。何辛的婚姻悲剧在于，选择的对象不是具体的人，是一个政治概念。

## “保爹派”小汪

我在“四清”工作队当队长时，汪更环是“借干”。细线条“四清”全面铺开，干部不够用，借用一些农村知识青年，充实到工作队中，边干边训，通称“借干”。经过两年“四清”，更环表现不错，爱说爱笑好人缘，留在公社当民政助理，言明两年后转正，定行政26级，月薪31元。这等好事落在更环头上，也沾了他父亲的光，老汪在公社当书记。

突如其来的“文化大革命”，把许多人都打蒙了，汪更环一夜之间，由根红苗正的积极分子变成了“可教子女”，思前想后睡不着觉，早来的眼袋气儿吹似的鼓起来。末了下决心必须当一回“勇敢分子”，假装积极，与老爹划清界限。公社批斗走资派万人大会上，他跳起来领着喊口号，从上而下地打倒，他喊一句，群众应一声，最后轮到打倒他爹了。他爹在台上瞪了他一眼，瞪得他有些发毛。他一横心，闭上眼睛默念：“爹啊，对不起您，为了我那26级31块钱。”然后用出吃奶的劲儿，振臂高呼：“打倒俺爹！”下边山呼海啸：“打倒俺爹！”口号声落下，有人觉着不对劲，上来把汪更环打倒在地，再踏上一只脚，当场宣布为现行反革命分子。

下一次批斗走资派，先拿汪更环垫背。造反派给他挂了牌子，上写“保爹派汪更坏”，把环改为坏字，打了黑 ×。他爹看他的样子，不瞪眼了，眼睛眯成一条线。造反派让汪更环交代问题，小汪为了表现好，争取宽大处理，26 级 31 元不泡汤，上赶着揭发自己：“我在工作中犯了三大错误，不可饶恕。第一，去年冬天发救济，发给东头地主婆子李莲芝一份，丧失阶级立场。第二，三月三庙会那天，李光斗来领结婚证，那天正是他 20 岁生日。他娘吃晚饭肚子疼生了他，可他吃了早饭就来了，离 20 周岁还差半天，我心一软给他扯了结婚证，违背了政策原则。第三，去年冬天征兵，王二小脖子上有块疤，我抹不开面子，给他盖了章，让他钻了空子，当了通信兵，破坏了伟大人民解放军的伟大形象。”造反派批评他避重就轻，不搬西瓜撒芝麻盐儿，态度不老实。

汪更环眼珠一转，举手说交代重大问题：“我身犯三项滔天大罪，死有余辜。第一，1963 年特大洪水，兴风作浪；第二，1966 年隆尧大地震，知情不报；第三，勾引日本鬼子进中国，想当汉奸……”下边起哄：“你小子多大岁数，事变那年还藏在你爹腿肚子里，当汉奸的该是老汪吧。”更环解释说：“我是 1944 年 6 月生人，8 月日本鬼子扫荡，俺娘抱着我钻了高粱地。鬼子兵在官道上走，我哇地哭了一声，被俺娘用奶头堵回去了，边打我的屁股边说，嚷叫什么？你小子想当汉奸，给日本鬼子通风报信呐！”下边哄堂大笑，一片骚动。造反派站起来镇压：“笑什么笑，这汪更坏从胎里就坏，立案侦查，一查到底！”

这汪更环伶牙俐齿，语言生动，挨斗时不知不觉地耍活宝，常常爆出笑料，往往使批斗会变成他的单口相声专场。有一次批斗会，被斗的“走资派”“牛鬼蛇神”“喷气式”站了一排，老汪开头，小汪结尾。每个被斗者后面两个民兵，一人架一只胳膊。到小汪这里，人手不够了，只剩下一个民兵，架着他一只胳膊。他大声喊：“报告！人家的飞机两个翅膀，我这架少了一翼，失去平衡。请再安一个。”

汪更环人聪明，在长期被斗中熟能生巧，有不少发明创造，至今还传为一方笑谈。其一，某日游斗某村，忽遇一阵旋风，被斗人头上的高帽都吹跑了，没了标志，大家不知所措。汪更环不慌不忙，从兜里掏出个塑料袋，嘴一吹变成高帽，戴在头上，上有“打倒保爹派汪更环”字样。其二，当时流行“揪斗”一词，事出有因。造反派斗人，先用手揪住上衣领子，往上一提，出列示众。一般人衣领扣紧，上提时如绳索勒着脖子，憋得喘不过气来。汪更环聪明，每次批斗前都把衣服上边两三个扣子解开。被揪时领口随势向上，脑袋留在下边。用劲大时，还脱出一个光脊梁。其三，批斗会罚跪，一跪半天，有时造反派出坏，让被斗者跪砖头、炭渣，疼得人龇牙咧嘴，冷汗直流，末了血肉模糊，结痂化脓。而汪更环却能安然处之，不动声色，好像认罪态度很好。散会以后，有知己问何以然，更环看前后左右没人，捋起裤腿，只见膝盖上裹了厚厚一层棉絮和塑料布，还笑笑说：“我这叫软磨硬抗。”

全公社被批斗干部，汪更环级别最低，职务最低，挨斗次数最多，批斗时间最长。最后连他爹都站起来解放了，他还趴着，不放。因为群众对批斗会看烦了，不愿意费那工夫。而批斗汪更环就不同了，他耍活宝，造反派耍猴，看热闹的人就多。这件事儿被兰州部队征兵的听说了，指名要找这个特种兵，到文工团去学相声，尽管那年他已经 24 周岁。

# 猎　豹

1969年秋我被抽调写剧本，人物设计有个老治保主任。想起五年前在邢台山区碰到过这样一个人物，赶到这个隐藏在深山老林的村庄，一眼发现家家户户墙上都有石灰画的白圈儿。问乡亲又有狼了？回答不光狼，还有豹子、野猪。前些年学大寨、开山造田，这些家伙都被炮声吓跑了，如今“文化大革命”，造反夺权，革命压生产，山林寂静了，野牲口又“复辟”了。

来到房东家，放下行李放不下话题。说墙上白圈圈吓唬狼糊弄不了豹子，狼群居，生性多疑，一只狼犹豫别的狼也撤退；土豹子跑单，一只惊一道川。前天摸进村来，大摇大摆，走门串户，这儿闻闻那儿瞅瞅，如入无人之境。自从“割资本主义尾巴”以来，不让喂鸡养兔了，就藏着掖着。猎物少了，土豹子习性也变了，过去只是咬脖子，光喝血不吃肉。这次叼了大奶奶家一只鸡，吃了二老吊两只兔，只留了一地鸡毛、两张兔皮，一点肉都不剩，好像向社员们挑战。末了跑到三队牲口棚，向一头毛驴进攻。那驴又踢又叫，饲养员惊醒了，见那家伙一瘸一拐，好像一条前腿受伤，跳墙时，一只爪子按地，都跳偏了。

村里小伙子们觉到受到羞辱，按捺不住地要复仇。可是猎豹是一桩危险事，那家伙黄褐色、白斑点，伏在地上与土地一样颜色，不易发觉。它比老虎机灵，会爬树，居高临下看人，两眼冒绿光，一根根胡子都竖起来。对峙一阵，各自收场还算罢了。要是开枪，它会怒吼一声，顺着弹道火光猛扑过来。尤其它要见到自己的血，更会玩命，一爪子下去撕去人的半个脸。

听说老道圪佬村出奇制胜，用新招儿打死一只土豹子。小堂子要去取经，说去就去，40 里山路，不到天明就赶回来了。绘声绘色地讲，用一只死鸡，掏空肚子，装上雷管炸药，土豹子一嘴咬响了一只带毛的地雷，脑袋都开了花。几个年轻人说干就干，加紧制作，晚上放在村西头一家院里。大家躲在屋里，像守岁一样等着，没有点灯。我熬不住，回房东家睡觉去了。四更天一声巨响，震惊全村。我跑过来看，一只三四尺长的土豹子躺在血泊里，粗壮的尾巴和身子一样长。果然如老饲养员说的那样，一只前蹄伤了。

消息传开，社员们都来围观，夸小堂子他们为民除害。小三子拿来一条荷花烟，二老吊送来一瓶水仙花，大奶奶献上几个鸡蛋，为年轻人庆功。按猎户的规矩，肉不吃，挖个坑埋了。人快散时，公安员来了，不光不贺喜，还绷着个脸，逼问炸药雷管从哪儿弄来的。问不出来，甩袖走了，放下一句狠话："明天就办你们的学习班。"公安员一条腿受过伤，走路一瘸一拐的，有人说："像不像那只土豹子。"

公安员叫晋四甲，土改时就当干部，专管对地主、富农分子专政。人民公社以后，公安员这个称呼没了，改称治保主任，村里还任命了新人。晋四甲不干，霸住权力不放，公社、大队奈何不得，都知道他手里攥着一本生死簿，1947 年划分阶级成分三榜定案，一如既往地行施对地主、富农分子专政的权力，后来又扩大范围，地富反坏右。这些人不许赶集上庙，不许出村走亲戚，除了下地干活还要扫街、掏茅坑。还特别规定天天到他家中报到，门外喊声报告，得到允许后低头而进，垂手而立，交代几点几分干了什么，然后听他训话，连卷带骂，从中得到满足。尤其对村里男女结婚、寡妇改嫁，必须由他点头。这晋四甲是个老光棍，不懂男女之事，标准掌握得很严。小堂子是他近门侄子，说了门亲事，对方成分高，说到天黑也不行，就是不松口。恨得小堂子、小三子几个年轻人咬牙切齿，发誓要扳倒他，苦于无从下手。这次猎豹事件得到启发，一条妙计酝酿出来。

半夜三更小堂子敲开公安员家门，报告一个女人溜进王方元屋里，不一会儿灯灭了。晋四甲高兴得单腿跳起来，立马通知民兵封锁现场。王方元原来在县中教书，划成右派分子，清理阶级队伍赶回老家，仗着认识几个字不服管，不断给公安员犟嘴。这回可逮住有把柄了，挥舞手里四节电池的电筒，强光刺眼，恨不得把王元方的砖墙刺穿。一脚踹开屋门，两眼盯着战兢兢的王老师说:“不信平地没有坑，不信老猫不吃腥，等你三百六十日，终于落到我手中。把这奸夫淫妇绑了!”民兵们一拥而上也没动手，小堂子咬文嚼字地说:“公安员经常教导我们，什么藤开什么花，什么阶级说什么话。干这种下三烂事的绝不会是贫下中农，不是地富也是漏划。”小三子从床底下拽出来个女人，披头散发遮着脸。晋四甲上手撩开头发，半句话没说出，自己一头栽倒在地，昏厥过去。原来那个女人是公安员他亲姐姐。民兵们呼啦一声都走了，其实这事都早有耳闻，只有公安员不知道。

一头栽在大家面前，一向站高岗、说大话的公安员像被人割了舌头，从此不再出门，门外再有人喊报告，声音再大也装听不见。一个实行了20年的制度自行作废了，有人说那本一手攥了20年的生死簿也付之一炬。

## 河大搬家

河北大学五次更名，四次搬迁，也没带来福气，我命运多舛的母校。

河北大学初名天津工商大学，建于1921年7月，是法国政府用庚子赔款在华建立的第二所大学，第一所是上海震旦大学。坐落于马场道141号，主楼三层，“文艺复兴”时期造型，蒙沙屋顶，大标准钟，曾经是天津标志性建筑。初设两院四系，是华北地区最著名的工商大学，因为未达教育部三院九系的标准，1933年8月改名天津工商学院，逐渐增至三院九系，1948年8月经批准改名为津沽大学，董事长为民族企业家李烛尘。工商学院是它极盛时期，《大公报》称：“设备在私立学校中是最完美的……该校人才荟萃，堪称与美国康奈尔大学相伯仲，居于天津各高等学校之首。”

当时学校教育理念先进，吸引了众多科学教育人才，不仅有国内精英，还有上百名外国教授，来自14个国家，创办了40多种学术期刊，在中国及亚洲人文、地质、地理、气象研究方面处于领先地位。如德日进博士任教多年，多次进行新生代地质考察，在中国最早发现了人类化石，是新托马斯主义主要代表人物之一。桑志华院士亦任教多年，以黄河、白河两大流域地质、人文为研究对象，创建了北疆博物院。侯仁之先生创建了工商学院史地系，被誉为“中国现代历史地理学的奠基人”。土木工程学名蜚北方，人才辈出，学生张俊德、黄益名列美国著名建筑大师。该院教师吴健生出任天津大学建筑设计研究院院长，高镜莹主持修建官厅水库，张镈出任北京市建筑设计研究院总建筑师，参与设计了人民大会堂、民族文化宫。工商学院师生名人中，包括著名物理学家袁家骝，政治家姚依林，学者田执中、齐思和、翁独健、周汝昌、吴玉如、朱星、吴小如等。

1951年9月，津沽大学改为国立。1952年院系调整，津沽大学工学院三系并入天津大学，津沽大学校长、著名物理学家张国藩任天津大学校长。津沽大学商学院三系并入南开大学，以津沽大学师范学院为基础，组建天津师范学院。津沽大学北疆博物院改名天津自然博物馆。

这次调整对津沽大学何止是伤筋动骨，简直是肢解。但是元气未伤，凭借它雄厚的基础和旺盛的生命力，迅速地复苏，并且奇迹般地崛起，1957 年调来的党委书记戈华同志发挥了重要作用。戈华是党内少有的教育家，曾任华北联大队长、建国学院指导员、地委宣传部部长、安徽大学党委书记。事业心和行政能力完美结合，尊重知识，尊重人才，进京“大招贤”，使学校实力和名分连连提升。

高中时我迷上元曲和剧本创作，1958 年我报考天津师院中文系，是冲着顾随先生来的。顾随先生的词曲研究水平国内无人能出其右，还被称作“最后一位元杂剧作家”。入校时学校已改名天津师范大学。1960 年 7 月改建为综合性的河北大学。20 世纪 60 年代，是学校的第二个黄金时代，名师满门，喜讯迭出。数学系于振善研发了《尺算法》等系列计算方法和工具。文科更是河北大学的强项，教育系名列全国前茅，拥有刘文修、滕大春等“八大教授”。中文系也有“八大教授”，顾随、张弓、雷石榆、黄绮、裴学海、詹锳等，在词曲、文字学、古汉语、现代汉语方面的研究，历史系漆侠在宋史方面的研究，处于全国领先地位。河北省第一批四个博士点中河北大学就占了三个。在天津市与天津大学、南开大学呈三足鼎立之势，在全国与四川大学、浙江大学、辽宁大学并称非重点院校“四大金刚”。党委书记戈华也因在河北大学出色的表现，1963 年调任北京大学副校长、党委第一副书记。

可惜好景不长，突如其来的“文化大革命”使河北大学陷入困境。停课闹革命，两派红卫兵组织各占一方，东西对峙，左右混战，在批斗领导干部和教师上争高低，18 人被迫害致死，包括著名物理学家马沣和古汉语专家裴学海，中文系另有三人自杀，两人致残。省革委决定有关高校迁出京津，河北北京师院到宣化，河北工学院到邯郸，河北大学理科到保定，文科到冀县。工学院磨磨蹭蹭，逃过一劫，只迁出一个系。河北大学造反派雷厉风行，恐吓：“谁不服从就是苏修特务”，几千人数九寒天，图书仪器、桌柜床铺装上大车小辆，干部师生坐卡车，灰头土脸，有人说像拉练，有人说像逃难，一直折腾到春节。第二年 6 月陈伯达到天津装好人，说：“河北大学留在天津不是很好嘛，不要搬迁了吧。”刚刚落脚不久的人们，又掉过头来，大车小辆地返回天津。8 月省革委又重申搬迁决定，文科又改迁隆尧县唐庄劳改农场，并招收了第一期工农兵学员。唐庄离我村 8 里，母校迁到老家，本应高兴，但我很反感，一所大学怎么能安在这一片盐碱地上？熬到 11 月，文科又奉命迁到保定。120 名留校青年教师已经变成熟练的搬运工，打包装车十分麻利。翻来覆去地折腾，使河北大学大伤元气，仪器损坏三分之二，实验室减少四分之三，教师流失二分之一。天津市召开高校青年教师运动会，田径赛场 8 个跑道，有 7 个参赛者是从河北大学转来的。

# 宁晋牌坊

儿时就听过一则民谣：“赵州的庙，顺德府的（城）墙，宁晋县的好牌坊。”初中时好奇，跟一位宁晋籍的同学回去看牌坊，不看不知道，一看真奇妙。

宁晋县城叫凤凰镇，《左传·昭公十七年》说，西海（宁晋泊，古大陆译）之滨，有一巨桑，“挚之立也，凤鸟适至”。挚是黄帝之子，根据凤凰来仪的印象，设计了宁晋城。至今依然是凤凰展翅的布局，南关是头，城内是身，东西北三关品字形成凤尾。不过这凤是单展翅，城东半月形围城面积大，是左翼，城西围城较小，抿着翅。北关外草桥是凤凰产卵的地方，下一个蛋出一个官。唐代科举以来，宁晋县共出了 90 名进士，明清两朝鼎盛，出了 45 名进士、1 名状元。2 平方公里的小城，一纵两三条街上，分布着 30 座牌坊，不足 800 米的南街就有 11 座。全县有名有姓的牌坊 120 座，几乎抵上半个北京城（北京城有 300 座）。牌坊是一个地方历史文化的载体、历史人物的见证。宁晋自古地灵人杰，人才辈出，从县志上看，历代名人有：秦汉名将李左车，明代文渊阁大学士曹鼐，御史蔡叆，翰林院国史编修张翀，驸马李和，左副都御史孙昌龄，以及清代九门提督王怀庆；还有殿试状元、兄弟双功臣、一门三进士、一榜四进士、一家三代六进士等许多典型。

看古城小街，砖瓦民居，临街铺面，与一般县城差别不大，有了这些牌坊的点缀，便古色古香起来，如同步入古典戏曲的境界。仔细看来，宁晋牌坊不仅多，而且精美绝伦，简直就是一座露天展览馆。不同样式，不同风格，争奇斗胜，各有千秋。依方位有骑街坊、顺街坊；依功能有官爵坊、科第坊、节烈坊；依材质分曲阳白石、唐山青石。唐山指隆尧县合并前的尧山县，古称“唐山”。京东唐山崛起后，1928 年改称尧山县。唐山石匠更是有名，建造过赵州桥的李春就是唐山人。宁晋距唐山不足 50 里，近水楼台。宁晋牌坊多为四柱三门，中心立柱高十几米，每边六七十厘米，重几万斤，在没有汽车、吊车的年代，运输、上架都是难题，足见唐山石匠的智慧。

一座牌坊就是一件艺术品，集建筑、雕刻、书法于一身。巨大石件，榫卯相扣，浑然一体。雕刻最见功夫，有圆雕、透雕、浮雕、阴刻等。宁晋牌坊有文化，因人设计，突出个性。王之栋万历十一年（1583 年）进士，为官清廉，死时家徒四壁。敕建石坊，又高又大，顶楼通透，如穿行云雾之中。匾额衬刻水纹，立柱浮雕荷花，突出清高二字。孙昌龄万历四十七年（1619 年）进士，仕途坎坷，屡败屡战，石坊浮雕丹凤展翼，衔云戏彩，绮罗伞盖，麒麟送禄，鱼跃龙门，突出传奇色彩。曹鼐宣德八年（1433年）状元，在阁十年，土木堡之变以身殉国，故乡人怀念他，坊上金鸡独立，花开四季，金鱼松塔，双狮雄立，用谐音祷告在天之灵大吉大利、荣华富贵、金玉满堂、事事如意。牌坊都有四对石狮，唐山石匠依照事主的性格，刻画它们的神态。石坊上文字有三种，一称“题”，匾额大字；二曰“注”，说明小字；三是楹联。其中题是坊眼，画龙点睛。如孙昌龄坊书“总宪”，是明代遗老牛光先榜书。

宁晋牌坊建造精良，我看到时，已历三五百年风雨，纹丝不动，字迹清晰如初。1966年3月，隆尧、宁晋地震，蓝光闪后，房倒屋塌，一片瓦砾。而100多座牌坊巍然屹立，仅有少许零件坠落。县委书记惊慌失措，加上“文化大革命”将近，山雨欲来风满楼，宁晋牌坊被视为“四旧”。可惜这些历史瑰宝，躲过了天灾，躲不过人祸，被两台大马力拖拉机吼叫着一一拉倒。大块石件铺路补渠，小块砸了石子、烧了石灰，有的还被砌进茅房猪圈，“粪土当年万户侯”了。同样命运的还有县图书馆，大量图书资料付之一炬。最可惜的是那些线装书，纸薄柔韧，被人拿去包挂面，卷旱烟，做油灯捻儿。可叹这些文化典籍，数百年发光发热，如今冒一股烟儿，永远地熄灭了。

痛定思痛，追悔莫及，失去牌坊，宁晋好像失去了历史，失去了高度，失去了植被，干巴巴没了生气。失去牌坊，宁晋失去了发展旅游、带动商机的条件。不见珠海梅溪，现仅存三座牌坊，歙县棠樾不过七座牌坊，就成为国家重点文物保护单位，成了旅游热线，财源滚滚而来。

最心疼的人是宁纺的苏瑞广，自幼跟父辈学四书五经，中学跟张苹先生学文学历史，懂得牌坊对宁晋之不可或缺。消失的牌坊一次次回到他的梦境，复兴牌坊的心情十分强烈。起初他力不从心，卧薪尝胆十年，有了实力，1986年在自己工厂院内，建起了第一座钢筋水泥木结构新牌坊，四柱三间三楼，红柱黄顶，绿瓦起脊。围观者人山人海，欢呼雀跃，看到了宁晋牌坊复兴的希望。得到群众首肯，老苏又接二连三地在生活小区建起了仁居坊、和居坊、怡园坊。1991年建成了冲天式四柱三间三楼大牌坊，气势恢宏，美轮美奂。坊眼新魏体“宁纺集团”，楹联隶书“宁纺诚招天下客，经济互惠共繁荣”，本县名人耿乐千书写。

在苏瑞广带动下，幸福村建了幸福坊，富强小区建了花园坊，永进电缆厂建了善慈坊，城建局建了凤凰来仪坊，华鑫建材厂建了钢件钢管组成的铁牌坊，它们都是振兴经济的先进单位。如今宁晋又有了几十座新牌坊，成为一道壮丽的风景，凤凰又飞起来了。

# “拔瓜”事件

河北正定，千年古县，土肥水美，向来粮棉高产，曾经是我国北方第一个粮食“过江”县，粮食亩产超过800斤。20世纪70年代末，却为一次“拔瓜”事件蒙羞。1979年9月《“歌德”与“缺德”》座谈会上，“拔瓜”与“歌德”相提并论，当作河北省政策保守的例证。31年后，我来此地开会，出于职业原因，想对当事人采访，又怕人家不来。结果出人预料，对方答应得很爽快，如约而至。

来人时任公社书记，是“拔瓜”事件的主角。此人姓张名五普，神情泰然而有风度，年近古稀而腰板挺直，一脸红润，二目有神，硬朗得像田野上一棵老枣树。对面而坐，我这里揭人疮疤，于心不忍，忐忑不安。他那里回顾往事，从容自若，谈笑风生。原来在张五普心目中，所谓“拔瓜”事件，只不过是一场闹剧，嗤之以鼻。

1979年麦收刚过，张五普带领公社一班人检查夏种、夏管。十一届三中全会后，农民思想解放，释放出压抑已久的积极性，田野上一片欣欣向荣。随着季节的转换，大地褪去一片金黄，展开一片翠绿，条状的田垄像一块硕大的地毯，铺开在春风里，绿油油、亮闪闪，美丽如画。

走到一块方田，他们停住了脚步，情况有些不对。两垄棉花苗夹一垄瓜秧，说不清这六七亩地是棉田还是瓜田。那时提倡科学种田，间作套种。如果小麦玉米间作，可以争取时间，“把天种长，把地种宽”。但是棉花和西瓜在一起犯克，这是常识。棉苗一拃高了，正是蚜虫、棉铃虫为害高峰期，五天打一次农药，1605、3911都是剧毒。而此时瓜秧正在开花坐瓜，农药杀死蚜虫，同时也会积存在瓜内。将来毒瓜上市，必然酿成大祸。还有一层道理，棉花地除草务尽，不让草苗争肥。而瓜田必须有草，草长高了为瓜遮阴，避免太阳直晒，西瓜才能长好。

棉与瓜势不两立，必须拔一个留一个。事不宜迟，张五普找来村干部，晓以利害。还特别叮嘱，十一届三中全会开了，问题交给群众，发扬民主，拔瓜还是拔（棉）花，干部别表态，社员民主决定。社员大会上，生产队长说现在科学种田，我年轻，经验少，头脑一热，想套种西瓜，弄点钱花，盘子外边找菜吃。这样下去，就是损人利己。有的社员就念毛主席语录：“毫不利己，专门利人。”群众是通情达理的，不大一会儿举手表决，达成一致意见：拔了瓜，留下（棉）花。

可是事情传出去就走了样，突出拔瓜了。北方一家媒体捕风捉影，一个记者来到现场，发现真的拔瓜了，这还了得，侵犯农民自主权，抓住就不松手。记者到公社核实情况，张五普一五一十说了。记者先入为主，只说拔瓜，不讲棉花，更不讲为什么拔瓜留（棉）花。过去说，秀才遇见兵，有理说不清。现在兵遇见秀才，由他狡皮赖。可叹这张五普比那秀才学历还高，石家庄师专中文系毕业，又有多年基层工作经验。

不久“拔瓜”事件见诸报端，放在重要位置，上纲到路线问题，其他媒体也一窝蜂跟进，墙倒众人推，破鼓乱人捶，张五普一下子成了众矢之的，被人口诛笔伐。那位记者又来到农科所，动员他们参加到批判的行列。农科所说张五普他们没有错，瓜就是该拔，不写。张五普自己写了反驳文章，媒体压着不发，木匠的斧子一面理。

此事惊动了作家杨润身，专程从平山来到这里。他想的是，人民公社化以后，好像农民不会种地了，领导干部坐在城市办公室里，发号施令，催耕催种，每亩地下几斤麦种，栽多少棵山药秧，都包办代替了。农业学大寨，“要过江，种高粱”，不管农民爱不爱吃。命令风，瞎指挥要不得。他也想在这方面做点文章。可是实地调查，猴吃麻花——满拧。登门上户，田间地头，深入了解，没有一个社员赞同媒体的观点，谁是谁非，秃子头上的虱子——明摆着的，这瓜就是应该拔，不拔就可能毒死人。最后他找到张五普，来前想好的批评改为安慰：“你没错，社员也没有错。应该放下偏见，尊重事实，错的改正，对的坚持，这才是实事求是科学的态度。”杨润身走了，提着他那提了几十年的旧书包，留下一个和蔼可亲的背影。张五普想，这才是真正懂农村、体贴农民的知识分子哩。难怪他能写出《白毛女》《探亲记》那样的作品，为农民说话。他想起了那段歌词：“山连山来水弯弯，果树开花红艳艳……”大声地向那和蔼可亲的背影唱着。

杨润身的话给张五普吃了定心丸，把劈头盖脸的批评当作耳旁风。不管风吹浪打，一如既往地挺着腰板，奔走在田间地头。县委、地委了解他，支持他，不为闲言碎语所动，不久还提拔他当了县委常委、县纪委书记。那位记者不服气，还要找碴儿算账。直到第二年全国棉花工作会议上，李先念副总理明确指示，棉花地里不许套种西瓜，一场风波才算平息下去。

## 《河北文艺》

文艺组成立时属省革委政治部，后来因为经常门庭若市，有碍首脑机关肃静，被请出大院，搬到北马路另立门户。这里原来是农业机械化学校，被一些文教部门分割，给文艺组盖了四排平房，南面一棵大柳树，北、西两面是一眼望不到边的菜地。

文艺组人员主要是原省文联班底，掺进文化厅和省电台几名业务干部。组长阮章竞，原华北局宣传部干部，名诗《漳河水》的作者。后来换成田间，副组长梁斌、李盘文，主持工作的党组副书记还是田亚夫，商定筹办一个文艺刊物，张庆田又当上编辑部副主任。

新刊物用了一个旧名字《河北文艺》。刊物是文联的实体，新中国成立初就叫《河北文艺》，以发表剧本曲艺为主，是解放区文艺大众化的传统。1957 年改名《蜜蜂》，小说诗歌并重，1958 年搬到天津马场道，门口挂了这个牌子，不断有人拿着瓶子来打蜂蜜。1960 年与《新港》合并。1961 年改名《河北文学》，以小说为主，如今 20 多年又转回来了。废除专业作家制度，我当了一名诗歌编辑，兼管剧本曲艺，发表了崔砚君的曲艺、冯思德的小话剧，当时冯思德正在峰峰矿区工作。

张庆田住在棉二宿舍，请来几名工农作者写稿，改稿时他说："毛主席的语录你们自己负责，我可不能给你们改。"因为稍不留神出错，“篡改最高指示”，就会成为现行反革命。白洋淀渔民李永鸿寄来一首民歌，被请到编辑部修改。老李很有生活，识字不多，让三个诗人帮着，写出了长篇叙事诗《红菱传》，在《河北文艺》试刊发表后，产生了很大反响。

试刊三期，借毛主席《在延安文艺座谈会上的讲话》发表30周年之际，申请正式出刊。创刊号于1973年1月出版，还没听到赞扬就收到一封告状信。省革委一名领导把田亚夫、张庆田叫去，气呼呼地指着刊物封面说：“你们看！这三面红旗为什么是破的？”二人傻了眼，亚夫支支吾吾说：“回去问美编吧。”美编张庚是《河北文艺》的老人，哭笑不得：“这是艺术品，风卷红旗呼啦啦地飘。若要换成一个红方块，他又该说什么。”亚夫说：“秀才遇见兵，有理说不清，你写个检查，送上去算了。”

过了半年又出事了，纪念毛主席“一定要根治海河”题词10周年，《河北文艺》出专号，参加大会的人手一册。会还没开完，那位省革委领导又把张庆田叫去训话，指着封面上的毛主席像责问：“这是怎么搞的，这本刊物幸亏落在我的手中，要是发到别处，非把你们打成反革命不可。”原来印刷厂把压力纸装上了，又写了一份检查才过关。

那时强调阶级斗争，发表作品讲阶级成分。作品发表前，先对作者“函调”，所在单位出具证明是贫下中农，加盖公章才能发表。发表时，署名前面还要标明是工人、社员、战士。一次小说组收到保定地区一篇作品，作者是个女的，文字老到，笔迹流利，函调证明是下中农，皆大欢喜，以为是个重大发现，派人去家访。县委宣传部同志笑嘻嘻地说，作者很有才，可惜是“摘帽右派”，用的是他老婆的名字。有几家报刊都蒙混过关，到你们这儿卡住了。

一次省革委一位领导把张庆田叫去，问：“刊物中的作品有写阶级斗争的吗？”庆田说：“有！不知写得好不好。”领导叮嘱：“一定要写好阶级斗争！”原来河南有个刊物，因为“不写阶级斗争”，整个编辑部都被撤下，换上一个正在读书的大学生。山西更麻烦，为了一篇文章，还牵累了省革委领导。所以我们当编辑的，时刻绷紧阶级斗争的弦，一天到晚战战兢兢，如履薄冰。

后来又分配来一位副组长，原来是造反派头头，不懂文学艺术，工作热情又很高，带领几个人到上海学习，回来要歌颂“文化大革命”，省革委为此专门召开会议。编辑部组织一部分工农兵作者写作，准备出歌颂“文化大革命”专号。稿子送审，领导看后大发雷霆：“看人家上海怎么写的，你们这些稿子写得不行。”压下不发，作者又告到“中央文革小组”，信转回来，我们是老鼠钻到风箱里，两头受气。只能拿着稿子到作者所在单位，开座谈会，听取意见，反复修改。

粉碎“四人帮”，转了180度，批判写“文化大革命”的作家作品，张庆田无奈地说：“要批就批我，因为这些作品，是经过反复修改后才发表的，和作者关系不大了。”

这种受气小媳妇的日子，“文化大革命”结束才熬到头，大家喜气洋洋，奋力工作，1977年发表了贾大山的《取经》，轰动一时。贾大山与贾平凹并称“文坛二贾”。

## 开 天 窗

1969年9月，省革委大批判组成立，从省直各单位借调20多人。省革委政治部主任命令：“首先打硬仗，批判梁斌的《红旗谱》《播火记》。”要求大家“要当好革命对象，先批自己脑子里那些修正主义的东西，要转弯子。”

我的一位朋友是大批判组成员，过去教文学课，对梁斌崇拜得五体投地，把《红旗谱》《播火记》夸得天花乱坠、神乎其神。今天突然要转 180 度，变成了“大毒草”，再写批判文章，分明是自己打自己的耳光，面有难色。主任看出了问题，让大批判组先办学习班，学习毛主席著作，特别是批判“左”倾机会主义的论述，提高认识，武装头脑，磨刀擦枪。第二步拉出去到平山西部邢家沟——一个最穷的山村去搞“斗、批、改”，意在练兵，“哀兵必胜”。二番回头上阵，“以临战状态，投入阵地”。第一批稿子写出后，经省革委核心小组讨论通过，以通栏标题《评为王明路线招魂的反动作品〈红旗谱〉〈播火记〉》发表在《河北日报》上，署名“冀红文”。同期还配发了一个短评:《向反动小说〈红旗谱〉〈播火记〉开火》，扬言“一场围歼反动小说《红旗谱》《播火记》的战斗打响了！本报发表的《评为王明路线招魂的反动作品〈红旗谱〉〈播火记〉》的文章，是对这两部反动小说发起总攻的第一炮”。

一炮开头，万炮齐轰。各地、县、公社都成立了大批判组，使梁斌“陷入群众运动的汪洋大海中”。保定大批判组深入梁斌家乡，蠡县梁庄“揭老底”。这个百户小村出了两个大人物，作家梁斌和画家黄胄。黄胄也姓梁，论辈分管梁斌叫六叔。保定人批判《红旗谱》，称梁斌是冯老兰——小说中那个地主。省大批判组说调子太低，上边江青有说法。在批评中国戏曲研究院实验京剧团创作演出的《红旗谱》时，不光说是“坏戏”，还恶狠狠地说:“朱老忠是一个地地道道的右倾投降派，大肆渲染反革命气焰，降低革命的斗志，这戏能演吗？像这样的戏在舞台上演下去，势必要破坏我们的社会主义经济基础。”于是全省大批判都向“旗手”看齐，形成这样一个基调：梁斌就是朱老忠，朱老忠就是王明，因此梁斌也就是王明。《河北日报》连篇累牍，不惜大量版面。

希特勒的宣传部部长戈倍尔有一句名言：谎言重复一千遍

就会成为真理。中国人也说，假到真时真亦假。大批判使《红旗谱》成为“文艺黑线”的“黑老K”，以至于到了为该书平反的时候，许多人还转不过弯儿。1977年恢复省政协，会上有人提出为一些专家、教授、演员平反，大家鼓掌通过。文学界的委员张庆田提出为梁斌的《红旗谱》《播火记》平反，大家讳莫如深，不敢轻易表态。不少人头脑中形成了一个死结，《红旗谱》写王明路线问题是个禁区。人们长期在政治生活中得出了一个“经验”，“宁左勿右”。

政协会上列出的平反名单没有《红旗谱》，文艺组不少同志耿耿于怀。《红旗谱》是新中国成立以来最受欢迎的长篇小说，是十七年文学的代表和高峰。党组会上，又提出为《红旗谱》平反，还是没有通过，理由是政协会上的平反名单没有提到它。这时梁斌已分配到文艺组，是党组成员。还和往常一样，眯缝着眼睛，只是嘴角抽搐了一下，把话压下去了。

党组会结束，大家仍不甘心。老文联的人都有些犟，刘哲写了一篇文章，呼吁为田间、梁斌、李满天等的作品平反，列出了一串长长的名单：《赶车传》《红旗谱》《播火记》《水向东流》《烈火金刚》《敌后武工队》《老坚决外传》《英雄的乐章》《曹金兰》等。文章要在《河北文艺》发表，样子打出来了。因为《红旗谱》是个敏感问题，党组主持工作的同志一向谨小慎微，请示政治部，一等再等，没有回音。张庆田打电话催问，回答不能发表。庆田“坚决”劲儿又上来了：“不是把‘双百方针’写进宪法了吗？个人署名文章，文责自负。”接电话的人说再去请示，结果是“个人文章也不行，你们一发表，就等于刊物表态了。”其实这时《文艺报》已经发表了为《红旗谱》平反的文章，河北没有转载。

到了签发付印最后期限，不能再拖了，误期是刊物大忌，会失信于民。有人建议把《红旗谱》换成别人的作品名称，可是这个位置一般作家又难以替代，前面明明写有田间、梁斌的名字。

刘哲提议，干脆把《红旗谱》几个字抠掉算了，大家认可。张庆田写了一个纸条，有关负责人都签了字。

刊物出来，密密麻麻的文字，豁然开了“天窗”，而且越看那空白越大，明眼的人一定能从中看到什么。果然，编辑部电话铃声不断，还有的媒体来信探问。期间张庆田不该应李季之邀，去了一趟玉门。回来看到《河北文艺》上一则声明:“因为刊物上发生过‘开天窗’事件，已将张庆田调离，来稿勿寄私人。”

## 第一个作家班

1983 年元旦，我受命主持河北省作协工作。专业作家没人愿意当这个头儿，是“大头”，捉住了我。从小务农，懂得吁喔，上了套就得拉，拉起来才知道沉重。“文化大革命”前河北是文学的高原，长篇小说全国之冠，短篇、诗歌、剧本名列前茅。改革开放后变成了洼地，不仅思想解放滞后，还有作家偏重农村，文化水平不高等短期难以解决的问题。怎么办？办学习班轻车熟路，可是时代变了，青年人知道了学历的重要，纷纷转向夜大、函授。只有合二而一，办个正规的高校作家大专班才有吸引力，既学习了文化，又拿到了文凭。经过多半年的调研、论证，1984 年 2 月筹备，省委领导批准了，作家汤吉夫当上廊坊师专校长，乐于承担。可是让这些青年作者参加高考，肯定比不上应届高中毕业生，只能列入成人高考。成人高考严格控制，一个指标比十个城市户口还难办。需要四十多个指标，难度很大。我天天坐在省教委，求爷爷告奶奶，死乞白赖，磨了一个月才拿下。接着发动报名，择期考试，教委和作协共同出题，按分数录取，400 多人报名，录取47人，重点青年作者基本囊括进来了。

1984年9月开学，汤校长拿出创作一部长篇的气魄和精力，打造一个作家班。按照高等教育的教学大纲，参考文学创作需要，商定教学计划，开设文学概论、古典文学、现代文学、外国文学、古代汉语、现代汉语、哲学、美学、逻辑学、中国通史等十几门课，还把专题讲座列入重要内容，先后邀请秦兆阳、刘绍棠、浩然、刘心武、韩少华、毛志成、滕云等著名作家、评论家，讲授创作经验、文学观点和创作态势，每讲一课都带来一次冲击波，掀起一次学习的热潮。

值得回味的是，这个作家班赶上了好时候。新时期文学伊始，思想活跃，创作繁荣。国内文艺思潮此起彼伏，外国各种流派轮流上演，争鸣争议作品层出不穷。学生们大开眼界，眼花缭乱，禁不住跃跃欲试。从观潮到下水，风浪里学游泳，天天新空气，时时新营养，知识迅速增长，当然也会有一点负面影响，感染发烧一次，提高一次免疫力。

47名学员，来自基层工农兵，大者三十五六岁，小的不足20岁，多数发表过作品，小有名气。进了校门就是学生，扑下身子，如饥似渴地学知识，图书馆被他们占去一角，他们的床铺被书刊占去一半，读书，争论，做作业，一直到熄灯。每人都有自己的座右铭，“学无止境”“创造自我”“重铸灵魂”等。老师给每个人开了书单，每个人都画了自己的路线图，长计划，短安排。谁写出初稿，拿出来当靶子，七嘴八舌，一改再改。学习期间张立勤写出了散文名篇《痛苦的飘落》，孙志杰、闫明国、闻章的作品上了《小说选刊》《小说月报》《青年文学》，刘晓滨出了诗集。第三学期中间，河间县人民政府寄来喜报，给临时工闻章转国家干部，农村户口改吃商品粮。班里一阵轰动，天上掉下馅饼，眼前一片光明，大家凑钱在校外小饭馆撮了一顿，有烟有酒，又笑又唱，局外人看不惯，打了小报告，给汤校长带来了点麻烦。我代表作协两个星期来一次，沟通情况，联络感情。在学校食堂吃饭，汤校长加两个菜，请廊坊朋友陪酒，两年中我全部败绩。汤校长还在《文艺报》写了篇文章，说作家群中我最有酒量，其实我并不会喝，傻小子睡凉炕，全凭火力壮，且让作家班和我的酒名传遍全国。

学员们两年毕业，因为有了文凭，被行政单位和事业单位一抢而光，农转非，工转干，改变了一生命运。这些文学苗子，追了肥浇了水除了草，很快进入高生长时期，大面积丰收。刘玉林获全国报告文学奖，张立勤获庄重文文学奖，何玉茹多篇作品进入中国小说排行榜，雪静出版《旗袍》等 14 部长篇小说，获中国女性文学奖，闻章出版 20 多部作品，被称为“学者型作家”，刘千生出版 4 部畅销书，许久东等 16 人获省级文学奖，谢玉久两次获全军一等奖，成为将军诗人。

首届作家班取得经验，又在河北大学和廊坊师院办了两期作家班，河北师大办了一期儿童文学作家班，涌现了刘向东、贾兴安、王聚敏、阿宁、李春雷、刘福君等一大批后起之秀。4 期作家班 170 多人，成为河北文学的生力军，3 人任省作协副主席，11 个市作协主席作家班占了 6 个，还有高昌、胡杨等 16 人任国家、省、市级报刊主编。1997 年首届鲁迅文学奖评奖，河北获奖人数占第一，“洼地上的战役”取得阶段性胜利，作家班功不可没。

## 感怀南郑

上学以来，填过无数表格，都有民族一栏，我都是毫不犹豫，工工整整地写上一个“汉”。七十余年，说汉语，写汉字，汉在哪里，模样如何，不得其详。这次应友人卢慧杰之邀，由滻上来汉中，小住七日，终于圆了多年求汉之梦。踟蹰于汉水之滨，踯躅于秦巴之间，拜谒圣迹，抚摸根源，沐浴秦风汉雨，沉浸在酒宴之中，把一个“汉”字的温馨享受得淋漓尽致，真是个喜在汉中，乐在汉中，不思归去。

鱼游水中，方知汪洋，人在汉中，才见浩瀚，初来乍到，一知半解，亦甚欣慰。原来先有南郑，后有汉中，南郑是汉郡之附郭首邑，古南郑即今大汉中，授汉中以中国历史文化名城，不好说是张冠李戴，确有个名与实的问题，地球人不一定都知道，当地人心里才明白。

一日赴黎坪景区，穿行大半南郑，真个是大气磅礴，造化神奇，高山仰止，赞叹不已。南郑人民创造了悠久的历史，创造了辉煌的文化。《诗经》中就有其二十首，“乐奏周南第一章”，《诗经》开篇之作，仅此一项，南郑人就可以把骄傲进行到底！大美南郑，不仅兵家必争，也令文人骚客趋之若鹜。从李白、杜甫到李商隐、刘禹锡，都徜徉其间，留下传世之作。放翁匹马戍梁州，一个伟大诗人在南郑提增了文学成就。

龙岗恒立，藏龙卧虎，汉水长流，英才辈出，直到近代也不乏可歌可泣之事。红军斗争，川陕革命，何挺颖捐躯井冈，左明纵横戏坛，安汉开垦黎坪，他们前赴后继。到当代也毫不示弱，三线建设，科技领先，改革开放，日新月异，光辉历史，续写新篇，都是同一个“汉”字大放光芒。

尤其让我钦佩的是，今日南郑仍有一批文化人潜心研修学问，弘扬历史。他们敬业勤奋，无私奉献，自力更生，编书出刊，硕果累累，功在当代，利在千秋。他们当中有的祖籍南郑，如孙伯和、路汉旭、刘兰鹏、王琪元、吴元贵、汪建业、白塔、冯贵华、王庆和、刘柱等。血脉里流淌着廉泉让水。也有客居于此的，如惠健群、张海生、何高风等饱受熏陶，脱胎换骨，齿颊留香，变成地道的南郑人。他们不分彼此，共用一双手，为南郑增光添彩，让我们品读历史文化的同时，也记住他们的名字！

在南郑期间，文友海生赠我一本他主编的《古今诗文咏南郑》精装本，又大略捧读了他主编的《南郑人物谱》样稿，慨叹汉地文化之博大精深，今人继承发扬之光大，汉水文化金字塔之高端，真是令我辈欣慰。《南郑人物谱》涵盖了自周朝至当代千余南郑人在政治、科技、文化、艺术等方面的成就与贡献，方便读者进一步了解南郑、了解汉中文化。

祝《南郑人物谱》早日出版面世！

# 忘不了的年代

# 贾村分地

贾村业余作者村娃拍电报来：分地、速来。这个村是我的生活联系点，关键时刻不容错过，一路火车、汽车、自行车，马不停蹄地赶到。家庭联产承包责任制，说白了就是分田到户。耕者有其田，从来都是农民的梦想。三年困难时期后期的分田到户，是先知先觉者搞试验，批了个溜透。现在动真格的了，不少人心有余悸，自然也会有一场争论。

正是 10 月下旬，就要场光地净，腾了玉米茬子种麦子，时令不等人，不容再争论下去，耽误过去又是一年。支部书记果断决定，各生产队发扬民主，社员投票表决。结果各队同意分地的都超过半数，第二天就要付诸行动。但是余火未熄，辩论还在继续，走访了几户社员，几家欢乐几家愁。

七队队部烟雾腾腾，正在召开最后一次队委会。队长是个瘸子，腿脚不便，脑子灵光，平时不劳动耍嘴皮，吃政治饭。现在吃不到了自然不甘心："这才几天，批判分田到户，说是资本主义，不能走那条路，怎么就 180 度。"会计半脱产，他爹是饲养员，没少往家里拿饲料，沾了不少便宜，也来帮腔："辛辛苦苦几十年，一夜回到解放前，等着吃二遍苦、受二茬罪吧。"副队长摸不着权，也没沾多少光，立场显然不同："支书说了，票也投了，相信群众、相信党吧。"妇女队长本来就是摆设，用着朝前用不着朝后，不想再听下去了："天要下雨，娘要嫁人，胳膊扭不过大腿。"拍拍屁股走了。

桂花嫂正在家里撒气，摔筷子蹾碗。过去男人在外边上班，她在村里不下地，拿钱买工分，人六劳四分粮食，几个孩子都是大锅饭养着。分了地谁去种？蹚露水晒太阳的罪多年不受了，想起来就害怕，哭叫："我的那个天哪……"

刁物件大伯院里坐满了，多是半大老头儿，中农、上中农，兵强马壮的。自打听说分地就窃喜，今天更是兴高采烈，像是又碰上了第二次土改，嘴里哼着《翻身道情》："旧社会咱们受苦的人……"有的还摩拳擦掌，说应该成立农会，斗地主，分地还要分浮财。他们不劳动，当甩手掌柜的，算算剥削量，重新定阶级成分。物件大伯的儿子听了好笑："这是哪儿跟哪儿呀，还真想反攻倒算。"几个青年人说："农民有了地就不孬，别瞎扯了，想想咋把地种好，多打粮食。快去县种子站买麦种，外村分得早，去晚就没有了。"大家听着有理，一哄而散。

次日上午讨论分地办法，七队30户120口人，三大块地2400亩，土质差别很大。村东是碱地，不拿苗；村西是洼地，湿了软干了硬，不干不湿锄不动；只有村北是好地，旱涝保收。不偏不倚，利益均沾，只能每块地大家都有份，抓阄排顺序。但是地块大地身长，人多的分得宽宽一块，人少的只有窄窄一条。下午选出代表，手拿米尺、丈竿、石灰桶，一户户量，头里丈量，后头撒白灰、钉橛子。物件大伯早有准备，拉来一排子车界石。30年前土地入社，拖拉机耕地，刨界石，别人扔了，他捡回去砌进猪圈，如今"刁记界石"重新派上用场。

晚上乘胜而进，平均分配土地以外的资产，就是物件大伯所说的"浮财"，大到牲口、农具、车辆，小到收音机、挂钟、算盘，一一作价，总数除以全队人口，每户再乘以小家人口，就是各户应得。各取所需，大件钱不够，几家结伙，三家一头马，两户一头驴，再不够出钱，什么也不买得现金。队长、会计抢先认购了一马一车，哪来的那么多钱？一对机灵鬼，鬼难拿，当年"四清"工作队，一个班的人查账，都没捉住他们。物件大伯也早有准备，凑齐了全副装备。只有桂花大嫂不知所措，手里攥了一把票子。机井、电动机不能分，家家要用，选出了保管员，浇地时挂号排队，自备汽油、塑料管子。

假期到了，我带着许多问号回去上班。农民有足够的智慧，一个月后再回到贾村，许多问题都解决了，猪往前拱，鸡往后刨。各户自找对象，兑换土地，解决了耕种不便问题。桂花嫂男人成了一头沉，回家也勤了，帮着家里种地，常常夫妻双双把家还。物件大伯和几个大户人家，还在自家地里打了机井。家家户户麦苗绿油油，看着喜人。物件大伯见了我，乐得合不住嘴，说:“过去生产队瞎胡混，一亩地种成七分。现在归了个人，七分地种成一亩，地头地边，寸土寸金。”一句话提醒我，发现道边垄沟分到各家各户的树，都被砍光了。这也难怪，每次制度改变，都会带来一次杀猪砍树。农民害怕政策再变，到嘴的鸭子先把它吃了。

七队前队长、会计分到的地雇人耕种，自己跑运输去了。乡亲们说，他们一准会是村里先富起来的人。

## 平顶房的突破

我们的祖先自从树上下来，掘地为穴，房屋便作为人类生活的包装，有着缓慢而巨大的变化。并且形式和内容往往一致，相应变化。房屋建筑形式又因地形、地域、气候、历史渊源和生活方式不同，而形成各自不同的风格。在杏花春雨的江南，玲珑俊秀的阁楼、简练雅致的竹楼，与自然保持着和谐；在地广人稀的塞北，出檐起脊的瓦房，显示着生活的凝重；在广袤无垠的华北，齐展展的平顶房与大平原一样舒坦宽广，古朴浑厚。

我落生在冀南农村的土炕上，是在平顶房里和平顶房上长大的。

那时，村里的房屋都是土黄色的，与土地一样的颜色。讲究的人家，用土打成坯，用坯垒成墙。将就的人家，用土和成泥，用泥打墙。房顶铺一种瓦碱土，极绵细，几乎看不见颗粒，不渗水。每年春天，未雨绸缪，打墙的，泥墙的，抹房的，满村木板响，噼里啪啦，煞是热闹。

那时候，村里少见树木，从一抹平的黄土地望一展平的黄土房，好像是一层土台子。进村以后，大街小巷又把它切割成大大小小的豆腐块。外来人指责平顶房千篇一律，平淡无奇，他们不懂得平顶房的妙处也恰恰正在一个“平”字上。其平顶的用场和利用率并不少于屋内。夏日晚上，酷暑难当，人们把干粮篮子、饭罐子提上房来，它是饭场；饭后，饮茶聊天，困了一躺，又是床铺，一觉睡到天明；秋天，它还是谷场，豆荚谷穗，晒干净，就风一扬。记得母亲的许多活计，诸如纺棉花、做衣服、缝被子都是在房顶上做的。房顶也是我儿时的天堂，听故事，过家家，偷吃房上的红枣、芝麻。到了冬季，房顶又变成了仓库，玉米棒、花生囤，自然风干。可惜的是梯子一撤，也断了一条偷嘴吃的路。还有，房顶为老太太们提供了一个很好的骂街的舞台，谁家地里丢了一个茄子，母鸡野了一个蛋，那些语言大师能拐弯抹角、指桑骂槐，不重复一字地骂上三天。

那时候，平顶房绝对的平，全村庄窝都在一个水平线上，谁也不许比邻居高一砖。压人一砖，就是大逆不道，压人的风水。此后，一切大病小灾都归罪于你，甚至会招致一场械斗，结下传世之仇，四邻八家房角上的石狮都会金刚怒目地咬向你。所以一般人绝不在房屋的高度上越规，而只在别的方面做文章，比如用石头做根基，用表砖乃至卧砖垒墙，或者在门窗花样上翻新等。

好久没有回故乡，这一次回来，变化得几乎都不敢认了，以为是走错了路，误进了城镇。昔日的黄土房全不见了，一排排新砖房排列成整齐的街道。蓝砖房蓝澄澄的，代表农民的家底殷实；红砖房红艳艳的，象征着日子火爆。我回到家中，没有进屋就先好奇地登上房顶。正值金秋，家家平顶房上都堆着丰收景象，火红的高粱，金黄的谷穗，雪白的棉花，墨绿的豆子，五光十色，绚丽多彩。玉米棒堆成的金字塔，熠熠闪光；芝麻秸架成的金山岭，此起彼伏；棉花垛的雪峰，银光闪闪。整个村庄就是个庆丰收的展览会，每个平顶房都是一块展牌，展示着农村的富裕、农民的笑容。平顶房上，昔日随风摇曳的茅草，已被电视天线替代，数以百计天线组成的幼林，显着农村的无限生机，每一根下面都该是连着一幅彩色的图画吧。

再往远处望去，好像有十来座楼房。我奇怪地揉了揉眼睛，真的是楼房，尽管只有两三层，可是打破了一抹平的规矩。

它不压别人的风水吗？别人答应吗？全村房角上的石狮子是否一齐向它咬去呢？母亲告诉我，全村第一个盖楼的是尚宏哥，他跑运输成了万元户，要了村东一个水坑，填平盖了个二层楼，因为没有四邻，没人攀扯，算是在村里冒了尖。后来大伙儿看到楼房的优越性，宅基地又很金贵，再有钱也买不来，住在村边的人开始盖楼。老规矩一破，人们特别是青年人也不在乎压不压风水，谁有钱谁就往高盖，二层三层比着盖，连庄窝心里的户也动心了。

突破，突破，历史性的突破，尚宏哥简直是一位英雄。他带头突破了千百年来一抹平的规矩，打破了千百年来狭隘的平衡，平顶房开始不平了。我第一次看到华北平原农民的房屋像他们的庄稼一样开始拔节了，开始向上，开始竞争。站在平顶房上打量故乡，感到农村在升高。生活变了，变成立体的了。作为生活包装的住宅也在变着，华北平原农民的身材仿佛也在增高。

# 深山来客

邢台山区是我的第二故乡，隔一道岭就是山西和顺，那里有郑义的《老井》和《远村》。岭这边是河北邢台，有秦兆阳的《王永淮》和《老羊工》。人们喜欢这里，多半是因为它民风古朴、人性淳厚。在城市里住烦了，或是工作太紧张了，来到这山水之间，精神自然缓解下来，或者说净化一下灵魂。从另一个角度来说，这里山高路远，什么风都来得晚些，吹进来风势也减弱了。想当初公社化费了牛劲，可直到“四清”时还有几家单干户。如今发展商品经济，一时也有点不大适应。

去年冬天，我在石板峪下乡，房东家老二乐颠颠地拉我出去看稀罕儿。以为又是耍把式卖艺的，原来人们正围着两个年轻手艺人，一男一女。男的头发长长的，还带点卷曲。女的齐耳短发，紧身衣裤，线条清楚。两个人都是细皮嫩肉，不看那一撮小黑胡子，分不清男女。不知是不耐北方的寒冷，还是受不了冷漠的眼光，两个人身子都好像微微发抖。不用开口，从他们清癯的脸形和精明的眼神，就可以断定是浙江人。这些年来，浙江的手艺人大量涌向北方。卖眼镜的，配钥匙的，做麻糖的，煮馄饨的，他们灵巧的身体在社会供需的间隔里自由活动，如鱼得水，简直到了无处不在的地步。这不，连这北方的深山旮旯儿也钻进来了。

这两个青年男女像变戏法一样，从塑料大包里取出自己的家什。那女的是裁缝，中式西式，土的洋的都会做。那男的是个小炉匠，锔碗修秤换钢精锅底，样样都行。活儿少的时候，还在十字街头支起帐子弹棉花，晚上就住在里面，显然是一对夫妻。

开始，那一口南方官话，人们听不懂，但是脆生生的声调、谦恭和气的态度引起了山里人的好感。特别是那个女的，细眉大眼，经常挂在嘴角上的微笑，具有很大的魅力。说说笑笑，问这问那，闲了到山上转转，有时还在小本子上记点儿什么，一来二去都混熟了。大伙儿像赶集过会一样围在她身边，听她讲说用料、色调、款式、裁法，不少人动了心量体裁衣，代销点积压多年的布料全都卖光了。

山里人有个猫冬的习惯，不出去也不会做什么生意，而且有点儿不屑于去干，认为“玩龙玩虎，不如玩土”“七十二行，庄稼为上”，农民就应该土里刨食儿，吃巧粮食的不是好鸟。现在眼看着出大力流大汗的积蓄，那么轻易地流进了外乡人的腰包，有些人开始不安起来。叽叽咕咕，议论纷纷，讲起南方人盗宝的故事来。

说从前咱这里遍地是宝，山里人眼拙看不见，南方人眼尖，千方百计把它盗走。石板峪村南有棵鸟柏，过去常栖珍禽异鸟，树冠无风自吟，似有百鸟歌唱。树枝上落什么鸟，树干里留下什么鸟形花纹。一天来了个南方人，路过树下，眼珠一转，有了主意。花钱收购谷草，都交到大柏树下，眼看着草垛山一样高，南方人乘草垛遮挡把树干挖去一块，盗走了宝物。从此，柏树上不落鸟了，树干里也没了鸟纹。还说村南的紫金山是风水宝地，出过许多达官贵人，像大科学家郭守敬，月亮上还有用他的名字命名的山呢。刘秉忠是元朝宰相，刘秉恕是礼部尚书，张文谦是左丞相，张易是枢密副使，王恂是太史令。发明珠算的郭伯玉也是郭守敬的后代。后来，又来了一个南方人，路过这里一看，倒吸一口凉气，只见紫光闪闪，瑞气千条，凝聚天地精气。装着上山采药的样子，把藏在悬崖峭壁上的一块紫金宝玉盗走，从此这山便失去灵气，几百年不出人才了。

一传十，十传百，有些人义愤填膺，怀疑南方人又来盗宝了，小本子上画的什么图？弹花帐里有什么鬼名堂？有几个愣小伙子出来寻衅闹事，摔了裁缝剪子，掀了弹花帐子，硬是把那一对浙江手艺人轰出村去了。

那两个温文尔雅的手艺人非常遗憾地离开了石板峪，在乡政府所在地活动，说服乡长开办了一个罐头厂，资金不够，那女的还从浙江汇来了 20 万元。石板峪一带是太行山腹地，年产水果上千万斤，因为交通不便，年年大批桃、杏、梨、柿白白烂掉。人们习以为常，照样端着大碗柿子炒面伸着脖子往下咽，照样嘲笑东边的侉子们平时大吃二喝，灾荒年进山来靠门框，叫爷爷奶奶。罐头厂治好了山民们多年的心病，丰收的喜悦装进了保险瓶里，水果再也不会白白烂掉了。只此一项山民们就受益匪浅，家家增收了大把大把的“大团结”。

石板峪山掌大，果树多，是有名的水果窝，也沾光最多。老年人再也不提南方人盗宝了，青年人埋怨送上来的财神给撵跑了。最后大伙商量推出几个代表把那两个手艺人请回来。那两个南方人倒也落落大方，不计前嫌，常常来石板峪，今天帮这家办个缝纫社，明天帮那家开个杂货店，缺少资金给倒借，土产他们给推销。西山半腰有眼泉水，清洌甘甜，是牧羊人的宝地，据说狼虫虎豹怀了崽都跑来喝这里的水。两个浙江人装了瓶去邢台市化验，果然含有几种对人体有益的微量元素，回来发展矿泉水，取名“智慧泉”。他们还专门跑了一趟旅游局，把乌柏、智慧泉、紫金山连成一条风景线，开发了一个旅游区，给石板峪带来好多实惠。

山里人诚实，知恩必报，这一对南方人自然成了贵宾。各家各户都拿他们当自家人，夸他们来了以后，山水草木都变成了宝。这对南方人呀，不是盗宝而是送宝来了。

# 猫窝沟纪实

坝上大旱，康保县城最高温度达到创纪录的数字，连少男少女脸上也不那么滋润了，仿佛水分都蒸发干了。乘车从县城到照阳河乡，又从照阳河去猫窝沟。照阳河其实无河，连整个康保都是全省唯一的无河县，叫河表示农民的幻想。一路上草儿遮不住地皮，树叶打了卷，庄稼拧了缕，赤地千里，不断见三五成群骨瘦如柴的牲口往坝下赶。我的心和路旁的农田一样发燥，好像被太阳烤得冒烟。

11 点到了猫窝沟，村主任张罗派饭，就在支书家。开饭了，端上来一盆儿煮鸡蛋。坝上无菜，康保草原，长冬无夏，肉、奶是家常便饭，粮食奇缺，需要到坝下去换，蔬菜更是奢侈品，有钱人家，宁倒半瓶香油，舍不得给一两粒葱花。鸡蛋是待客饭，又当干粮又当菜，塞外人就这么实诚。我说："吃吧，伙计们，咱们也做一次月子。"在华北平原，妇女生完孩子就是光吃鸡蛋和红糖。不一会儿，蛋皮摆了一桌子。

正吃的上劲，帘儿一闪，支书女人端来一个大木盘，满面春风。我一看坐不住了，站起来傻了眼。说话间，炒韭菜、烧辣椒、拌豆角、腌黄瓜，还有芹菜、萝卜、西红柿，摆了一桌子，真可谓五光十色，美味佳肴，让人眼馋。我一迟疑，心里提防起来。这些普通的菜，在坝下也许是最起码的待客之物。然而在坝上，这些乖乖比海参、鱿鱼、猴头菇、燕窝都珍贵哪。老天爷，他们从哪儿摘到的这些宝贝？如此厚待，可我们耍笔杆的，一没柴油，二没化肥。我头上的汗水唰地下来了，不能吃，绝不能动一筷子。

实在不忍心，更怕犯错误。不管多么煞风景，多么尴尬，多么扫兴，多么让这些老实人下不了台，我们还是毅然决然离开饭桌。推说鸡蛋吃饱了，还装着打嗝。

支书两口子一再解释，说都是自己种的，可我们哪能相信呢。一到这份上，老实巴交的坝上人更成了没嘴的葫芦。最后他们也急了，把脸一沉："不信，领你们去看看。"真是出了奇迹，房后果然一方菜园子，有多半亩地大，周围打了土库囵，中心还坐一眼井，铁轮水车。一畦畦韭菜苗儿，刚刚浇过水，水灵灵，绿油油，绿得发黑。园子边上，还有茄子棵、菜豆架，黄花射出了金箭头，番茄挂上了红灯笼。嘿呀，我真要喊起来跳起来，好像发现新大陆。在赤地千里，一抹土黄的高原上，居然看见这么多碧绿，这样的姹紫嫣红，叫人稀罕得不得了。我一下子抓住了支书的手，还捶了他一拳："你这家伙真神了。"

支书憨厚一笑："光这韭菜一项，我今年已经收入1700元了。我们这无霜期短，但是地下水丰富，又有羊粪，不上化肥，韭菜味道好，一下子占领了康保和察北几县的市场。"他又介绍说，全村112户，98户有庭院菜园，共计85亩，有水井92眼。去年全村庭院经济收入4.5万元，今年可达6万元，人均417元，还有大田水浇地247亩，大口井4眼，是集体菜地。今年大灾之年不减收，菜园子成了我们的摇钱树、聚宝盆。

支书又把我们领到老农荆玉亮家里，他是这村庭院经济的创始人。老汉60多岁，长得瘦弱，两眼炯炯有神，一看就知道是农村少有的精明人。1947年他从商都迁到西边的东五福堂村，那时这一带还没有人烟，他看这儿是峡谷地形，两旁是丘陵，中间必定有水源，便邀了那村的三猫、五猫两兄弟一同来开荒。1950年盖房建村，便取名"猫窝沟"。1960年他从山西天镇买回了韭菜籽，试验种，第一年少种一点，年年增加，到了1966年发展成了半亩韭菜。"文化大革命"开始以后，批判他"向往地主、资本家腐朽生活，搞修正主义”，割资本主义尾巴，连韭菜根都挖走了。十一届三中全会以后他又恢复建园子，积累经验，他的韭菜比别人早割半个月，卖好价钱，一年能割五茬，每年收入 2000 多元。屋里墙上还挂着乡政府给他的匾，上面写着“脱贫致富，无上光荣”。

这时，我不由想起了支书女人那桌五光十色的菜，支书也凑趣：“那桌菜，还吃不吃？”我说：“吃，还要喝你的喜酒呢。”猫窝沟的菜园子，开创了坝上人民生活的新纪元。

# 天　缘

小县城有个十字街，大十字东北角上原来是城隍庙。20 世纪 20 年代末，奉军一个营进驻县城，营长是胡子出身，拆大庙卖砖石木料充了军饷。此后十几年军阀混战，抗日战争，兵荒马乱，没有谁愿意收拾市容。昔日富丽堂皇的城隍庙断壁残垣，荒草没腰，成为乞丐栖身和儿童玩耍的地方。

新中国成立后休养生息，恢复经济，“要发家，种棉花”，农民的日子眼看着火爆起来，县城“一月一（庙）会，五天一集”的老制度又自发恢复起来。吃饱了肚子，就需求文化，东关村农会把城隍庙旧址平整了一番，建起了一座戏院。说是戏院，其实就是土库伦，土台子，罩上个大席棚子。开始是公益活动，商户捐钱，农民捐粮，义务演出。后来人满为患，连着两次挤倒了土墙头，才盖起票房，卖起票来。

虽说是县城，不过是个大村。黑压压的庄窝上亮起一簇灯光，悄没声的夜空响起了锣鼓、唢呐，寂寞已久的县城热闹起来。小戏院成了活动中心，先是东关村村民大会，后是县里三级干部大会都挪到这里召开，东北角盖起三间伙房，门外围了一圈小商小贩。因为收入不错，不仅有本县村剧团，还有周围的县剧团、邢台的剧团也来抢台口。甚至保定、石家庄、临清的一些名角马又良、刘砚芳、肖武仲等也都慕名而来，家家都赚个盆满钵满。到了 1958 年“大跃进”，县里成立了文工团，排练大型歌舞，还有人张罗着去河南写豫剧大王崔兰田、马金凤的戏。底气不足的是这戏院，有人说：“别丢人了，像个大牲口棚。”有人说：“没有梧桐树，难引凤凰来。”县政府领导下了决心，盖个县礼堂，开会、演戏两用。这个任务交给了县政府办公室主任高明，他是个戏迷，有积极性。

高主任多方征求意见，咬咬牙定了“高标准”。水泥做台，红瓦盖顶，蓝砖砌墙，定做了 30 排木头长椅。但是老高是农民出身，标准也高不到哪去，舍不得多花钱，木头是从县林场平调来的，外墙不用卧砖用表砖。礼堂落成，前头高后头低，像一口大灰棺材。不过就这水平，在周围各县也算盖了帽了。

好戏唱了不过三五年，厄运来了，先是“四清”，后是“五反”运动，黑云压城。办公室有个干事爱看蹭戏，有时还捎带几个人。高主任批评了他，心怀不满。这家伙戏也没少看，看了《一捧雪》《强项令》，学会了家奴诬告主人，向地委写检举信，说县里不顾群众生活水平，搞了“县礼堂、电影院、邮电所、汽车站”四大建筑。那时“五反”运动正反对建设“楼馆堂所”，四处找典型，一下子就抓住了，不分青红皂白就定了性，定了性就要处分人。高主任是个红脸汉，一人顶起来，也就处分了他一人，连降三级，当了县礼堂的经理。

县礼堂属企业编制，除了经理还有一个售票员、一个检票员。自收自支，撑不死也饿不死。“文化大革命”后期，县主要领导都调走了，也没人管他的事，慢慢地认命了。熬到 80 年代，电视普及，剧团失业，礼堂常年冷冷清清，老高他们连饭也吃不上了。

县里为了甩包袱，标价2000元把这个礼堂合给老高。两个女服务员看不到希望，每人要去200元辞职走了。老高愁啊，愁得像伍子胥过昭关，一夜白了头。

恰在此时，老高二小子广东铁道兵复员回来，听了他爹诉苦后，哈哈一笑，说："你真是抱着金饭碗要饭，单凭这礼堂的位置，就是老天爷对你20年倒霉日子的补偿。"儿子围着礼堂转了几圈，成竹在胸，要把大礼堂简单装修一下，划分成几十个摊位，租给卖衣服鞋帽的商贩，取名"服装大世界"。老高接受不了，说不能走那条路。儿子说，人得吃饭，不能一条路走到黑。依了儿子，果然奏效，虽说不算日进斗金，却也白花花的票子水一样流进来，很快成了一城四关第一个万元户。老高坐享清福，天天喝茶水，听收音机，时不时来两口儿："一马离了西凉界，不由人一阵阵泪洒胸怀，青是山绿是水花花世界，薛平贵好一似孤雁归来……"昔日比他官大气粗的主儿来凑热闹，老高神秘兮兮地说："升个官不如养个好儿啊。"

又过去5年，老高家腰更粗了，儿子提出拆掉旧礼堂盖座大楼。老高听说了，一夜睡不着，早起找到儿子说："又是楼馆堂所，老子可是栽在这几个字上，几十年爬不起来的。"儿子说："别翻那老皇历了，此一时彼一时也，船过三江口回不去了。"老高当然又依了儿子，从北京找来专业设计，从石家庄请的施工队，要的才是真正的高标准，保证30年不落后。九层大楼，一二三层是超市，四五六层是专卖店，七八九层除了一家人生活起居，还请了影楼、美发、按摩、古玩、画廊，还特意免费提供给县散文学会、诗词学会、老人书画社做活动场所，足够的儒商气派。

让高家父子犯难的是给大楼起个名字，请来宣传部的干事，县文联的作家，工商联的干部，集思广益，七嘴八舌。什么家世界、北国春、十里香、百福隆，都没说到老高心里，因为脑子里的伤疤还在隐隐作痛。想到伤心处就落下泪来，哽咽着说："当年我盖个破砖房就是楼馆堂所，就受处分，连降三级。现在儿子真的盖了高楼，还受表扬，连升三级，当了县政协常委，比我当年的官还大。父子两代，天壤之别呀。我那时是自己不长眼，现在是老天开了眼。”小高把大腿一拍说:“妥了，就叫天壤楼，天眼楼。”最后作家们给修正了一下，叫天缘楼。

天缘楼开业那天，惊动了半个县，十里八乡的人都来看热闹。九层高楼在县城拔地而起，远看，像高高竖起的一个大拇指，像大大标榜的一个惊叹号。近看，青石起座，钢筋水泥，大玻璃窗，凝重大方，像一个巨人的塑像，魁梧的身躯，亮堂的胸怀。只是楼顶“天缘楼”三个大字是郑板桥体，衣衫不整，步态踉跄，活脱脱是那戏迷高主任的身影。

# 河北一集

应邀参加河北一集市场落成大典。

儿时就听说，“山东一村，河北一集”。山东一村是周村，后来成为淄博市主体。河北一集是辛集，1954 年束鹿县与辛集镇合并。辛集是中国著名皮都，县志上说:“绵亘五六里，货广人稠，坐贾行商往来如织，虽居偏壤，不减通都。”光绪年间有商家 1170 户，皮庄 123 家，每年加工皮 60 万张、毛 50 万斤，产品 100 多种，远销欧美。1926 年英国驻华官员查理亲自跑来定做一件“掏羊皮袄”，就是凭手感判断母羊腹中羊羔大小、胎毛长短。查理要一寸羔皮，王甫田师傅选中一只母羊，剖出羊羔，丝毫不差。制成皮衣，柔软轻便，献给英国女王，轰动世界。

5 年前曾慕名而来，可惜辛集已经全无昔日风采。城内仅剩一家皮革厂，街上冷冷清清，人多补丁衣，面带菜色。八街支部书记张保成说，从前“人要富得快，庄稼搅买卖”。实行以粮为纲，农民都陷在几亩地里，土里刨食，手工业都转入地下，连养羊喂鸡都是“资本主义尾巴”。公社干部闻到熟皮子味，便踹门砸锁，追得鸡飞狗跳。一个叫高金奎的小青年，中学毕业回村，白天下地，晚上学皮革，用被单蒙住门窗，像做贼一样，也只能生产鞭梢、驴套之类。杨满库在社办厂当业务员，外出寻找轴承，被上纲为投机倒把，扣上“新生资产阶级分子”帽子，关了11个月。十一届三中全会以后，束鹿县大办五小工业，由“地下”转到公开，光明正大，高金奎和杨满库成为全县第一批万元户。八街办起9个皮革厂，年产值超过1000万元，利润200万元，人均生活水平由过去的125元增到800元，打着筋斗地往上翻。全县工农业总产值达到6.8亿元，位于全省十强县之首。

河北一集市场位于城中心，十字路口西北角。一抹平的村落上冒出一片高楼大厦，张灯结彩，彩旗飘飘。中西合璧的主楼，红砖绿瓦，飞檐凌空。正门是全国工商联主席胡子昂的题字。东西3排，南北9路，21座商业楼，共容纳350户坐商，1000户行商，鳞次栉比，琳琅满目。中心公园有假山、喷泉、花圃、草坪。周围分布着业务洽谈室、商品展销室，银行、邮局、税所，应有尽有。把我这只见过计划经济、单一模式的书生看蒙了，好像刘姥姥进了大观园。

正是岁末农闲，今天变成了农民的节日，全县50万人口中有20万来凑热闹。多数自行车都换成新的，一部分人还拥有了摩托。农民们出手都很大方，不少年轻人穿200元一件的皮夹克。雄风家具店里，一对青年夫妇相中了800元一套组合柜，正在数钱。长春花店的君子兰，3元一盆，半天卖出去52盆，店主笑嘻嘻地说:“别急，家中大盆还有80，小盆还有1000，粗算起来也至少够上万元户。”比起来我这省直干部有点寒酸，每月53元工资，20

多年没有变了。

应邀参加庆典的还有北京的吴素秋、黄永玉和任率英等。“文革”十年看腻了样板戏，演员蓬头垢面、补丁衣服，再看古装戏，反而耳目一新。任率英是束鹿人，我的同事陶佛锡的舅舅，专攻工笔重彩人物。前些年被诬为黑画家，大量年画被当作“四旧”化为纸浆，不敢回家。这次回故乡办画展，《天女散花》《嫦娥奔月》，画上的美人儿好像都是比着今天的妇女们画的。

晚饭设宴招待，大厅几十张圆桌，酒菜已摆好，扒鸡，咸驴肉，炖鲤鱼，烧肥肠，香椿芽，四喜丸子，两瓶衡水老白干，两盒大前门。有的人等不及了，动起筷子。一阵掌声中，领导入席了，走在前头的省长张曙光，一看就皱起眉头，脸也拉长了，扭头往回走，空气紧张起来。省长罢宴，主人傻眼，背后谈判，20分钟后有了结果，换成四菜一汤。我在的桌位与省长不远，听到大嗓门说：“发展商品经济，不能放纵商人习气。”

会议组织者一夜不安，大家兴致没减，饭后看烟火。束鹿是花炮之乡，王口烟花驰名中外。有一句俗语：“前门楼子九丈九，天下烟花数王口。”这个烟火晚会，名牌产品都出手了，“金龙吐珠”“天女散花”“战地黄花”“草原新春”“雷鸣花开”“山花烂漫”。火树银花，奇光异彩。正是今日农村多彩生活，正是人民心花怒放，正是束鹿商品经济的彩色广告。

# 打 井 记

八十老母一个人住在乡下丰衣足食，身心健康，唯一让人放心不下的是吃水问题。村里没有自来水，要去邻居家里打井水，母亲挑不动水桶，需要麻烦别人抬水。平时还好，碰上雨雪天道路泥泞，常常就断了汤水。所以我在200里外的石家庄每天睁眼第一件事就是听天气预报，稍一变天就提心吊胆。一次回家聊天时小学校长听到了我的难处，就以优待烈属的名义组织学生轮流给我家抬水。小孩们天性爱打闹，不是弄湿衣服就是摔坏水桶，更不用说别的闪失，母亲就把这事搁断了。幸好不久实行了大礼拜、双休日，我就两个星期回去一趟，给家里两个大水缸都蓄满水。

由于降雨减少和过量开采，地下水逐年下降，邻居的水井接连报废。村委会财力不济，打起一眼深水井却安不起水管，动员各家各户集资，一口人300元。要说钱也不多，可是村民们根据多年的经验不肯跟集体打交道，宁肯自己花一两千元打个压水井。慢慢地三分之一户里打了井，就把村委会晾起来了。我恨自己既非华侨也不是大款，没有能力为乡亲们办件善事，也就随大溜在自己家里打起井来。

打井选在二月二龙抬头那天，来帮忙的人很多，我家院里热闹得像唱大戏，七手八脚支起了井架，一合闸开台，锣鼓轰隆隆响起来。平原上打井不像电影《老井》那么艰难，钻头畅行无阻，只需向圆筒形钻杆里加水，供给底下的钻头减热和润滑，然后不停地往外抽黄泥汤。钻杆一米一米地往下进伸，漫长的时间便有了漫长的话题。

我的家乡是古大陆泽的一部分，《尚书·禹贡》上说“恒卫既从，大陆既作”。《山海经》上所说的泜水、槐水自太行山流下汇聚成泽。《诗经·邶风》里《泉水》一诗说“出宿于干，饮饯于言”，干、言出于何典？许多人不得而知，朱熹注也只说“干、言，地名也”，没有实地考察过。其实干、言是大陆泽边的两个小山包的名字，至今还保留着一个干言村，北距我家25里。

我小时候，大陆泽已经缩小了许多，分为南北二泊，北泊在宁晋，南泊在任县。我们村子位于南泊北沿，名叫“南汪店”，一年到头水汪汪，全年只种一季高粱，秋天里划着小船剪高粱穗。我上中学时，水退了留下一片盐碱地，白花花一片碱疙疤，在地里干活常常“临渴掘井”，几铁锹挖出水来，撅起屁股就喝。村里水井很多，哪口井水甜吃哪口。打水不用辘轳，提个水桶猫腰就灌。那时候水太多了，多得可怕，十年九涝，动不动就洪水漂天、沥涝成灾。这才几十年，水乡泽国变成了旱圪塄。打井队成为新时期的野战军，不停地东挡西杀。钻杆成为治病救人的“银针”，地里扎了家里扎。

“银针”在我家院里的“穴位”上捻着，七米八米不疼不痒，十七八米没有感觉，三四十米依然麻木，有人计算已经加进去上百吨水了，抽出的黄泥汤流到街里，淌成了一条小黄河。一位兄弟开玩笑，说大娘一辈子纺花织布，这钻杆扎到棉花套子上了吧。

钻到 50 米，钻杆抖动了一下，刹把按捺不住，地下水咕嘟嘟涌上来，出现了一个小井喷。大家欢呼跳跃，母亲的脸上笑开了花。几十分钟后黄水变成了清水，大家争相掬饮，那位兄弟啧啧称赞，说水好甜哪，大娘的井打到龙脉上了。母亲欢喜了一阵后，若有所思地说：“大家忙活了一天，不知这井能顶上几年。如今这地下水退得像当年国民党的败兵一样快，连钻杆都追不上了。”

# 黄骅散记

出生在内陆平原，西边的太行山清晰可见，仿佛伸手就能摸着。东边的渤海，想象不出来什么样子，连做梦也梦不到。1972年都 30 岁出头了，我才等到一个机会，省歌舞剧院要我写一台诗歌联唱，纪念毛主席“一定要根治海河”题词10周年。根治海河的主战场黑龙港流域，龙尾在太行山，龙头在黄骅，黄骅人在治河上立了头功，黄骅民工团、小老虎班，是整个工地上两面最鲜艳的旗帜。我迫不及待地赶往沧州，黄骅县文化馆的马建成在火车站接我。老马原籍景县，在黄骅工作便爱上了黄骅，省革委文艺组两次调他，他都舍不得离开。经常说南有苏杭，北有胜芳，都比不上黄骅让人着迷。

出沧州市往东，到李天木就进了黄骅地界，眼前的景象令我惊诧。都五月天了，怎么还冰天雪地，白光刺眼，心也凉了半截。老马诡谲一笑，说那不是冰雪，是盐碱。这里有条民谚：“春天白茫茫，夏天水汪汪，旱了收蚂蚱，涝了收蛤蟆，不涝不旱碱疙疤。碱疙疤碱疙疤，好像秃子头上疮痂痂。”盐碱地我见过，不是这样的。大陆泽的盐碱像戏台上的小生，浅施粉黛，顶多像小花脸，一片白鼻梁。这里的盐碱像曹操的大白脸，浓墨重彩。秃疮是过去流行的一种皮肤病，疮在头部，先流黄水后结白痂，破坏毛囊，脱发而不再生，变成秃头，秃了头的人叫秃子，乡间很多。这里的地貌很像秃头，一眼望不到边的白碱，只有零星的碱茅、稀疏的红荆。大片的光板地，似有似无的藻类，低头才能看见。儿不嫌母丑，狗不嫌家贫，黄骅人很乐观，出了门海吹：“我们那儿也没啥，就是吃皇菜、烧金条，备不住还能看到高楼大厦呢。”其实就是烧荆条、吃黄菜，高楼大厦指海市蜃楼，海边不断出现。黄菜是一种盐生植物，又叫盘菜，叶子黄而微红，春夏吃叶子，秋冬吃菜籽，黑色，比糜子还细小。

沧州人说黄骅，苦海沿边，洼大村稀，概括得好。这里不像我们冀南平原，一去二三里，走过四五村，村庄挤挤插插，密不透风，挤得人喘不过气来。这里走半天也碰不见一个村庄，连树也见不到一棵，鸟无枝可栖，人无树乘凉，有走进沙漠的感觉，白色的沙漠，寂寞而恐怖。老马说人烟稀少，正好让土匪存身。

“羊三木，吕家桥，雁过拔根毛。”民国初年，宋哲元当了河北省主席，派一哨人马往山东乐陵老家送财物，走到这里便失踪了。打开地图研究一番，拿出笔来从沧县和盐山县划出一角，设立新海设治局，驻韩村，从此这方土地才纳入政府管理之内。

来到黄骅县城，又一次惊诧。县名换了三次（新海、新青、黄骅），县城做了几十年，韩村还是韩村。城圈内16个生产队，既不像街道也不像村庄，以所在位置称呼：关帝庙、财神庙、前场、后场、坑东、坑西，诗人贾漫就自称“坑东人”。参差不齐的房舍，一半土房一半砖房，房前屋后坑塘、芦苇。砖墙下部盐碱腐蚀，机关单位院子以砖铺地，防止泥泞、盐碱。全城只有县招待所、百货公司和服务楼三座小楼，都是三层，也都是1958年“大跃进”的产物。全城只有三家饭店，最大的一家也只有八张方桌。饭菜也只有三样：油条、馒头、窝头，每桌奉送一碟虾酱，和别处的酱油醋一样，不要钱的。街上的交通运输工具是排子车和渤海驴，一种用钢管焊制的自行车。我出门坐老马的“二等”，老马熟人多，见面必下车，一条小街要走半个小时。

住招待所，读“老三篇”，吃“老三样”，老马说咱换个胃口。“二等”开到了王徐庄，南大港农场所在地，原来他的家安在这里。安置我坐下，指挥他媳妇添水烧火，提一条麻袋出去。锅烧开他也回来了，背上卸下半麻袋活蹦乱跳的鲜鱼：鲤鱼、鲫鱼、鲶鱼、草鱼，还有我叫不上名字的，满满一洗衣盆，少说也有四五十斤。问他从哪买的，老马笑笑说，出门就是“水产”，往东往北都有，无人售货。嫂子夸他，别的能耐没有，逮鱼可是专家，还去白洋淀留过学，别管坑里洼里河沟里，鱼见了他就像老鼠见了猫，不敢动了等他捉。家里有了逮鱼的专家，便也有了做鱼的专家，嫂子焖煮烧烤，不见放什么佐料，鲜美可口。有了鱼主食往往也免了，上顿下顿都是鱼。

吃饱喝足，老马领我看大洼。泥土和青草的气息扑面而来，如饮甘醴。春天的洼淀好像一幅艳丽的油画，去年苇茬的赭黄为底色，新生的苇锥绿中带紫，亿万个紫针绿线织出一块偌大的绸缎，飘舞在瓦蓝瓦蓝的水面上，接天连地，一派紫气东来。百里大洼杳无人迹，是鱼的世界、鸟的天堂。蓝玻璃般的水面上水蜘蛛尽情地跳着芭蕾，留下了自由诗一样的文字。冷不防会有肥鱼亮膘，丽鸟展翅。春天是鱼类的情人节，雌者静翔水底，还算矜持；雄者守护左右，摇尾乞怜，又绝不莽撞。等到雌者按捺不住，跃出水面，身溢香气。雄者便尾追而来，咬尾欢跳，滚作一团，在浪花簇拥中孕育新的生命。谷雨过后，南方飞来的苇莺反客为主，成为大洼的芸芸众生。到处叽叽喳喳，呼朋唤友，把整个苇洼变成爱巢。苇莺也叫“喳啦子”，背羽浅棕，腹毛黄白，眉纹淡金。浪漫够了，它们便衔草筑窝，准备产卵。卵如青枣，棕色斑点，通常是村民的猎物。不过苇莺生育能力极强，一只雌鸟一年产卵 20 多枚，人丁兴旺，儿孙满堂。

从王徐庄斜穿黄骅去往三十八军盐场，一路想象海盐是怎么生成的，因为我是吃小盐长大的，从刮盐土到淋土、熬盐全套活都干过。高小课本上才知道了海盐，知道了长芦盐场，产量占全国的四分之一。老天爷是公平的，给了黄骅苦海沿边，也给了它鱼盐之利。这里产盐至少始于西周,《周礼》上说“幽州其利盐”,《史记》上说“燕有鱼、盐、枣、栗之饶”，除了栗外，黄骅四有其三，枣是冬枣。汉武帝元朔四年建浮堤城，军盐场北有武帝台,《魏书·地形志》《畿辅通志》都有记载。《史记》上说“万灶青烟皆煮海”，这里海域宽广，泥沙布底，风多雨少，日照充足，最利于海水浓缩。

放眼望去，大海被畦埂分割，像春日稻田，嫩绿的秧苗迎风起浪。云彩如花倒映其中，阳光似火浮在其上。因为贮水时间差别，盐池颜色变化，乳白、银白、浅黛、鹅黄，慢慢地玉液结晶银花，似珊瑚、水晶、玻璃、冰凌，让人想起神话中的醴泉、瑶池。陈酿产生美味，咸是五味之首，盐为人类须臾不可离开之物。站在这里便觉得钠分子流进血液，渗入骨骼，腰板挺直起来。

# 白菜情结

那一年气候异常，11 月 7 日刚刚立冬，离农历“小雪”节气还有半月，8 日就突降暴雪，平地积雪两尺多，气象部门称 50 年一遇。当时我正在西柏坡开散文会，浓密的雪片白帐子一样垂天而落，好像头上的天宇倒了棉花垛，倾了面粉厂，转瞬间填平千沟万壑，笼罩千山万岭。大千世界立刻单调起来。许多人感奋起来，不约而同地朗诵:“北国风光，千里冰封，万里雪飘。望长城内外，惟余莽莽，大河上下，顿失滔滔……”一下子对毛泽东的《沁园春·雪》的境界有了心领神会。大胸襟、大气象、大手笔，无人能及。有人就嘲笑起那个秀才，自不量力，临终时竟然说这首千古绝唱是他代笔的。弥天大谎，连鬼也不会相信。

扯远了，还回到雪上。这几年冬暖少雪，雪花比梅花珍贵。前年孙辈从南方回来过春节，长假 7 天没有见到一点雪的影子，悻悻而归，也让我耿耿于怀，好像欠孩子些什么。所以这次特大暴雪，惊喜大于忧患，白云压城，山封路断，市政方面日夜奋战，累垮了不少汉子。而我心里虽非幸灾乐祸，却是打心里喜欢，看这满眼皑皑白雪，是祥光普照，瑞气千条。直到回家来进菜市场，才有了“灾”的意识，因为大面积农田的白菜被大雪捂了，几乎颗粒无收。市场断档，市价涨到 3 元一斤，比去年整整提高了 10 倍。家家猝不及防，没有储下过冬的白菜，顿时两手抓瞎了。

冬储白菜是大半个中国的习惯。我是吃白菜长大的，早年在家种过白菜，深知北方人民对它的依赖。白菜古称菘，白花菜目十字花科蔬菜。南齐陶弘景说:“菜中有菘，最为常食。”宋代苏颂《图经本草》说:“扬州一种菘，叶圆而大……啖之无滓。”百姓视白菜为百菜之王，文人有“早韭晚菘”之誉，民间说:“肉中就数猪肉美，菜里唯有白菜香。”

我们冀南的白菜，短根，球状，淡绿色，紧包头，适于做馅。1965年初到临西，看农民推一车大白菜上集，口中吆喝:“卖黄芽菜来!”似曾相识，回去翻《金瓶梅》，果然白菜叫黄芽菜，苹果叫苹婆，书里许多方言留存至今。第二年移居保定，冀中的白菜属高桩菜，细花，圆柱形，适于炒食。徐水“青麻叶”是白菜中的上品。

那时交通不便，自产自销，更无大棚。北方低温，地里清一色萝卜白菜，菜桌上也唯有萝卜白菜，所以冬储白菜是居家过日子的一件大事，错过季节，这冬天就没法过了。每年下了霜，农民出菜，大车小辆往城里送。蔬菜公司负责组织货源，动员购买，家家车驮人推往家拉。大街小巷，家里院里，白菜堆积如山，真是白菜的节日。哪一年白菜歉收，居民便着了急，起早贪黑排队抢购；哪一年丰收了，蔬菜公司便跑断了腿，上门动员买“爱国菜”。那时我忙你忙，经常下乡，这当口儿一定要赶回来，托四季青门市部一位文学爱好者，截一车好白菜，老婆孩子一齐出动，鼓捣回去。那时母亲在乡下，我们夫妻子女四口人，年年要储备一千二三百斤白菜，每斤九厘到一分一，十几块钱吃一冬。白菜物美价廉，所以什么东西便宜了就称之为“白菜价”。

白菜拉回，不是一劳永逸，吃一冬天也要折腾一冬天。买回来的是毛菜，回来立马整理，去掉泥根干叶，一棵棵摆在地上晒晒水汽，傍晚要一棵棵码在背风墙根下，根朝里叶向外，根部菜帮水分多，易冻，要用草帘、床单之类盖严，第二天太阳出来，再一棵棵摆开晒，妻子像看护孩子一样经心，时时听天气广播，根据气温加减覆盖。太冷了冻坏菜根菜帮，化冻吃菜就变味。太热了，菜堆温度高，菜帮就会脱落，菜叶就会变黄，加大损失。如此翻来覆去三四天，白菜表层发蔫，菜堆就不轻易动了。直到上大冻，最低气温超过 -4℃，就要全部搬运到楼道走廊，吃一棵拿一棵。这期间十天半月也要翻一次垛，去掉败叶。一般人家白菜都要吃到开春，菠菜上市。立春后要把菜疙瘩削去，屁股上砍十字刀，破坏菜心，防止它“春心萌动”。

一种白菜吃一冬，营养单调，吃得人人一脸菜色，也容易吃腻了胃口。十几岁的儿子，后来干吃馍馍也不吃白菜了。小女正好相反，吃白菜没够，炒一锅白菜，剩多少她都包圆了。儿子聪明，说老爸属兔，妈妈属羊，妹妹属鼠，你们天生的“爱吃萝卜和白菜”。我属猴的，爱吃树上鲜果坚果，萝卜白菜，各有所爱，理解万岁吧！

妻子心疼儿子，翻书查典，一种白菜变着样儿吃。白菜豆腐保平安，白菜豆腐粉儿是理想搭档，再加上红烧猪肉就是黄金搭档。白菜做馅，加上几绺韭菜，包饺子，蒸包子，菜团子，白菜卷儿，薄皮大馅儿，儿子也接受。酸白菜、辣白菜、醋熘白菜、奶汁白菜、栗子白菜，一菜百味，大家都喜欢。切白菜也讲刀工，竖着切丝，炒时水分流失，口感不好，切成指头肚大小的块，鲜而有味。同样做白菜，换一个新的名字就鲜起来，拌疙瘩加上菜叶，就是珍珠翡翠白玉汤，炒菜撒上一撮芝麻盐，就是蚂蚁上树。大白菜浑身是宝，连白菜疙瘩也能吃，洗净切碎，加上生花椒腌一夜，吃时加上香油、醋，脆生利口。

然而，喜爱和科学是两回事。随着时代的发展，懂得了储存与保鲜有矛盾。腌制和冻后的白菜容易产生亚硝酸盐，是致癌的因素。太行山南段有个风俗，每到冬天，逢年过节，赶集过庙，红白喜事，迎亲待友，无一例外的要熬大锅菜，白菜是主料。锅特别大，剩菜多，上顿吃了下顿吃，端着盆子满街送。一锅菜能吃一个礼拜，老百姓说大锅菜越剩越香，其实是亚硝酸盐越来越多。时至今日，交通便捷，物流畅通，即便冬天，南方蔬菜源源不断。大多数北方人还是偏爱白菜，“糟糠之妻不下堂”，只不过把冬储的任务交给专业部门去做罢了。

# 刮　脸

几十年养成一个习惯，一个月理一次发，超过一两天就虚火上亢，口干舌燥。原来对门中山宾馆有个理发室，老张师傅是辛集人，手艺不错，人也和气。我定期光顾，一边理发一边聊天，实在是一种乐趣。

后来老张师傅生意不好，一去不回，我可作了难了。不知从什么时候起，理发业也发生了结构调整，剃刀逐渐被淘汰了。许多理发馆重女轻男，乐意在少男少女头上推波助澜，制造时髦，黑头发染成红的黄的，形似老外。男人的头便宜，像我这半大老头子更受冷落，因为不吹不烫，不喷香水不抹油，赚不了多少钱。大街小巷，花花绿绿、鳞次栉比的理发馆与我无缘，一次一连推开 20 多家理发馆的门，都不刮脸。有的理发馆连推子也不备，只有一把剪子，讲究的人不等头发长长，十天半月来美容一次，只需吹吹风、扫扫边儿，钱也不少给。像老爷们儿剃头刮脸那样大面积的“糙活儿”，费力不讨好。许多年轻的理发师也没那种基本功，弄不好还得“赔上二斗红高粱”。

噼里啪啦，随着一阵鞭炮声响，又一家理发馆开张了，而且就在我家附近，就顺便去看看。屋里空空荡荡，只有一个 20 多岁的女老板正在扫地，我转身要退。女老板眼尖，先问：“理发吗？”

我反问："刮脸吗？""请好吧，您啦。"我也不好意思再走了。

摘了帽子，露出半秃的头，女老板笑了，说这活儿省工。我说不一定，都转移到下巴上来了。安排坐下，推、剪、洗几道工序还算利落，我眯缝着眼仰在椅子上，等着刮脸，等着一种久违的享受。

以往都是这样，躺在椅子上脸是最惬意不过了。任凭那凉丁丁的剃刀上下左右轻轻移动，发际、鬓角、两颊、腮帮、鼻梁、嘴唇、下巴、脖颈，井然有序，还要加上修眉、洗耳、剪鼻毛。那感觉似痛非痛，似痒非痒，还有那刺愣愣的响声，类似锄田畦、割茅草、收庄稼，让人心旷神怡，昏昏欲睡，直到发出轻轻鼾声，引起理发师傅会心的笑来。

正在闭目养神，沉浸在甜蜜的回忆里，刀刃开始在唇上轻轻移动，却是一种异样的感觉，作业面较宽，还有隆隆的声音，好像是联合收割机。睁眼一看，天哪，大煞风景！原来女老板手中不是剃刀，而是一种普通家用的电动剃须刀。哭笑不得，我惊呼暂停，说就如此刮脸？女老板一脸无所谓的样子，说这有什么大惊小怪的，刮干净就得了呗，管它什么工具。那剃刀是手工，这还是电器化呢。我说有些手工，永远是手工工艺，机械代替不了，比如修眉、净耳、剪鼻毛，你这电器化行吗？照你这思路，以后有人发明电子理发器，往头上一套，一按电钮，两分钟结束了，那你们还不全都下岗。

刮脸不成，我坐不住了，起身自己取下围布，付了钱，头也不回地走出了门。女老板追出来喊，还有半个脸没刮，我说家里有电动剃须刀。走了几步，又有些后悔，时代变了，何必刻舟求剑，也许是自己错了，头脑守旧，连胡子眉毛也都顽固了。

# 回避“剥削”

五六月间，笔者访问了十几个县的几十所初级中学，发现了一个见怪不怪的现象。不少初三学生放弃中考，领到毕业证就卷铺盖回家了。放弃中考的学生，重点中学的少，乡镇中学的多，有些偏远的中学初三年级四个班仅剩下四五十人，合而为一个班在，老师指导下复习。

究其原因，因成绩差被动员放弃，确保升学率者有之，但更多的是学生和家长自动放弃。有的是家庭困难，回家充当劳动力。有的觉着学路艰难，考上普通高中也难保考上大学，普通大学毕业也难保找上工作，不如早日打工挣钱。此外，还有一个不容忽视的原因：回避“剥削”。

学生辍学为回避“剥削”，乍说也耸人听闻，细想起来又不无道理。如今的中学盛行“尖子教育”，尖子生成为教学的中心，他们不仅精神优越，还有物质保证。不论家境如何，一律免收学费，并且还有不菲的奖金，每年两三千、三五千之多。有些学校还明令悬赏，考上重点大学奖励十万二十万之巨。免费和发奖金无可厚非，问题是这项费用出自哪里。据我所知既非国家拨款，也不是地方财政，而是全部出自一般学生“供养”，“高分者治人，低分者治于人”，智力成为一种“剥削”的资本。难怪有的家长说：“我不单花钱供自己的孩子，还要供别人家的孩子，感到这钱花得冤枉，受了‘剥削’。”

有人说这种“尖子教育”是人才竞争的结果。要说竞争，是不公平的竞争，重点中学和一般中学，生源不同，学生水平差别很大。重点中学录取分数线高出很多，强强组合，自然会出成绩。

一般中学弱弱组合，费尽吃奶的劲儿升学率也上不去。还有这种不公平的竞争必然导致无序的竞争，常常看到中考前有些重点中学动用大量人力物力，跨县跨市，踩点设探，出台优厚条件，四处网罗人才。听说首都、省会的名牌高中，还不远千里年年深入到邢台山区一所重点初中挖人呢。

时至今日，素质教育已经喊了几年，收效不大，“应试教育”还看不到丝毫动摇，为什么？后者根深蒂固、轻车熟路，年年评比升学率、贺“状元”，校长和教师的升迁、工资奖金与升学率挂钩，强大的惯性使想改弦更张者欲罢不能。相反，素质教育则显得苍白无力，没有相应的措施，指标没有量化，不好操作，也没有多少成功的经验推广。教育是百年大计，难道这种局面的改变也要等上一百年吗？

## 害怕回乡

生在穷乡僻壤，又兼寡母孤儿，我是吃百家饭长大的，故乡有我相依为命的白发老母，故乡埋着我烈士父亲的骸骨，故乡埋着我这苦命人的胞衣，故乡与我有着千丝万缕的联系。大学毕业时舍弃了天津，七八十年代又两次辞掉进京的机会，我害怕远离故乡。故乡距石家庄不到100公里，虽非鸡犬之声相闻，却能招之即来，两个星期回去一次，缸里担满水，院里堆好柴，才好放心回省。春种秋收，小住几日，把汗水泼进养育我的土地。逢年过节，村剧团里跑跑龙套，听到乡亲们叫几声乳名，心里才踏实。有时公务缠身，不能按时回去，便丢了魂儿似的。

乡亲们也抬举我，时常有人走动，自打分到机关宿舍，那几间房便成为故乡驻省会的办事处，推门就进，当然不是串门聊天，大都有事相求，出于对故乡的感情，我也从不推辞，有求必应。

起初，多是买手表、自行车、缝纫机的，农村结婚必需的“三大件”，那时物资匮乏，农村奇缺，城市凭票，有票我就给，没有我就东挪西借。后来多是看病住院的，疑难重症，需要专家名医，他们以为住在石家庄，庄上的大夫会都认识。三言两语说不明白，我只有起早排队挂号，然后领着化验拿药，病看不完还得住下，腾间屋子当病房。乡下人随地吐痰乱扔烟头，说话粗喉咙大嗓门，影响孩子的学习，妻子看不惯，还得笑脸相劝：“我一身农民作风，你还不是都接受了。”

每年暑期是接待高潮，从选报志愿到录取发榜，天天应接不暇。乡下人听说城市里办事要走后门，便大筐小篮提来小米、鸡蛋、粉条子，让人哭笑不得，这种后门哪是仨瓜俩枣敲得开的。但也深知老实巴交农民的难处，一名高中毕业生，那是要用几万斤粮食堆出来的呀。我们那个村子，300 户人家才出了我这一个国家干部，他们也只有我这一线希望，怎好向他们一颗颗焦炭一样的心上再泼一瓢冷水呢。只能硬着头皮厚着脸皮，拿着自己出版的诗集去乱撞。何况若干年前，我还对着一块光屁股长大的伙伴们，做过“苟富贵，勿相忘”的承诺呢。

再后来就是打官司告状的，房边地界，打架斗殴，离婚改嫁，分家过继，干部贪污，伪劣农药，无奇不有。当他们认为基层公款吃吃喝喝、官官相贿、讨不得公道时，便花 10 元钱买一张车票找上门来，他们想象中革命烈士的儿子可能有一点发言权，不知道价值观早已变化，我力所能及的只有手中笔，写一纸诉状，或者一封读者来信发诸报端。打官司有输有赢，赢了的感谢两句，说下次有事再来；输了的往往怪你办事不力，回去还在母亲面前奏一本，说你忘了乡亲，是陈世美。

最怕的是当事人双方都相识，南邻北舍，沾亲带故的，了解我回乡探母的规律，早早等候在家，一把鼻涕一把眼泪，从家里跟到地里，从村里跟回省城，缠得你连与老母说话的工夫都没有。任你怎么小心怎么回避，都逃不脱关系，反正不偏潘家就向杨家，越想做老好人，越里外不是人，母亲长叹一声：“罢罢罢，你可别回来了。”

那年轮到我上干校，远离机关，着实轻闲了半年，回来留言条子二寸多厚，许多急事都拖过去了。妻子说，离开你那300户还不照样生活，像你这样心慈面软的，也当不了救世主，充其量是同情弱者，热心肠在冷酷现实面前毫无办法。我想是呀，以往做事自不量力，埋怨不得别人。从此回乡少了，乡亲们上门的也少了，但是我心事反而越来越重了。常常做梦回乡，受到儿时伙伴们羞辱，梦中醒来，不得排解，辗转反侧，以往甜蜜的乡情回忆变得那样苦涩，妻子看我痛苦的样子，心也软了，好言相劝：“要不咱们远走高飞，投奔儿子，眼不见心才净。要不明年退休，回家当农民，与乡亲们扯平了，同甘共苦，他们也不会为难你了，你也不必像教徒一样，天天忏悔了。”百思不得其解，我还是翻来覆去睡不着。

## 福兮祸兮

清明祭祖，上坟回来走到堂弟家，正好北庄他孩子的小姨也在。小姨也是一方名人，性格开朗，还能喝几杯。我从背包里取出好酒好菜，摆好斟上。要在以往，他俩早就迫不及待，抢着一递一杯地喝上了。今日可倒好，泥坑酒、魏庄鸡也没有吸引力，二人耷拉着脑袋，比着一递一声地长吁短叹。其中缘由我也略知一二，不过听出来今天是旧怨又添新愁。

堂弟“文化大革命”后期结婚，几年生了两位千金。赶上家庭联产承包责任制，分到十亩好地，三处地块离机井都不近，每逢浇地就愁上心头。庄稼一枝花，全凭水当家。农忙时节歇人不歇井，抓号排队，夜里浇地是常事。看人家上阵父子兵，自己孤零一人，两个丫头不便出工，连个替换人手也没有，做梦都想要个男孩儿。那年月计划生育抓得正紧，公社大队两级小分队，挨门挨户搜查，追得鸡飞狗跳，抓住育龄妇女就送学习班，摁住像劁猪一样结扎，一片鬼哭狼嚎。正好孩子的小姨从地区卫校毕业，分到公社当计生员。堂弟媳妇儿抓进学习班，堂弟哀求孩子小姨手下留情。开始小姨不答应，架不住堂弟哭天抹泪，磕头作揖，心一软手就软，经堂弟指点，只在肚皮上划了个口子，趁流血缝了几针，根本没动输卵管，留了后手。

事也凑巧，一年后堂弟媳妇儿就生了个宝贝儿子，堂弟乐不可支，取名叫“豵儿”，我们那一带，公猪叫豵儿（音 zōng），母猪叫老海。别说农民没文化，这个字还是古音，《诗经·豳风·七月》就有“言私其豵，献豜于公”，豵就是小公猪。事情败露，做了假手术，堂弟重罚，小姨也被开除回家，丢了饭碗。堂弟内疚，欠下天大人情债，一辈子做牛做马也偿还不了。还不得也得还，年年养两口大猪，一口老海每年生两窝小猪，卖了钱全交给他小姨；再养一口膘猪，过年杀了，除了猪头、下水，好肉全都送给小姨家。

豵儿招人喜欢，虎头虎脑，脑瓜后边留一撮九十毛，摇来摆去像小猪尾巴，摇着摇着就长大了。豵儿与猪有缘，从小就给猪挑菜、拌食，劳动给爹帮手，人也勤快。初中毕业爹就叫他辍学回家，夜里浇地带上，找着有儿子的感觉，心满意足，捏着脖子学张淑敏，唱梆子《龙江颂》，村里都能听到。可惜好景不长，高兴没几年愁就上来了。从前说三十年河东，三十年河西，如今生活节奏快了，二十年世道就变了，乾坤倒转，不重生男，重生女了。

由于像堂弟这样的大有人在，眼看着下一代男女比例失调，有人测算我们家乡那一带为 1.2 ：1，就是说 120 个小伙子就有 20 个要打光棍。随着农业现代化发展，农活减少，农民进城打工。女孩子只要不缺胳膊少腿，总能在城里找到对象，不少小伙子尽管聪明伶俐，还得回家依靠父母。形成农村男多女少，阴阳失衡。物以稀为贵，男方财礼飙升，3 万、5 万、10 万、20 万，打着跟头往上翻，上不封顶。订婚“三大件”从自行车、缝纫机、手表，电视机、电冰箱、摩托车，一下子跃升为“三小”，城里有小楼，家里有小车，外加一个年纪轻的小婆婆，进门就有人伺候，省了雇保姆。一时间婚介火爆，媒婆走红，婚托遍地。听说谁家有女出嫁，不管年龄大小、模样丑俊、寡妇活头（离异者），上门求婚的排成队，一般都开小汽车来，开摩托的自觉往后排。有阅历的家长出来挑选，往往看不上开新车的，名牌旧车打高分，车旧说明发家早，家底厚。

按过去的标准，堂弟也算殷实之家。豴儿辍学那年，用几十年的积攒盖了五间新房，三明两暗，置买了家具，万事俱备。可是一年又一年，空有梧桐树，不见凤凰来，新房等成了旧房，隔年粉刷一遍，刷了几次不刷了，堂弟说犯了一个“白”字，白等。豴儿眼看 25 岁了，到了农村青年结婚年龄的上限。堂弟夫妻百爪挠心，连外出打工的两个女儿也都省吃俭用往回寄钱，但是对于所需的高额费用也不过是杯水车薪。豴儿等不下去了，也跟着大伙儿外出打工，除非春节不回家，回来就一头扎进屋里不出门。或者一群光棍凑到一起喝酒，喝醉了五音不全地唱，唱得爹娘更加心酸。

这一回轮到他小姨内疚了，都怪当年自己没了主意，听了姐夫的教唆，虚晃一刀，却留下如此深刻的伤痕。果然是福兮祸兮，自己丢了饭碗不说，在家里开了个诊所，也不少挣钱，可是这句话应在姐姐家里了。冤有头债有主，自己倒欠下一笔天大的人情债，一辈子做牛做马也偿还不了。还不了也得还，起早贪黑开诊所挣的钱，舍不得吃舍不得花，一笔一笔往姐夫家里送，还得三天两头去安慰、开导。明知一座小楼、一辆小车是个不小的数目，何况姐姐年岁也不小了。

## 花溪老田

小田出身农村，从小跟父母田垄里滚爬，养成艰苦奋斗的性格，四年大学保持一种三夏大忙的姿态。每逢考试前，宿舍熄灯了，蒙着被子打着手电背书，成绩总在班上拔尖。毕业前夕考上省级公务员，机关上班不适应，平平淡淡。小田嘴笨，又不会普通话，相信凭本事吃饭，两年后便辞职下海，干起药品推销生意，在药厂与医院之间追求最大利润。才两年就发了，由业务员变成老板，买了房子买了车，没顾上搞对象，先把父母从农村接来，让二老享福兼看门，自己天南地北地跑业务去了。

小田居住的花溪小区，是这个二线城市富人聚集的地方。澳大利亚人设计的欧陆风格，错落有致的五层小楼掩映在花树丛中，树种有北方的也有南方的。自制的中水系统，家家门前能看到喷泉，听到水声。中心区域一半是广场一半是湖面，儿童戏水，老翁垂钓。老两口初来，以为走进了仙境，白天不敢大声说话，晚上不敢上床睡觉。三两天后明白了，这也是人住的地方，住进了一对庄稼人。

受了一辈子的苦，不会享清福。儿子出门前给他们雇了个保姆，二老觉得家里来了个外人，一不是闺女二不是媳妇，不放心，出来进去跟着，挤兑得人家甩袖子不干了。走了更合意，不会用电和煤气，买馒头喝自来水，吃饱喝足院里打转转，有劲没处使。住一楼，门前一块草坪。老婆说能养一只羊，老头说不如种菜，浇水方便。蹲下去拔草，只捋下一把草叶，这种草根深，用手抠。刚抠出锅盖大一片，保安来了，穿一身制服，老田有点害怕，嗫嚅："有二分地呢，闲着也是闲着，开块小片荒，收了菜你也吃点儿，我可是种菜把式。"保安哭笑不得，也是农村来的，年纪不小了，说现在可不是三年困难时期了，不缺吃的，看风景。这是公共绿地，可不敢破坏。老田拍拍手上土，朝着远去的保安嘟囔："俺家买了房，墙外还有三尺滴水呢。"

开荒不成，老田盯上了门前的垃圾箱，又高又大，绿色的，一个单元一对，分可回收的不可回收的，老田说，世上哪有不能回收的东西。城里人不会过日子，吃的穿的，旧鞋旧袜，什么都往里扔，过时的儿童玩具，农村孩子见都没见过呢。叫什么垃圾箱，分明一只百宝箱。还有人买的冰箱电视，拆下的包装堆在一边，都白白拉走了，交到废品站就是钱啊。不如先下手为强，运垃圾的车每天下午 5 点到，他吃完午饭就动手，一件件翻，翻个底朝天，能用的都拣出来。开始前后楼的，后来全小区的垃圾箱挨个翻一遍，大捆小捆地往家背。老保安开始光撇嘴，后来觉得也无可指责，小区管理条例也没明文禁止，没再管，有时还帮他一把。

小区里的果树多为野生品种，土桃、山杏、杜梨、黑枣，也有嫁接过的柿子、核桃、大枣，为了观赏。都是从苗圃买来的成树，成本不低，镐把粗的一棵樱桃 800 元，碗口粗的一棵山里红 1200 元。因为有了这些果树的点缀，小区的田园风光更加浓郁了。老田来晚了，没赶上春天桃杏花开，万紫千红，赶上了秋季果实累累，满园飘香。

湖畔秋千旁，有两棵花椒树，密密实实枝头间，星星点点花椒粒已经红了。这种树天生有自卫能力，树干疙瘩琉球，枝叶遍布针刺。老田不怕，一手扳树枝一手伸进去，硬是把两棵树摘得干干净净，摘了多半脸盆，洋洋得意，逢人便送。当然代价是有的，手上横三竖四划满血印，有的还浸出花椒大的血珠，老保安身后指点："看把他能的。"

广场东南角上一棵苹果树，挂满了铃铛般的果实，由青绿变黄白，随风散发淡淡果香。半大小子们伸手摘，跳起来够，咬一口口感不好，随手扔了。几天过去，树冠低处果实所剩无几。老田看着手痒起来，要施展一下当年扒瓜遛枣的本事。第二天起早来到树下，手心吐口唾沫，三扒两下就蹿到树杈，四面八方出手，摘一个扔一个，老婆张开床单接着，不大一会儿中层摘完了，只剩下树顶几个苹果，结结实实长在树梢上。老田手脚并用，使劲摇晃不见效果。从树上溜下来，举起带来的丈八竹竿，乒乒乓乓敲打起来，终于结束了战斗，收获了多半面袋苹果，得意扬扬回家去了，留下一地树叶狼藉，也没给清扫。老保安拿来一把扫帚给他擦屁股，绘声绘色地讲述过程，比大街上耍猴都精彩。

儿子小田国外回来，老保安跟在后面上本，老远就闻到一股烂苹果味，进门一看更惨了，啤酒瓶易拉罐摆了一院子，纸箱皮塑料板一捆一捆堆成山，自家的豪宅变成了废品站，小田鼻子都气歪了，想骂几句又张不开口。小田当天下午就跑到服务公司领回了一个男保姆，当面对二老介绍："这是李家政，管理你们，干什么得经他同意。"老田听到脸色变了，家里来了政委，还不跟当年驻村工作队一样。当时哑巴了，身上有些发抖。晚上睡不着，戒了两个月的烟又抽起来。听隔壁儿子打着呼噜，老俩愁了半夜，天不明就跑路了。

# 石 窝 窝

石窝窝感觉是在做梦。这才几年的光景，他一个脸朝黄土背朝天的农民，说变就变成了四体不勤的市民。一年两季庄稼的土地，忽地蹿出一大片山峦一样的楼群。他这个曾经的乡级劳模，英雄无用武之地了，连使用过的锄头、犁耙，老伴的纺花车、织布机都有人收购，说是就要成为文物了。打从小平房搬到高楼上都半年多了，每次看到这个18A的门牌还都认生："这是家吗？"站在窗前往外看，还是头晕，腾云驾雾似的。

做梦都没想到，20多里外的城市像乡下馍馍的酵子，可劲地膨大。小村被裹了进去，从农村、城乡接合部到城中村，没用几年。开发商跑马圈地，他们吃肉也给老百姓喝汤，一座庄稼小院换了三套单元楼房，外加50万元人民币，住一套出租两套，铁杆庄稼，旱涝保收，月进4000多元，顶上一个处级干部。前几年还发愁，儿子没考上大学，靠谁养老，现在把心放在肚子里了，指望不上儿子，指房子，老来福。

对于这次城中村改造，开始他也想不通，心里嘀咕了多半年。靠出租房为生，过去叫"吃瓦片"，可是有前车之鉴呀。本家有位六叔，新中国成立前在市里开饭馆，家大业大。后来六叔没了，六婶不会经营，把十几间门脸租出去，一年200大洋，享了几年清福。冷不丁遇上土地改革，算剥削账，划阶级成分，房子轻易就没收了，资本家帽子牢牢戴在头上。"文化大革命"时扫地出门，赶回老家监督改造，自家没落脚之地，塞进村口破土地庙里，风雨飘摇。1969年一场大雪下了5天，雪停了民兵连长喊她出来扫街。白茫茫雪地，只有她家门前没有脚印。喊了几声没人应，破门而入，人早冻僵了。这件事想起来就打寒战。能不后怕么。

一场变革太过突然，思想准备不足，失去土地，农民下岗了，自谋生路。年轻人紧跑几步还跟得上，文化不高，去打工，干保安，送快递。上年纪的跟不上，月月跑银行，领几百元养老金，衣食不愁，没营生可干，吃了睡睡了吃。还保持农村那个习惯，不吃独食，开饭时间端着大碗下楼梯，凑在一起，叫作饭场。边吃边聊，说说笑笑，道听途说，国家大事。饭场就在小区花园凉亭下，被都市报的记者看见了，觉得很新鲜，起了个洋名“众议院”，后来又升了一级叫“餐（参）议院”，一日三餐的餐。“餐议院”的议题永远从石窝窝开始。石窝窝降生的那年，初级农业合作社升作高级社，统购统销，常年吃糠咽菜，窝窝头成了农民的理想。如今成了市民，窝窝头也下岗了，一天三顿大米饭、白面馍馍。可他石窝窝还不满意，说城里的馍馍太暄，棉花瓤子一样，手一攥就没了。还一块钱两个，放开肚皮，一顿能吃 5 块钱的。吃馍馍就吃戗面的，杠子压的。有人说不怕硌了你的牙，有人说那你就吃面包。石窝窝说面包更暄，吃在嘴里就像老棉花套子。

一般老头老太太，慢慢适应了城市生活，吃了喝了，拿一个马扎，坐在马路边看风景。石窝窝坐不住，毕竟是劳模出身，没事就溜达，见门就进，见人群就凑，连闻带问，摊上了许多好事。比如超市，每天早 9 点开门，先处理头天剩下的面条，怕酸了，1.28 元一斤，便宜一半。蔬菜柜上，隔两天下午 7 点处理一次，刚打蔫就打折，有时一两折，或者论堆儿卖，比自己种菜都合算。有些卖保健品的，定期搞推介会，进门就发鸡蛋，七个八个，石窝窝不听讲领了就走。召集会的改了规矩，散了会发。石窝窝就得耐着性子坐下去，为了那几个鸡蛋。石窝窝消息灵通天天挺忙活，天天有收获，白得的鸡蛋吃不完，攒起来腌咸蛋。有时也带到“餐议院”，大家分享。有人故意逗他，要饭吃要来的，咱不吃。窝窝忙分辨，不是，要饭吃得靠门框，喊人家爷爷奶奶。咱这是有人下请帖，大闺女们又拉又拽，喊咱爷爷呢。时间不久，小区的闲人们都出动了，跟着石窝窝去创收。

天天排队，天天开会，跟进的人越来越多，农村人叫手稠了，石窝窝跳出来，找到另一份工作，给建筑商发广告，一天发出去500张，给50元工资。8开的、16开的画片，印刷精美，花花绿绿，一张成本七八元。开始石窝窝还舍不得发，看着谁都不像有钱的，半天还没发了100张。同行告诉他，不能那么认真，落叶纷纷，大海捞针，老板说上钩的人有概率，只管发就是了。石窝窝开了窍，溜溜达达，见人就发，天女散花，500张不大一会儿就发光了。一天50元，十天500元，一个月1500元，顶过去一个民办教师呢。发着发着有了发现，这印刷精美的广告，人们并不喜欢，有人躲着，有人不接，有人看一眼随手扔在地上。扔得他心疼，七八元一张呢，回过头又一张张捡起来，摞起来300多张，攒多了卖废品，一斤0.45元，又一笔收入。有人说他，脱了裤子放屁，干脆领过来就卖到废品站是了。石窝窝连忙摆手，那可不行，咱农民办事也有底线，我发是一种劳动，捡也是一种劳动，公私分明呢。

## 银　杏

任县人田某，做生意发了财，省城买了别墅，装修房子比打扮老婆还上心。院里假山、影壁，大门石阶、石鼓，门前玫瑰、石榴，一切都比着心里的样板——本村张家大院。张家清朝出了个拔贡，官至临清知州，奉旨修造门第，五门相照，飞檐起脊，雕梁画栋。“文化大革命”时辟为阶级斗争展览馆。那时他还小，不懂什么阶级，只觉得来参观的成群结队，威风十足。

听大人们说，这一带地皮薄，风水被拔贡拔尽了，200年再没出能耐人。好容易到他田老板成了企业家，当了政协委员，县里拔尖人才，可以与张家媲美了。可是时代变了，大家嫌弃农村，心向城市，在乡下大兴土木不合时宜，不如城市买个豪宅，请乡亲们来参观。苦于文化低，经营了半年还不满意，正像他的老婆，尽管涂脂抹粉，珠光宝气，还是免不了俗气，身上缺了点什么。一天去五台山上香，路过平山一个小村，山坡上一处庄窝吸引了他的眼球，石头院落虽已破旧，门前两棵高高的银杏树笔直挺拔，三四丈高，水桶粗细，活像张家大院门前那一对旗杆。田老板心中窃喜，五台山也不去了，爬上坡去。可惜大门落锁，等不到人。围着那两棵树，转着圈儿上下打量。山村很静，风吹树叶哗啦啦地响，逗得他心里甜滋滋地痒，靠在树上眯着眼遐想，不知不觉进入梦乡。

田老板听到什么动静，睁眼院门开了，一个白胡子老头朝他笑，一手端水碗一手拿馍馍，以为他是个流浪者。田老板挺身站起，一面捋捋袖子露出瑞士表，一面从兜里拿出苹果手机，显示他是有钱人。面对树的主人，欲擒故纵，说银杏有毒，还不如核桃栗子好卖钱。老头火了，说这两棵树是闹义和团那年，爷爷从天桂山移来的。1942年小鬼子扫荡，把他爹娘一棵树上绑一个，说是私通八路，要连人带树一块烧死。一声冲锋号响，大部队赶来了，救下二老，从此全家人和两棵银杏树不可分离。老头如此看重此树，田老板话到嘴边又咽下去了。

还是不死心，多年从商的经验使他相信，没钱急得猴上竿，有钱能使鬼推磨。不信山沟里两棵小树拿不下。从汽车后备厢里拿出两瓶五粮液去找村主任。主任说不好办，那是他家命根子，不过也提供了一条信息，老头的小儿子在市里上班，来回坐公交，想小车都想疯了。田老板找上门去，愿以20万人民币另加一辆八成新的帕萨特换那两棵银杏树。天上掉下个馅饼来，还是羊肉馅的。当下成交，小儿子写了字据，又找村委会做了公证。二人还定下调虎离山计，小儿子带他爹坐飞机去云南旅游，田老板在家里动手移树。

老头父子前脚刚走，田老板后脚带人进村，还有移植公司一名技术员。树外80厘米开槽，宽30厘米，深1.6米，斩断根须。随后开来起重机和大拖车，加在一起20多米长，盘旋着开上山坡。先用大绳捆住树腰，然后开动起重机，生生把带着四方泥坨的树连根拔起，又轻轻顺放大拖车上。树身过长，出村拐不了弯，招来很多人围观，田老板大把大把地散发“中华”烟，也没人出手。偏偏一阵风吹来一阵小雨，乡亲们说是老头子哭了。田老板急出一身汗，打手机请来一队武警。回到市里已经很晚了，借来附近工地的探照灯。从大拖车上吊起那树，高高举起，轻轻放到事先挖好的树坑里，四周有30厘米的孔隙，边填沙子边浇水，技术员还加进一些美国进口的营养液，主要成分是维生素$B_1$，促进根系生长。没用一个小时，田老板别墅门前竖起一对绿色旗杆，有人抱出一捆炮仗，噼里啪啦响起来，田老板一颗欢喜的心蹦到了天上。

大功告成，田老板天天坐在银杏树下，仰着脖子欣赏，听树叶哗啦啦地响，任心里甜滋滋地痒，连做梦也是他的两棵银杏与张拔贡的一对大旗杆比高。看着看着傻眼了，两个星期后树梢的叶子打蔫，而且像传染病一样自上而下扩散。田老板慌神了，打手机问责移植公司，公司派来技术员，爬上树去，枝干上挂了许多吊瓶，给树输液，还是美国进口的维生素$B_1$。满树吊瓶闪闪发光，像一只只瞪大的眼睛，盯得他头晕，天旋地转，想吐。正要打120，老头的小儿子来了，哭丧着脸，耷拉着头，说在云南转了两个星期，回来变着法儿想把老人留在市里，买了大众戏院三天的票，老人最爱看的获鹿丝弦。老头子不干，趁他不在偷偷上了公交车。车没停稳，跳下来往家跑，远远看见那两棵银杏树没了，天边空荡荡的，眼一黑栽到地上。村主任要了急救车，送到医院抢救，白花花地挂了几个吊瓶。田老板扳指一算，也正是他门前银杏闹病的一刻。忽然良心发现，有些后悔，说："银杏，银杏，我太任性了。"任县人不会发卷舌音，任银不分，银人不分。

# 文坛风景线

# 回望“三星高照”时

诗人田间离开我们 17 年了。

从登上诗坛那天起，他就获得了最热烈的掌声和最多的鲜花。没想到身后这么寂寞，文学界、评论界很少提及，如今的青年快不知道田间是谁了。历史会说，未免太不公平了。

“五四”以后中国新诗的天空，先是郭沫若一轮朝阳，到 30 年代便是臧克家、艾青、田间“三星高照”了。“三星高照”、群星灿烂的局面一直维持了半个多世纪。“三星高照”，并非三足鼎立，而是不同时期交互领跑。

臧克家、艾青、田间先后出生于 1905 年、1910 年、1916 年，分别诞生在中国北部、南部和中部农村，又几乎同时崭露头角。臧克家 1933 年出版《烙印》，1934 年出版《罪恶的黑手》，1936 年出版《自己的写照》。田间 1935 年出版《未明集》，1936 年出版《中国牧歌》《中国农村的故事》。艾青则于 1936 年以《大堰河》一鸣惊人。

三大诗人 30 年代诗的风格迥然不同。臧诗精粹，他生活在胶东半岛，地处偏远，对农村的困苦感受深切，情感真挚，低歌吟咏农民悲惨命运。他善于捕捉典型，酿造诗意，形象生动。田诗火热，他生活在长江流域和革命氛围之中，善于宏观把握形势，大声疾呼农民起来反抗。艾诗深沉，他留学归来，身陷囹圄，对黑暗进行诅咒。在审美取向上，臧克家有深厚的传统诗词功底，构思精巧，把自古以来的悯农诗提高到一个新的境界。三人比较，他的诗最有韵味和魅力。艾青见过世面，吸收象征派的精华，自由体挥洒自如，追求诗的散文美。田间则广泛吸取中外民歌和苏联诗歌的营养，采用一种跳跃、铿锵的句式，表达自己冲动激越的感情，给诗坛带来一股新风。

“七七事变”，抗日战争全面爆发，全国人民同仇敌忾，诗人振臂高呼。臧克家积极投入抗日洪流，在斗争前线奋笔疾书，一鼓作气，出版了诗集《从军行》《泥淖集》《呜咽的云烟》《泥土的歌》《国旗飘在雅雀尖》《生命的秋天》和长诗《敲》《他打仗去了》《淮上吟》《古树的花朵》《向祖国》《感情的野马》，数量、质量当为文学界抗日模范。他的诗充分表达了一名诗人对祖国命运的责任感和战斗抱负，成为国统区诗歌的一面旗帜。艾青“拂去往日的忧郁”，迎着“明朗的天空”，奔走在解放区，连续出版了《北方》《他死在第二次》《向太阳》《黎明的通知》《火把》《溃灭》《献给乡村的诗》《反法西斯》和长诗《雪里钻》《吴满有》等，一改过去忧郁的情调，高举战斗的火炬，鼓舞人民寻找前进的方向，向黑暗里的人民发出黎明的通知。论战斗作用和广泛影响，田间则是中国抗战诗歌第一人，他的诗像手雷、机关枪和迫击炮射向敌人。主要诗集有《给战斗者》《呈在大风沙里奔走的岗卫们》《抗战诗抄》《短歌》，长诗《他也要杀人》《亲爱的土地》《铁的子弟兵》《戎冠秀》等。他的诗写在街头和山壁。《假使我们不去打仗》《义勇军》《坚壁》等短诗，振聋发聩，成为抗日军民家喻户晓的口号。他叙事诗中的英雄人物成为边区人民行动的楷模。鼓点式的节奏和人民抗战的激情完美结合，诗人的激情和民族情绪合拍，被闻一多誉为“时代的鼓手”“擂鼓诗人”。

新中国成立以后，“诗人兴会更无前”，大家相聚北京，欢呼新生活。臧克家虽积劳成疾，病中仍写出《有的人——纪念鲁迅有感》这样的名篇。艾青应聂鲁达之邀访问智利，为和平事业高歌。田间最为活跃，访问了朝鲜和东欧三国之后，又回国深入内蒙古、云南、新疆，写出一些脍炙人口的诗篇。臧克家因长期住院治疗，活动受到限制。艾青、田间成为国际诗人，作品被翻译成多种文字。

1957年，中国进入狂躁年代，也把诗人置于尴尬地位。艾青被错划“右派”，放逐新疆。臧克家抱病在身，兴趣转向学术。田间被逐出北京，下放河北。一向为人老实的田间，难以摆脱战时形成的“文艺为政治服务”的影响，加上多年形成的参与意识，有时会出现对生活的误读，写出假、大、空的诗。另一个让诗人困惑的是新诗的形式问题。舆论把“在民歌和古典诗词基础上发展新诗”绝对化，使之成为唯一一条创作道路。这无疑使追求散文美的艾青处于不利地位；习惯写自由体的臧克家转向对古诗词的研究；一向惜重民歌的田间好像得天独厚，但是追求民歌的形式追过了头，甚至把六言体当成主要形式，钻进了牛角尖。加上田间运用民歌体，又对北方群众语言不大精通，所以尽管十分刻苦勤奋，在这时期出书最多，但并不受认同。五六十年代诗坛真正的明星，让位给了横空出世的郭小川和贺敬之二位诗人。

粉碎“四人帮”，诗人们迎来第二个春天，情不自禁引吭高歌。臧克家年事已高，倾诉方式转向散文。田间写了《清明》悼念周总理，情真意切，之后又出版了《离宫及其他》《青春中国》两本诗集。复出的艾青，诗情如压抑已久的火山喷发，写出的《光的赞歌》《在浪尖上》，是几代人思想解放的宣言、时代的声音，之后又出版了《归来的歌》《彩色的诗》《雪莲》等。此时，他的诗犀利、幽默、苦涩，充满了命运感，也走上他诗的生命的制高点。80年代是“艾青年代”，有54名作家站出来为他呼吁诺贝尔文学奖。

大众似乎产生了一种错觉，仿佛田间是“左”的，是艾青的对立面。其实田间也是“左”倾路线的受害者，50年代他挨整被逼跳过北海，1958年下放河北，他只写诗不抓权，从未整过人。他在“文化大革命”中长期被批斗，住牛棚，住监狱农场，一次还被造反派扣到大锅底下，真正背上黑锅。

1985 年田间重病期间，艾青到医院看望，他们是 50 年的挚友和兄弟。恰巧胡风也在同一病区，他是艾青、田间最早的知音，饱经磨难后又聚在一起。不久，“三星”中最年轻的一颗却最早陨落了。6 年后（1996 年）艾青逝世，他比田间年长 6 岁，所幸三人中的长兄还在，成为文坛著名的寿星。[1]“三星高照”，是中国诗史上的佳话，历史是不会忘记的。

## 铁凝《玫瑰门》的门

铁凝的小说从《近的太阳》起，开始了一种新的探索，进入了一种新的境界。在这之前，她对生存的感受力与她所能将之化为艺术的能力之间，存在着一点距离。如果说在这之前，她的创作更多带着一种自发热情，那么在这之后，她就开始导入一种自为的努力。从《近的太阳》《麦秸垛》到今天的《玫瑰门》，我以为这是她创作意向在同一向度的不断升华。特别是在读了《玫瑰门》之后，我产生了一些感想，算是《玫瑰门》为我开启的思考之门吧。

我感到，在这部长篇小说里，铁凝对现实主义有了更深切的理解和实践。现实主义，从根本上说，是呈现一种实质的意思，它不是表面修辞效果、语言特征的再现。在铁凝的小说里，现实，不再是简单的向外寻找，而首先是一种向内的探索和发现，是从“我”的出发去揭示生存，然后“返回”生命深层。《玫瑰门》读

[1] 臧克家于 2004 年因病逝世。

后，你感到的是一幅幅冷峻尖刻的画面。但渐渐地，这些画面消失了，留在你心中的竟是几种女人的生命状态、生命体验、生命情调。这使我意识到，铁凝的目的不是一般意义上的“反映”生活，而是洞察生存。特别引起我兴趣的是，小说中的基本观点是苏眉的，这显然是有一定局限的，但作家的聪敏之处在于一些关键性的部位插入“我”与苏眉的交谈，这样一来，有局限的视角更广阔地洞开了，在写实的层面上出现了一个“分析”的层面。向外的寻找被提升为向内的掘进，它超乎现实，作家的经验不再是被动的组装，而成为一种分析，一种理性沉思。但我真正感兴趣的不是这种方式本身，而是它的具体文本——这种理性沉思不是单向的判断，而是深刻的互否。铁凝摒弃一般意义上的政治、道德评判，而直接进入了本体论范畴。在这里，既有正统的人性、崇高、相信进步的一面，同时又有一种无可奈何的、无法逃避的焦虑感和危险感。面对生存，作家没有掉过头去，但也无法果决地辨识它。她所能做的，只是冷峻、不动声色地写出原初的模样，写出女人生命状态及某种受虐逆转的事实。我以为，铁凝以往的小说（如《麦秸垛》）总是将人与生存的巨大冲突，在最后转化为某种温情，某种恒久的、绵延的抚慰感。而《玫瑰门》却不是这样，生命和生存强大的势能使作家呈现出一种优美的“失控”，她与文字在这时开始的不再是“我写你”的关系，而是一种相互发现与照亮。在这时，铁凝依循的不再是古老的写实的法则，而是融入了深层的暗示和象征。老老实实的写实语言被迫改变了恒常的方向，使你去探寻其背后的意义。

以我有限的阅读范围而言，我以为，新时期的女性作家从审美发展到审丑，这一创作意向是由张洁的《他有什么病》开始的。这个中篇当时给我以强烈的震撼，我一直将它作为新时期为数不多的带有某种经典性质的小说之一。铁凝的《玫瑰门》则将审丑创作意向进一步深化或者说是升华。这篇小说里，分量最重的人物是司猗纹。这是一个浸透了封建和殖民地文化污血的人物，她的丑命使人达到了惊悚的地步！这个人物不是漫画式的，而是深刻的，具有可验性的。她灵魂卑污，但同时又有着顽强的生存能力；她充分异化，但亦有着顽强的让人竟然有某种“敬意”的执着。对丑恶的揭示，达到这种言不尽意的深度，铁凝真是够厉害！司猗纹既是“这一个”人，同时更是深层象征。铁凝在小说中写道:“她带着与她那年龄不相称的精神镇守着这黑夜，镇守着影壁那边的一切，就像要镇守住她那失去的年月。”这里，既写到了司猗纹要“镇守”住少女时代的辉煌，同时更象征地写出了民族中沉重而腐烂的东西在今天仍具有分量。

这篇小说里用了大篇幅写“性”，读后我感到，在众多写性的小说中，铁凝毕竟是棋高一着的。在这里，她写性不是为了向庸众邀宠，而是通过性的揭示，将它作为一种特有的中国文化现象来观照批判。“性”在司猗纹那里，后来已经全然失去了生命本原冲动的意义，而成为一种纯粹的“工具”，一种明确的“目的”。这种骨子里丑到极点的东西，竟成了司猗纹进攻别人的堂而皇之的武器。(相比而言，竹西在“性”的问题上的态度，反而使我们感到美好、健康、纯粹，她使我们超越一般意义上的道德判断，而直接进入生命本体。)这个形象是复杂的，可以说，她是当代文学人物画廊里姿势独异的一位。除了理性的判断以外，这个形象还给我以“厌恶”或者说“呕吐”感，这就是我们通常所说的“有血有肉”吧。我注意到连司猗纹自己有时都非常害怕看见自己。铁凝的审丑达到了相当的深度。审丑，是西方现代艺术中一个比较集中的母题。人类的丑，在某种意义上，已经不属于认识论的问题，而是本体论的问题了。铁凝在这篇小说中显然更执着于前者，这是针对我国特有的人文历程而言的。她因此得到了某种深度，也因之失去了某种东西。这两难的选择，我不止一次发现它发生在目前许多优秀的作家身上。对我而言，宁可认可铁凝们的态度而不愿做幼稚的“超前”。我曾在《热爱生命》一文中谈到，文学最根本的东西还是要通过个体生命的张扬，达到某种“用世”的目的，这个观点受到很多同志的误会，今天我仍认为这是第一要义的东西。这里的“用世”，不是一般意义上的教育、宣传，而是带有某种忏悔感的，对灵魂的审判和汰洗。铁凝可以说是意识到了这一点，审丑的背后，有着强大的正义、崇高的东西在支撑着她，所以，她的《玫瑰门》才显得不失应有的气度和庄重的风采。在这一点上，我认为她比许多青年作家显得更为老到和成熟。

读《玫瑰门》后，我还有一个强烈的感觉，就是这部小说中铁凝的语体风格发生了某种跃迁。她不再冲动，不再着意于所谓的“美文”，而是直接、赤裸、粗粝，一直摸到人的生存真正临界点上——文化——个体生命的角度去分析。铁凝的这部小说，不是什么“叙述圈套”之类的东西，她实实在在，就是要通过一种语言去表达一种观念。这可能不合某些新潮评论家的胃口。但我想，就我所读到的现代主义的东西，那些堪称为力作的，无一不背后有一种“观念”支撑着。你可以“读”不出它，但你的确“感到”了它。所以，重要的永远不是看你的小说有没有观念，而是看观念的质量。小说家当然可以充当一个“讲故事”的角色，一个解闷的人，但我想说的是，人类的艺术，它的骨肉，它的盐，它的金属，永远是那些书写灵魂深处的言辞的人提供的。铁凝的小说当然还不能说达到了至高的境界，但是她扎实、严肃，一步一步在跋涉，她的目标是崇高的，有气节和气魄的。

《玫瑰门》为我的思路开启了几扇小门，我不敢说我的看法基本正确。如果错了，那也无妨，因为那不是别人的，而是只属于我的，或者说与作品关系并不大。河北的小说近来一直处于比较低洼的状态，这难免使我和我的同行们焦灼不安、忧虑感叹。好作品不是没有，但大气度的东西却鲜有见到。铁凝的《玫瑰门》

是不是个好兆头？是不是能成为河北小说创作的凯旋门？我这样期待着！我们这样期待着！大家都这样期待着！

## 李文珊《第八级人》序

李文珊同志的小说集《第八级人》新近出版了。

文珊同志的文学生命与中华人民共和国同龄，从 1949 年 12 月在《山西日报》发表第一部小说《担谷》算起，到 1989 年《长城》第三期《四郎翁堆和他的“影子”》问世，恰好是 40 年。40 多年来，他在山西工作 10 年，西藏 27 年，回河北 4 年。丰富多彩的经历让人羡慕不已，特殊的生活经历赋予了他特殊的文字宝藏。

文珊同志对自己要求严格，40 年创作的中、短篇小说仅仅精选出 16 篇，篇目编排也颇费心思，采取由近及远的方式，我揣摩意在回头看，返回自己漫长的创作历程。40 年崎岖的文学之路，16 座大小“山头”，横看成岭侧成峰，远近高低各不同，总起来山势越来越高，风光越来越好。其中《前梁庄》《双生儿女》《“八十三”搬家》《爱管闲事的老人》《第八级人》《三等世家之子》《多龙小传》等景色尤佳，《四郎翁堆和他的“影子”》则是最高峰。我想这山系的主人是足以自慰的，连我这旁观的游人也替他高兴。

这 16 座山头大概可以划分为两个阶段，大体以 1976 年那个历史转折点为界。

集子里的多数作品取材农村。选择即意义，它取决于作家的生活体验与审美情趣。

文珊同志创作初期便显露出优良的艺术气质和表现才能。他的作品充满了对北方大地的眷恋，对“世界屋脊”的渴慕，传递着浓郁的人民意识。农民的喜怒哀乐声息可闻，塑造人物性格生动活泼，风俗民情跃然纸上。尤其是他的语言，格调清新，节奏明快，写山西有一口十足的“山药蛋”腔儿，写西藏有一股地道的“酥油糌粑”味儿，口语俗语俏皮话信手拈来，自然平易中带一种哲理意识的幽默色彩。他歌颂新人新事，笔下的人物和时代一起成长，怀着对新生活的热爱，憧憬未来；也深得赵树理“问题小说”的真传，写敌我斗争，也写先进与保守、进步与落后的冲突。两个方面都写得纯净、明快，有一种淳朴的民俗美。

这一时期的作品特点是富有强烈的真实性和鲜明的倾向性。一个时期的文学主潮常常深刻地影响着作家对社会生活的认识和美学观的形成，作品必然胶合着历史的印记。由于文珊同志比较清醒，忠于生活，体察民情，吃透了农民的思想感情和心理状态，从现实生活出发，往往可以不同程度地克服时代的局限性。他作品中的人物，无论是正面的八十三、阿爸多杰，还是反面的铁帽秀才和小疯僧，不拔高，不矫情，没有概念化、脸谱化的感觉，没有多少“政治人情”的味道，多数都能成为有血有肉的独立的生命，有比较充足的生活依据。所以他的小说曾多次被移植舞台，至今仍有一定的认识价值和审美价值。

新时期以来，文珊同志的创作突破了原视角，拥抱更加广阔的生命，冷峻地思考生命，作品焕发出一种时代的活力。

作家与农民一起反思，在和农民政治经济利益直接相关的领域，探索农民的命运，通过山羊胡子（《顺流而上》）、多龙（《多龙小传》）以及《船客》里形形色色的人物面貌的勾勒，特别是他们的觉醒，有力地揭示了由于政治经济地位的急剧变化，农民开始挣脱精神枷锁，恢复人的尊严。尽管他笔下的人物多是普通的农牧民，不具有多么高的思想光辉和精神力量，但是透过他们心灵的历程和深层意识的冲突，可以感觉到一股思想解放的热流正在高原农村涌动、奔流着，这正是我国农村改革历史大潮的深刻反映。似曾相识的人物，我们很容易发现山羊胡子不是《“八十三”搬家》里的八十三，多龙不是《爱管闲事的老人》里的阿爸多杰，作家正以新的目光观察农村，写人写人生，写农村沉重的精神负荷，写他们对新生活的渴望。由于主题的深化，也带来思维的开拓，结构和叙述方式的变化和搜索，有人说《船客》就吸收了意识流的手法。这一切标志着作家对人和文学有了深一层的认识。

与此同时，作家的思考也开始超脱土地，从历史文化的角度审视西藏人民的命运，并由此一下子照亮了他的小说境界，不断有新的发现、新的创造。《三等世家之子》塑造了一个贵族出身的藏族知识分子邦色的形象，他艰难的思想历程表现了西藏的发展变化，也表现了西藏所处地位的复杂性。《第八级人》中的“理想之王”巧格桑，《四郎翁堆和他的“影子”》中的主人公，是新时期文学中罕见的艺术形象。他们不是土的李有才，也不是洋的荷马，而是藏族精神文化的典型。巧格桑诅骂黑暗、歌唱光明，是理想的现实人。四郎翁堆和他的“影子”是巧格桑的提高和升华，有点神秘色彩。作家塑造人物的灵魂，用人物的灵魂去影响民族的灵魂。

《四郎翁堆和他的“影子”》在艺术上有两个特点。一是不做直接因果关系反映和简单的是非评价，而是对生活做整体把握和多层次的开掘，给读者多方面的审美思考。致力于人物心理、思想、性格多层次的表现，赋予他们多方面的内容，因而比较含蓄，包含着深厚、多样的思想主题。二是重点挖掘民族文化心理，探求民族文化多层次的趋向，把人物放在纵的历史变革和横的社会现象中去描写，既表现了藏族文化积淀的历史过程，又表现历史与现代文化的交叉，人物与时代、文明与愚昧、道德与进步的冲突。人物找到了恰当的坐标，因而站立得扎实。由《第八级人》开始的艺术高度，生长至此，结出了完美的果实。

文珊同志作为基层锻炼出来的政治工作者，他有丰富的马克思列宁主义理论修养，心明眼亮，有丰富的直接经验，而这些正是文学家最重要的素质和基本功。作为文学家，他善于细心观察、思考，善于了解情况、发现典型，讲究斗争和教育方式，而这些又反过来对政治工作大有补益。只是他太忙了，几十年如一日地把精力奉献给了革命事业，难得有点滴空隙考虑文学创作。但是文珊同志时刻不曾忘记文学，从他的散文、小说中看到了他深沉而机智的品格和不尽的才华，他的艺术生命还正年轻。作为文珊同志的一名部下和学生，我期待着他更多更好的作品问世，写给人民，写给历史。

# 读《曼晴诗选》

我学诗始于 1958 年前后，正值诗歌界形式问题争论得异常热闹。那时我是倾向于民族化的，曾把《晋察冀诗抄》当作学诗的范本之一，从中熟悉并喜欢上了曼晴诗风。不光因为是同乡，可以从他的诗里听到乡音，还因为他多写农村题材，又写得朴素自然、雅俗共赏，遂引以为师。20 年后，结识了曼晴同志。人如其诗，朴素无华，他在诗歌民族化的道路上苦苦追求了半个世纪。《曼晴诗选》的出版和他那篇《后记——我沿着一条什么道路写诗的》，令我对诗人在诗的形式上的追求，有了进一步明确的认识。

并不像有些人想象的那样，写民族化诗的人都是没有洋学只懂传统的可怜的“保守派”。相反，曼晴同志对欧美诗歌是很讲究的，我要拜读一些外国诗歌名著，往往都是要到他那儿讨借的。正是因为他对外国诗歌深有研究，知道歌德、莎士比亚、但丁、普希金等大诗人都是在本国的民族化上取得了成就，他们的作品才有世界意义的，所以他才将毕生精力致力于中国新诗的民族化。

曼晴同志早期写自由体的白话诗，诗选中《饥荒年代的诗》一辑，多是如此。但是由于出身和经历，对诗的主张不同，他的自由诗与当时流行的自由诗是有区别的。他不满那些洋腔洋调、半土半洋的故作高雅时髦之作，而是“想让自己的诗的读者尽量多一些，多得到一些同情和共鸣，让读者读懂”。所以，他的自由诗读起来也让人觉得是民族化的。1934 年曼晴同志读了发表在《新诗歌》上的《给窦隐夫的一封信》，鲁迅先生指出：“新诗要有节调，押大致相近的韵，给大家容易记，又顺口，唱得出来。”诗人眼前的道路由蒙眬而明朗起来，因而在写作实践上也更自觉起来。这以后的诗如《海河之夜》《县长病好了》《区长》《母亲》《粜粮食的》等都大体押韵，节奏鲜明，朗朗上口。

全面抗战开始以后，由田间发起的街头诗运动，从延安到晋察冀蓬勃兴起，曼晴同志是街头诗的带头人之一。由于对敌斗争和发动群众的需要，诗和宣传品结合在一起，诗人懂得诗必须“更加大众化通俗化”，往往采取歌谣的形式，而又“不是套用模仿”，将一些流行于民间的歌谣换上新的内容，发展变化，赋予新的生命，更便于口头流传，群众喜闻乐见。1942 年，曼晴同志学习了毛主席《在延安文艺座谈会上的讲话》，对民族化大众化有了进一步的认识。诗人在县里工作，掌握运用一些民歌形式，创作自己的新诗，写出像《纺棉花》《打野场》等脍炙人口的好诗。曼晴同志当时的一些短诗，还被音乐家周巍峙等谱上曲子，生出翅膀，飞遍边区山山水水。

曼晴同志在运用和发展诗歌的民族形式上是有自己的追求的。表现在：一、叙事成分。曼晴同志的不少诗篇，有简单的人物故事，有头有尾，像首小叙事诗，读起来有汉魏乐府和《古诗十九首》的味道。二、白描手法。长于叙述，朴素自然，娓娓动听。有时赋中也加一两笔比兴，像村姑头上插两朵小花，颇为别致，如《哨兵》等。三、群众语言。曼晴同志长期扎根生活，与人民群众息息相通，熟悉群众语言，诗中的生活口语乃至民谚俗语，信手拈来，听起来有滏阳河边的乡音，也有滹沱河畔的山歌。这些群众语言，使曼晴的诗更加生动活泼，更加生活化，形成了独特的风格。

曼晴同志用他自己的诗歌创作，践行毛主席总结的新诗的发展道路，对我国新诗的建设是有过贡献的，这种精神是难能可贵的，永远值得我们学习的。

曼晴同志年逾古稀，身体健康，精神焕发，去年爬上棒槌峰，今年登上天桂山，传为佳话。愿他老当益壮，在诗歌创作上更攀高峰！

# 漫谈刘艺亭同志的诗

在五卷本刘艺亭同志作品集中，仅诗就占了两卷，这充分说明诗歌创作在刘艺亭同志文学生命中所凸现出的美学价值及艺术分量。

清新明快，朴实淳厚，是刘艺亭同志诗作的显著特色。毫无疑问，古典诗词及民歌民谣是诗人赖以生根、发芽、开花、结果的沃土。诚如诗人所坦言，他的诗的确是“土生土长”的，字里行间洋溢着浓郁的泥土气息。

读罢《我的乡土》和《回春曲》，掩卷沉思，我仿佛看到一位历尽雨雪风霜，却依然健步如飞的诗人，正站在新世纪的门槛上向后人频频挥手致意，这迷人的风姿，恰似泰山顶上的不老松。中国新诗诞生和发展的历程，为新诗的研究者提供了许多值得沉思的线索和话题。当历史的目光专注地审视一个特定的年代时，不难发现，单单从艺术的角度去评判和衡量众多实践者的艺术轨迹，很难得出公正的结论。可以想象，当刘艺亭同志在战火纷飞的年代里，就着微弱的棉油灯，奋笔疾书那些火烫的诗篇时，是绝对没有玩弄语言的雅兴的，震响在诗人耳畔的，肯定是田间的短促而有力的战斗的鼓点。在血火交织、熊熊燃烧的年代里，在中华民族生死存亡的紧要关头，诗人需要挺身而出，并使诗成为那个时代的"炸弹和旗帜"，这是任何时候都不容漠视的艺术良知。我们没有权力遗忘那个并不遥远的年代，那些为民族解放而流血流汗的诗人，为我们留下的，并不仅仅是黎明之前的风景，更是一种道义和精神的光芒。

刘艺亭同志是那个年代忠实的追随者和记录者。半个世纪的风云变幻，在他的笔下变成了一幅幅真切朴实的历史画卷。从40年代的《六月的乡村》到90年代的《重游白洋淀》，诗人一直自信而又从容地歌唱着，歌唱着他所认识的祖国和人民，赞美着他所眷恋的故土和乡情。刘艺亭同志是一位不知疲倦的歌手，也是一位收获甚丰的播种者。纵览刘艺亭同志的诗作，我想指出的是，他的叙事才能似乎胜于他的抒情才能，这也是我特别偏爱他的长篇叙事诗的原因。

刘艺亭同志写于解放战争时期的两部长诗，《滏阳河的女儿》和《苦尽甜来》，是他诗歌创作的一个高峰，是继李季的《王贵与李香香》、阮章竞的《漳河水》、田间的《赶车传》之后的重大收获，可以说与张志民的《王九诉苦》《死不着》在一个水平线上，堪称叙事诗中的经典之作。刘艺亭的长诗虽然还未达到上述作品的艺术高度，但只要是读过他的两部长诗的人，都会产生过目难忘的感觉，并在脑海里留下深深的烙印。

朴素明朗的叙事风格，浓淡相宜的抒情笔触，呼之欲出的人物形象，灵动鲜活的生命气息，在这两部长诗中都得以充分体现。在《滏阳河的女儿》中，诗人为我们成功地塑造了一位含辛茹苦、勇敢善良、坚贞不屈的抗日女英雄荣林娘（刘在勤）。从“十二岁女娃作媳妇，扣不尽的芝麻说不完的苦”到“刘在勤眼看没入青纱帐，一颗子弹射中她腿上”，诗人满怀深情地讴歌了一位舍生忘死、大义凛然的巾帼女杰。正是千千万万如荣林娘一样的民族脊梁，撑起了中华人民共和国的宏伟大厦。

记得巴金说过，最高的技巧是无技巧。古人曰：“唯造平淡难。”刘艺亭同志的叙事诗于平淡中逸出深挚，给人一种举重若轻的感觉。他还善于在跳跃的叙事中给读者留出想象的空间，因为他懂得，最好的诗是由读者去完成的。刘艺亭在叙事诗中对语言的动用基本上采用了民间口语的方式。这种贴近民众和生活的语言，平中见奇，浑然天成，真可谓语近情遥。

诗是形象思维的艺术。刘艺亭同志的诗句形象鲜明，达到了余音绕梁三日不绝的艺术效果。如这样的诗句：“一场春风三日暖，椿树骨朵大如碗。”“风摆枯柳弯又弯，寡母孤儿谁见怜？”可以说俯拾皆是。诗人的语言功夫可见一斑。虽然在这部长诗的部分章节中，有些段落失之粗浅或拖沓散漫，但从整体上来看，仍不失为一首不可多得的优秀叙事诗。

《苦尽甜来》的故事取自民间，作者经过艺术加工，使之在当时的解放区广为流传。这部悲欣交集的长诗，是诗人在叙事创作中的又一次成功的尝试。诗中主人公四牛曲折艰辛的人生道路，是时代变迁的真实写照，读来感人肺腑，催人泪下。这是一部具有中国气派并为人民群众所喜闻乐见的长诗。

人格即诗。刘艺亭同志对诗歌的热爱和追求，可以看作诗人不断完善自己人格的一种过程。我以为，刘艺亭同志是将诗视为自己的生命和灵魂去追寻的。在长达半个世纪的文学生涯中，刘艺亭对诗一往情深，古稀之年仍笔耕不辍，这是非常难能可贵的。怀平常心，著平常文，是诗人的人生态度和艺术标准。刘艺亭似乎不是那种天赋机巧的诗人，但他得知“勤能补拙”的道理。诗人孜孜以求的，不是什么身外虚名，他看重的是不改初衷的艺术良知。诗人写于1988年夏天的《半月湾》，可以看作是诗人心平气和的艺术宣言：

风柔水明半月湾，
七彩球石满海滩。
人生但得到此游，
尘气尽去心自闲。

## 申身的跃变

20世纪50年代起步写诗的伙计们，曾经是河北诗坛的中坚，创作日渐成熟，风格近于成型，眼看着成了气候。偏偏进入80年代遇到了一个坎儿，几乎被涌起的新诗潮逼到绝境。彷徨，困惑，面对抉择，是固守寂寞还是变法图新。一向不凑热闹的申身大哥，爆发了一股沧州人的脾气，毅然下定决心，自我否定，经过艰苦探索，闯过了一道难关，令同代诗人刮目相看，也得到不少青年诗人的认同。

申身咬破了身上积年织结的“茧”，钻了出来，飞了起来，追光逐彩，山高水长。摆在我们面前他的两本诗集的名字，代表了他这几年的追求，也是他创作的心境。

比之《战震曲》和他以前的诗作，《山高水长》《追光逐彩》

有哪些突破性进展呢？

我认为，最主要的是写诗趋向的内倾和主体意识的觉醒。《战震曲》多半是描写客观事物，《八方寄来慰问信》《速转重伤号》《首都送来“恩情水”》，很少暴露自己的切身体验，偶尔“我”想说话，也都改装成“大我”和“我们”，“自我”躲得远远的，不敢露面。而现在敢于敞开胸怀，抒发真情实感：“佛给我一个卧而不起的神情 / 我给佛两个一转不转的眼球 / 大概佛有佛的心理 / 或等我烧香，或待我磕头 / 而我有我做人的哲学 / 深知命运出手，便是失去自由 / 尽管我也有忧 / 尽管我也有愁 / 生来膝骨偏硬，岂肯下跪祈求。”（《普陀山观卧佛》）无论什么时候都保持人的尊严，他道出了自己的人生哲学。

对待猴子也是这样：“你的眼睛告诉我：愿意做人，吃香的，喝辣的，穿绸穿缎。/ 我的眼睛告诉你：羡慕做猴，不放暗箭，不搞诬陷，与人为善。”（《峨眉山遇猴记》）他不是把人人共知的社会经验贴在景物上，而是建立在个体体验上的审美方式，是一种心理的现实。

另外，就是主体意识带来的心态自由，思维开放。申身曾说：“诗乃是一座七彩灿烂的高高峰影，出现在文学远山之巅，抬头望去，光彩夺目。”（《追光逐彩》后记）诗人过去熟悉的是农村，写的是农村。而现在他的目光投向四面八方，好远足，走遍长城内外，大江南北，去领略山高水长，去审视昨天明天，去欣赏花香竹影，去畅想天上人间，常常有新奇的感受和独特的发现。他看长城是“胳臂挽起的胳臂”，运河是“挖开自己身上的汗腺”，称昭君“汉朝老了，你们那么年少”，说赤壁“曹家战船，至今还在那里燃烧”，悟出包公祠“威严不在惊堂木，而在两袖清风”。甚至对各种动物进行哲理思考，感叹鸡的退化“志残不须篱笆围，不羡云边鹰”，嘲笑缸中金鱼“无丝垂钓——已上钩，不见撒网——已入网”，痛恨磕头虫“为生存而生存，岂不是减价出卖生命”。对于缪斯的放任自由，诗人自己也不无欣慰地说：“诗里开多了洛阳牡丹，词里飘多了孤山梅香。”申身的诗已经不再热衷于功利，他追求超脱，追求空灵和淡远，已经进入一个新的诗的境界。

再就是思想的解放，导致艺术的多姿多彩。申身以往的诗多是单线、平面构思，苦心追求警句和诗眼。有时往往亮了一点，暗了全篇，减弱了诗的整体感和包容力。现在他打破了自己的模式，量体裁衣，花样款式时时翻新，该肥的肥，该瘦的瘦，有的突出线条，有的突出轮廓，有的火热，有的淡雅，最终是浑然一体的整体美。《看黄果树瀑布》讲究气势，似国画的泼墨，“——这里不平，/——不平的悬殊。/逢此绝境，岂不冲冠暴怒。/莫再躺在俯视里偷生，/站起来，站起来做水，/便有了比峭壁还高的高度。/乱了的涟漪秩序，/无须乎原样重组，/第二形象，出自不怕粉身碎骨。/升起这有声有光的白帆，/远远地，远远地甩掉——/那没有价值的坦途”。另一首《挤奶》则讲究意境，像风俗画：“牛在曙光里静静地等候，等候中，主人伸来了柔柔的手。/挤的，被挤的，默默无语，/用不着赘述。那青草变为白色香油。/不挤了，牛驮着朝霞，走向牧草深处，/她提着奶桶，/返向门口。/不时的，人也回回头，/牛也回回头……”这里，没有点题的诗意，而是把不同的意象组织在一起，让你不自觉地想起它们的联系，感受到一种情绪和氛围。

申身还努力追求诗的精短，两本诗集里除了一首《八月，我走向青纱帐》五十二行以外，其余大部分是十行左右，最短的四五行。诗的高度凝练，标志着诗艺的成熟。

申身的成功尝试，对于我们这一代诗人，甚至更多的诗人有着普遍意义。这就是，在眼花缭乱的新诗风面前，不要乱了方寸，不要趋赶时髦，眼睛盯着别人，向人家看齐。而是要有信心，努力充实自己，在自己原来的基础上变化出新。不是把别人的好花“移植”进来，而是“嫁接”，以自己为母本，开出属于自己的花朵来。

# 戴砚田《春的儿女》读后

砚田同志从20世纪50年代初开始发表诗，是我省取得一定成就的中年诗人之一。而且他大部分时间当编辑，“为他人作嫁衣裳”，为培养作者，繁荣诗歌创作，花费了心血。在本单位领导的关怀和诗友们的敦促下，出版了他自己30年诗歌创作的结集，实在也是广大作者和读者的心愿。

砚田同志编辑一般作者的作品，不主张出专题性的诗集，认为那样题材单调，内容狭窄，易于雷同，往往凑数，效果不好。他主张出一个作者的综合性的诗集，以便容纳更多，选优拔萃，真正反映一个作者的创作水平。《春的儿女》正是后者。砚田在诗田躬耕30年，有诗数百首，可以编几个“专题”集子，但他只精选出这一本，以一当几，分量不轻。因为评价诗是着重质量而不计数量的。

翻阅《春的儿女》，第一个突出的感受是作者对生活强烈的热爱。诗人满怀豪情，放歌千山万水，以生花妙笔绘出万紫千红的生活画卷。全集题材几乎无一雷同，满目清新。他描绘的农业新貌包括农、林、牧、副、渔；他笔下的工业景象包括石油、钢铁、化肥、铁路、发电以及陶瓷、贝雕；他歌颂海军、空军、坦克兵、侦察兵、守桥兵、民兵；他写的城市题材涉及医生、清洁工、售货员、售票员、失足青年……可谓丰富多彩，琳琅满目。他把新中国的许多美好事物如孔雀开屏，展现在读者面前，而且还可以看出，篇篇有诗人自己生活的脚印和直接生活体验。诗人对生活充满激情，字里行间洋溢着新生活主人翁的自豪感。读了令人振奋，引人向上。这一点特别应该引那些忽视生活，闭门造车，吟风弄月，“未经西风强作愁”的初学写作者的借鉴。

看罢《春的儿女》，第二个很深的印象是写作者对艺术孜孜不倦的追求。从我这一代人往上，有些年头写诗是重政治而轻艺术的，写了不少“节日诗”“政策诗”。当然，节日也要歌颂，正确的政策也要反映，关键是作品内容和艺术的完美结合。仅从概念出发，不讲艺术的诗是没有生命力的。我们看《春的儿女》收入的诗人以往年代的诗如《登山》《耧铃叮咚》《织席歌》等都是思想和艺术结合得好的。

随着真理标准的讨论，我国文艺来了个大解放，诗歌也来了个大解放。砚田同志对这一变革认识较快，实践也较早。他除了在政治思想上的解放，艺术也相应地革新，而且他的革新不是赶时髦，否定自己的过去，另起炉灶，而是从自己原来的基础上逐渐吸收新的表现手法，丰富自己。一是从原来的偏“实”，进而为虚实结合；二是从原来的比较直露进而较为含蓄。这些在他的组诗《燕北诗笺》中体现得比较充分。“哼着今天的小曲，得意洋洋，步儿虽大却走出一串悠闲，从那片蓝天里赶下这一群驴儿，耳朵上还带着坝上早起的清凉。”（《赶驴人》）清诗人沈德潜论诗时说：“只眼前景、口头语，而有弦外音、味外味，使人神远。”“每位过路人都在这儿消暑，观赏繁荣，遥送荒凉。好，说吧，你怎样把瓜园丰收图沉甸甸摆在这坝口大路旁！”（《种瓜人》）结尾破题，意味深长地点出诗的立意，使人读后有“言尽意不尽”的艺术感受。含蓄不是故弄玄虚，而是藏中有露。

纵观《春的儿女》，第三个感觉是诗人的艺术风格，变化中有不变的成分。这便是诗人自己的特色。一是他坚持朴素美。古人云：“意太深，气太浑，色太浓，诗家一病。”砚田深得这一要领，朴实的笔调，诗化的口语，运用自如。如“队长拍拍我的肩膀，我觉出这掌下有多少鼓励。双手扶着耧摇呀摇呀，要摇出一个金黄的夏季”(《耧铃叮咚》)。语言朴素生动，感情朴实真切。初学写作者往往以华丽为美，不知朴素更美。袁枚说:“诗宜朴不宜巧，然必须大巧之朴；诗宜淡不宜浓，然必须浓后之淡。”真正的朴素美是更需要功夫的。

二是坚持音乐美。郭小川说，诗是音乐性最强的语言艺术。这个定义是很精辟的，他强调了韵律是诗歌形式的特征。砚田同志过去长期从事广播文学工作，职业和习惯使他每首诗都注意用韵、上口，注意节奏感和建筑美，以使他的诗宜于朗诵，插上翅膀。他的许多诗尽管格式多变，有和谐优美的四句体，有奔放抒情的自由体，也有跌宕多姿的长短句，但是绝对没有散文化，他严格划分了诗与散文的界限。在五六十年代，砚田同志是我省诗歌朗诵的积极倡导者和组织者，现在仍然十分热衷这项事业，每次诗歌朗诵会他都登台朗诵自己的诗。因此，我们读他的每一首诗，仿佛看到了他的表情动作，总觉着他的诗不仅是纸上的诗，还是能动的诗，活起来的诗。

作为一名园丁，人们希望砚田同志经营得万紫千红，同时读者也希望欣赏园丁自己培育的那一朵花的特殊风采。自然砚田同志的诗在意境上还缺乏深度和厚度，有的显得平淡。我们希望他在编辑之余，多写些好诗。我们饱览了《春的儿女》，也还期待着“秋的果实”。

## 郭秋良《夏都风云——避暑山庄大传奇》

时值中华民族复兴的伟大时期，时代呼唤着与之相适应的大作品。影视方面近年来涌现了几部颇为轰动的大制作。比较起来，我省影视在这方面则较为逊色。近日读郭秋良先生鸿篇巨制《夏都风云——避暑山庄大传奇》，令人耳目一新，出乎预料地满足了我阅读的需求，真是“众里寻他千百度，那人却在灯火阑珊处”。

郭秋良先生是新时期清代题材文学艺术创作的开拓者。早在20世纪80年代初，他就出版了长篇小说《康熙大帝》，荣获首届河北文艺振兴奖，可影视界没有抓住商机，让别人后来居上了。此后，这位承德作家一直为“大避暑山庄文化”奔走呼号，乃至身体力行，自己动手，苦心经营，终于拿出了这部气势恢宏、大气磅礴的作品。

《夏都风云》向我们展示了承德避暑山庄特有的深厚的历史文化内涵，以康乾盛世和避暑山庄外八庙建筑、发展的全过程为广阔的时代背景，全面展示了康、乾二帝的雄才大略，文治武功，强调了民族大团结的思想。并以避暑山庄建筑史为主线，揭露了宫廷内部尖锐复杂的矛盾斗争，皇权与百姓生活不同的价值取向的阶级分歧。生动逼真地表现了权力、物欲与人性的较量，工匠们与贪官污吏的抗争，以及社会各阶层的感情生活，宫廷内外的爱情追求。作家成功塑造了康熙、乾隆、皇族诸子和建筑师的鲜明形象。在人物身上体现了作家的唯物史观和公正的帝王观。作品还用相当篇幅揭开了“传位于皇四子”这一清宫奇案，“康熙从山庄努尔哈赤圣容后面神秘地取出黄绫带子，抖出一个大包袱”。原来胤禛后来能当上雍正皇帝，要感谢他的儿子小弘历。从而会引发现代人对封建世袭制度的好奇和思辨。

作家清醒地走出以往清宫戏的两大误区，一是热衷“权谋文化”，二是人物脸谱化、喜剧化。比如努力使乾隆的性格复杂而完整，有血有肉，在权谋和霸气之外，依然拥有童年的欢乐、青年的恋情。作家既欣赏其雄才大略的一面，又批判其利令智昏的一面，感叹盛世光环掩盖下的诸多危机。在和珅这一形象上，不像一些作品极尽冷嘲热讽，而是尊重历史，既刻画他的学识、谋略，在朝中举足轻重，又表现其老奸巨猾，阴险奸诈，深刻揭示一个历史人物由好变坏、其势力由盛到衰的过程，给当代人在权力、人格等方面提供借鉴和教训。

作品的艺术价值还在于这是第一个再现世界文化遗产建筑全过程的大型艺术作品，埃及金字塔、法国凡尔赛宫、北京故宫等都不曾有过，而这部作品首次展现了避暑山庄和外八庙的建筑历史，展现了建筑师超人的聪明才智，使广大读者和观众在艺术欣赏中领略到中华民族文明进步的历史轨迹和建筑成就的伟大辉煌。在作品中还第一个塑造了避暑山庄的建筑师、大匠作（总工程师）雷声远的形象，运用许多情节和细节表现这位艺术大师的正义、灵气和智慧，以及其终于难逃一劫的命运。这个形象给壮丽辉煌的中国古典建筑注入了灵魂和生命，因而进入新的境界。

我们欣然看到，作品不仅有很强的思想性，还兼具了娱乐性。宫廷中喜怒无常的政治游戏，几对恋人的爱情风波，看点多多。尤其它借天时地利之便，充分拥有了别的电视剧望而兴叹的离宫皇家园林和紫塞明珠自然风光，古朴秀丽的山庄湖色，诗意盎然的热河冷艳，虚无缥缈的烟雨楼，巍峨高耸的棒槌山，一望无际的木兰围场。作品把波澜壮阔的政治风云与迷离梦幻的山光水色和谐地融在一起，情景交融，诗情画意，使作品有了一种极为特殊的韵味和魅力。

作品还难能可贵地再现了久违的满族民风民俗，比如招待少数民族王公贵族的大蒙古包宴，考核皇子皇孙马上功夫的“阅射”，怪异的帝王合房“绿头牌”，公主下嫁的婚礼，百姓结婚的“送红包”等。使许多动人的故事笼罩在诡秘神奇的色彩之下，给作品增添了许多趣味性和观赏价值。

郭秋良先生倡导“大避暑山庄文化”，具备两个条件：一是对承德历史文化有深入的研究，有独到的见解，有理论升华的动力。二是有勇气，敢于讲真话说实话，敢于突破“框框”，展示思想解放的旗帜。《夏都风云》立足“大避暑山庄文化”，又反过来给了“大避暑山庄文化”一个强有力的支点，因而一定会受到广大读者和观众青睐，引起强烈的社会反响。

# 何理的《天涯风雪》

翻开何理的《天涯风雪》，我立刻被吸引住了，一口气读完了这部上、下两卷的长篇叙事诗。

《天涯风雪》的创作成功在许多方面给人以启迪。

首先，它选取的题材重大，发生在17世纪初的土尔扈特部蒙古族回归祖国的历史事件，本身就是一部气势宏伟、可歌可泣的壮丽史诗，它在伟大祖国的历史长河中，留下了闪耀着民族大团结光芒的辉煌一页。《天涯风雪》基本上尊重史实，构成长诗骨架的三个重大历史事件，都确有其事。这种真实、凝重，加强了全书的艺术感染力。创作这样一部史诗，有很强的历史意义和现实意义，它歌颂了少数民族之间的团结、融合与情感交流，对于今天维护祖国的统一与不可分裂也有积极的意义。

其次，长诗比较好地刻画出了一些性格鲜明、有血有肉的人物。

长诗的主人公，土尔扈特部族的可汗渥巴锡是个豪放大度、机智果断、指挥若定的领袖形象。他身肩重任，威信卓著，众望所归。当部族屡遭挫败、处境危难时，他不灰心，不动摇，敢于直视自身的弱点和错误，勇于承担责任，终于指挥部族，历尽千辛万苦，完成东归大业。作者以历史的、辩证的眼光来审视和解剖这个人物，没有将他写成一个“高、大、全”式的人物。他曾率领土尔扈特部蒙古族子弟去俄土战场，为沙皇叶卡捷琳娜充当炮灰，给部族带来了灾难，当他认识到这一点后，便毅然退出战场，率部东归。当他与爱妃莫尔根相逢时，他将蟒鞭递在莫尔根的玉手上：

替部族惩罚我吧，
我心中的女皇呵，你不要胆怯惊慌，
悔恨当初，不该卷入这场恶战，
祖先在天之灵也会感到脸上无光。

充分展示了他敢于承担自己所犯错误的崇高品格与磊落胸襟。在率部东归的过程中，他又被内奸欺骗，冤枉了无辜，导致九千将士血洒雪滩……使部族付出了巨大的血的代价。作者充分写出这些，反而使渥巴锡的形象血肉丰满起来，更加突出了他身处逆境时大义凛然的胸襟和气魄。当他恍悟自己的失误，就毅然改正，计除内奸，扭转危局，实现东归大业。这些都给读者留下了难以忘怀的印象。

美丽多情的莫尔根是作者虚构的人物，但虚构有虚构的特长，作者把握这一点，因而写得溢彩流光。虽然她出场短暂，迅疾战死，但她在全诗中所占的重要地位是不容忽视的。她深明大义，当心上人可汗渥巴锡归来，要她替部族惩罚他时——

莫尔根急忙用手捂住可汗干枯的嘴，
摁下蟒鞭，揉搓着胸膛，
不要这样，请不要这样，
须知多好的猎手也会上当。

当渥巴锡决定率部东归时——

莫尔根眼含热泪，频频点头，
诉说情肠，倾吐肺腑：
“胞妹莫尔图回国探亲，
该西出嘉峪关，带来母亲的千叮万嘱……”

她勇敢无畏，战场上，“左右驰骋，弯弓张弦”，杀得敌兵丢盔弃甲，不幸——

罪恶的枪砂射她的胸口，

戎装浸出殷红的血滴，

她竭尽最后一点气力，

望着可汗说道：“归呀——归去——”

坚贞高尚的形象赫然矗立于读者眼前。莫尔根的战死，为全诗贯下了一条隐伏的主线——最后终于为她复了仇，实现了东归夙愿。

老将采考尔是忠贞勇敢的象征。他是渥巴锡的岳父，一部的族长，“坚守着北大门，屡建奇功”。在东归途中，他率九千名将士护卫部族的中军，因被叛徒欺骗，误入敌人罗网，饮弹于沙场之上，其场面写得十分悲壮。即使牺牲时，他仍惦念东归大业，难以瞑目，他遥向可汗倾诉：

“我和死难的将士啊，

不能再跋涉东归道，

为你冲锋陷阵，

将部族的重担来挑！”

懂事的战马跪卧在冰雪里，

鲜血染红银须，采考尔在大地上睡着。

苍天洒泪，结成冰雪，

螺号吹沸满滩的雪潮。

他的鲜血和九千将士的鲜血溶流在一起，充分证明了土尔扈特部蒙古人回归祖国的艰难！也表现出了其民族精神的伟大与不可战胜！

对内奸噶颜沙丹的形象塑造也给读者留下较深印象。他阴险、狡猾、凶狠，一副叛徒嘴脸。他本是英雄之子，巾帼之兄，却堕落成为投靠沙俄的败类，暗杀同胞骨肉的罪恶凶手！他是长诗中“恶”的集中体现者。土尔扈特部蒙古人东归路上流的每一滴血，几乎都染上了他的阴暗的魔爪。但这个人物稍有程式化之嫌：恶有余——近魔，而人味——哪怕是恶人味，不够。能够向同胞姐妹射出罪恶枪弹的人，即使下得去手，那心中也不是木板一块，他也并非生下来就是一个叛徒，有他堕落的外因和内因。这一点长诗揭示得不够。

以上这些性格各异、色彩鲜明的人物形象和长诗中出现的其他人物，都是围绕着土尔扈特部蒙古人回归祖国这一中心事件来写的。作者通过尖锐复杂的矛盾冲突，组织起一些重大的事件，如三星湖誓师、马鹿滩九千人壮烈牺牲、爱琴峡谷大捷等，长诗造成一种不可遏止的宏伟气势，万众一心，东归——东归——，给读者心灵以震撼。一些情节和细节也因此显得跌宕起伏，独特感人。

此外，诗的语言形象感强，诗味较浓，这对人物形象的刻画、情节的展示、细节的描写都起到了不可缺少的作用。像——

毡帐洒满月光，
一束一束，宛如珠玛捻出的羊毛线。
毡帐旁的海子举起夜光杯，
一颗流星驰来，送来美好祝愿。

优美，清新，自然。

有些诗句则质朴、真挚，饱含感情：

孝顺的媳妇，你受尽磨难，
一路上，你睡几宿好觉？吃几口热饭？
可是，你却像勒勒车的轮子，
在坎坷的归途上，一个劲儿地转。

叙事诗有两种写法。一种是诗体小说，如《格萨尔王传》《动荡的年代》等；另外一种是叙事诗，如《孔雀东南飞》《木兰诗》

《王贵与李香香》《漳河水》《将军三部曲》《嘎达梅林》等。以前者要求，这首长诗写得不够丰满，人物显得单薄，概念，平面，立体与多侧面的描写不够，人物精神世界显得单一，有些程式化的痕迹，对心理的复杂性描写得不够丰富，几个主要人物刻画得不够细致，结尾显得匆促，因而在一定程度上削弱了其艺术感染力。当然，把握好这些，需要几倍的篇幅。以后者要求，则缺少提炼、剪裁。人物众多，关系复杂，长诗忙于交代故事，而刻画人物、表现感情不足。比如回归路上，遭遇许多艰险，如果写出民族矛盾与内部矛盾的历史渊源，通过“过五关斩六将”，就可以充分表现渥巴锡的英雄性格和土尔扈特部蒙古人整个民族的大无畏精神。

最后要指出的是，诗的文化色彩不足。

诗中对地域文化、地域特点、自然风光有些描写，但不充分，不强烈。民族性格与自然环境有着不可分割的天然关系，自然环境不仅是人物背景，而且能培养、衬托、感染、强化人物性格。丹纳在《艺术哲学》一书中，曾阐述过不同自然环境对不同民族性格形成的重要性。自然和人融为一体，就会揭示出人物外在性格表现的心理深层意识。如诗中对地域特有的自然风光、色彩的描写，对勒勒车上、蒙古包里世代生息的男女及民族生活特点表现得简单，文化的味道差。风俗、习惯、服饰、语言等都是作者笔下可以细致描写、渲染的用武之地。写出这些特点，会大大加强作品的逼真度，对读者也是一种难得的文化熏陶和艺术享受。

# 刘章，诗词改革的先行者

近来，新诗的浮浅和散文化给传统诗词的复出制造了机遇。但是，复出的诗词也暴露出缺点和毛病，给自己隐藏了危机。因袭古人，旧意境、旧意象、旧语言、旧音韵。脱离时代，脱离生活，出手自来旧，读起来恍如隔世。这样的诗词便是泥古，而不能复兴。诗要复兴，就必须与时俱进，必须改革创新。不仅内容上要“三贴近”，形式上也要改革创新，否则也没有出路，早晚会重蹈今日新诗的覆辙。我还想强调一下，用普通话和新声新韵写诗词，还要提高到《中华人民共和国国家通用语言文字法》的高度去认识，应该自觉去执行。

刘章先生，写新诗出身，自幼喜爱传统诗词，正像臧克家先生说的，“我是一个两面派，新诗旧诗我都爱”。这就决定了他有比较有分析，有客观的标准，写起诗词从容而不盲从，成为一名自觉的改革者。自觉和先行，导致他的诗词创作有了显明的个性，取得了显著的成绩，成为当今诗词的重镇。

第一，是运用现代意识写诗词，旧诗当作新诗，古为今用，薄古厚今。他的创作面向现实生活，运用群众语言，很少用旧意象。他最为人称道的山水诗、田园诗，可以冠以“新山水诗”“新田园诗”。比如：“秋日寻诗去，山深石径斜。独行无向导，一路问黄花。”（《山行》）“喜鹊登枝远客来，画楼村舍酒筵开，宁城老窖茅台二，老父喝成少女腮。”（《村家宴客》）“喜庆乔迁又自伤，辞亲路似九回肠，罗文峪口停车望，从此家乡是故乡。”（《乔迁过罗文峪口》）有人说《山行》放在唐诗里可以乱真，是说艺术上的炉火纯青，仔细看时，它又不是唐诗，继承和发展了。既有杨万里的“活法”，又有臧克家“不用扬鞭自奋蹄”的韵味。这就是刘章诗词的特色。

第二，刘章精通新诗、新民歌，善于把新诗、新民歌的一些手法和语言运用到诗词创作中来。“重归故里说文章，摄像机前做戏忙。喜鹊哪知我是主，声声迎客叫南梁。”（《写在摄像机下》）“春送农肥秋运粮，毛驴矮小路偏长。一身花影复山影，满驮秋光带月光。”（《咏驴诗》）“天公待我亦多情，夜雨游浦晓放晴，一路杜鹃倩女笑，这山送来那山迎。”（《南昌到鹰潭路上》）这些明快自然、朗朗上口的诗，从风格、手法到语言，都是民歌的，只是因为作者精通韵律，却又合乎格律平仄，就成为漂亮的七言绝句。既有诗词的雅致工整，又有民歌的生动鲜活，雅俗共赏看似信手拈来，实则水到渠成。

第三，不以声律伤诗，敢于突破。当前诗词创作的一个通病是格律第一，死抠平仄，削足适履。不少人把写诗改诗当成了“技术”，忽略了艺术。而刘章反对这些，他说：“要做诗的主人，绝不做诗的奴隶。我追求的是诗的味道，追求自然、流畅，绝不因声律伤诗。”

翻阅《刘章诗词》，有不少突破格律的例子。如“一部轿车一座楼”（《感时二首》），“精卫填海我填池”“女娲补天我补地”（《咏怀四首》），语势流畅自然成诗，虽个别字不合平仄，也不肯割爱，索性突破。还比如《游富春江》一首七律连用六个春字，本来犯了大忌，但“春风春水春天画，春树春云春草魂”，因为用得巧，反而音韵和意境增加了美感，给人留下深刻印象。

其实古人也不完全格律第一。清王夫之《姜斋诗话》中说：“‘一三五不论，二四六分明’之说，不可恃为典要。”宋杨万里也说过：“从来天分低拙之人，好谈格调，而不解风趣，何也？格调是空架子，有腔口易描；风趣专写性灵，非天才不办。”失对、失粘，古代大诗人多有之，如王维《出塞》第三句“暮云空碛时驱马”,《送元二使安西》第三句“劝君更尽一杯酒”，和一都失粘。孟浩然《临洞庭上张丞相》首句“八月湖水平”，湖水二字拗。崔颢《黄鹤楼》“昔人已乘黄鹤去，此地空余黄鹤楼。黄鹤一去不复返，白云千载空悠悠”，乘、鹤、去，不都拗。但是这些都不影响它们为千古绝唱，谁能把它改过来呢。刘章诗词有很深的修养，艺高人胆大。突破缺口，走的人多了，便成了捷径。

传统诗词与新诗，绝非你死我活的关系，相反应该共存共荣，互补互益，相得益彰。竞争中发展，发展中双赢，在双重超越的基础上发展中国的诗歌。刘章在这方面树立了一个好的榜样。

# 刘小放，渤海滩上的红荆

诗人写诗，是为了表达自己生命深处的感悟和真挚的感情，他所选择的题材区域往往是别人无法替代的。如果没有自己独异的抒情矿脉，没有进入他所生存的土地深层，他永远不会成为一个真正的诗人，充其量仅是个聪敏的匠人而已。人性不是抽象的，它必须附着于某种民族性的根基，超越也只有在这里才能开始。读了刘小放的一些诗，我对自己的看法更有信心了。渤海滩是诗人刘小放的故乡，也是他诗歌创作的基本背景。这是一片严峻而充满温热，粗粝而饱含淳朴的土地。古沧州流放者的过去和新沧州建设者的今天，共同汇聚了这片土地的坚韧、抱负、高亢、肃穆的气息。刘小放的全部情爱，都源于这凝恒的土地，像一束苦难而充满生命力的红荆，与那里的人民组成一幅相依为命的画面——

呼吸着旷野带咸味的风 / 吸吮着大地苦涩的奶浆 / 从不嫌弃母亲身上贫瘠 / 更不抱怨故土荒芜凄凉（《我是红荆》）

故乡的一草一木在他的诗中都获得了新的生命与新的精神。执于一隅的迹写却深刻地与整个时代息息相通——对象是偏僻的、颇具古风的，而情思却是现代的、充满时代气息的。这就超出了一景一情的保守惯性诗歌“手艺”，而达到天地同参的艺术境界。我们通常所孜孜以求的诗的超越性在这里得到的不是相当出色的体现吗？我们不难看出，不同的生存环境和文化背景，在很大程度上决定着诗人情感的走向，决定着他独特的审美意识、心理构成和思维定式。诗人只有立足自己生活的土地，用民族所特有的感知世界的方式和角度去进行创造，才能建立一个独立的文学世界。一首诗，不属于民族，不属于时代，不留下现实环境直接或间接的烙痕，我们很难相信它有什么宇宙意义。

事实就是这样。当我读刘小放的《渤海滩，我的摇篮》《辕牛》《鹰翎扇》《沧州道》《草民》等诗时，我并不是深深地沉浸于他所渲染的乡土景观、情思之中，而是透过这种浓郁的地域色彩，获得了某种带着普遍意义的感悟。就像读艾略特的《荒原》感到的不是他所立足的土地——伦敦，而是对着整个西方世界一样。刘小放的诗总是有一股浓郁的历史感和生命力感。他从乡土开始进行审美观照，最后往往是具备了强大的审美超越性——超越了题材本身的意义。历史感和生命力感就在这种超越中显现出来——

古老的乡路叠印着车轮马蹄 / 血阳染透万穗红缨 / 染透一队俊美的红灯照 / 曙色里北方的大野深处 / 隐隐传来梁红玉的击鼓之声 / 火烧云挂起辉煌的旌表 / 风吹动大平原方阵 / 吹动旷野饱满的谷妞子草 / 地平线上匍匐着古铜色的庄稼人 / 呵，那是我含辛茹苦的父亲母亲 / 高粱叶，哗啦啦（《高粱叶哗啦啦》）

这就是刘小放民族的诗歌感受方式与现代诗歌手法的微妙吻合。从诗人那低沉而灼热的喉咙里流泻出来的绝不是轻柔的“田园牧歌”，而是一种充盈着阳刚之气的呼唤。许多人是通过诗人的那组《我乡间的妻子》认识他的，这在相当大的意义上造成了某种错觉。那组获奖诗歌在刘小放整个创作中固然是个重要的印痕，但严格地说，它们毕竟难以代替诗人整个的艺术追求。我认为，在诗人整个创作中，占据最重要位置的应该是发表于《长城》（1985 年 6 月号）上的组诗《村之魂》。这组诗，我们看到，作为一个成熟了的乡土诗人的刘小放所创造的艺术世界，是怎样来源于他所归属的那片土地的。他的审美个性的再造（相对前几年而言），是怎样以体察和把握好本民族性质作为出发点和归宿的。

连绵的土丘 / 像耸起的一片浑黄的屋脊 / 地下仿佛覆盖着一个古老的村庄 / 我的大骨架的祖先 / 率领着他一代一代握锄杠的子孙 / 安息在这葱茏的旷野 / 一个绿色的家族 / 一个匍匐的家族 / 活着，汗流在一处 / 死了，也葬在一起……世世代代的庄稼汉 / 组成一个地下的根系 / 用血肉渗透了这块土地……（《村之魂 · 墓茔——村庄》）

在这组诗里，强烈的集体意识和英雄气质共同构成了诗作的阳刚之气。故乡普通劳动者在诗人心中竟然成为猛志常在、浩气长存的英雄。一代代英雄所构成的谱系与诗歌所造成的幅度感和纵深感相辅相成，其内凝的力度是那些摒弃实体世界去寻觅所谓“宇宙精神”的人所无法比拟的。读者读到刘小放笔下的诗句，很难感到醍醐灌顶的震动，却能感到土地深层温度的冲击。它来得沉雄、持续，转化为凝固的空间意象。这意象的内在精神就是——荒野上的红荆，苍凉、淳厚、顽健！那世世代代生活在这片土地上的人，都在诗人的笔下得到深刻的表现。这正是继承了我国诗歌中现实主义的传统，在现代观念下催生出来的新的诗歌品种。在以写农村题材为主的诗歌作者中，像刘小放这样将独特深邃绵长的历史意识与抽象的生命力感结合得如此自然的，的确还不多见。

## 何香久，海魂的探望者

何香久是河北诗坛上升起的一颗新星。已在《人民文学》《河北文学》《北京文学》《飞天》《星星》《诗人》《十月》等近百家报刊发表诗作300余首。

香久生长在渤海边。初学写诗，就以大海为主题，他称它是“令勇士神往的海”“时间也捣不碎的童话”“在他的怀抱里，我觉得自己变成了安泰，因为我是他的儿子——眼泪和血是咸的，皮肤是褐黄色的”(《故乡的海》)。他走遍了黄骅沿海24个鱼堡，经常随渔民出海，大海养育着他的诗情。在他单纯、天真的目光里，袒露出对“美的自然”与“自然的美”的神往。摹写自然式的诗形成了他当时诗歌的两大特色：自然、朴素。他的诗句不怎么装饰，甚至把一些生动活泼的口语直接入诗。由于善于捕捉诗情画意的自然景色和风俗人情，他这时的作品很像一幅幅色彩鲜艳的风俗画，用的是柔软抒情的线条，明快自然的色彩。格律也是大体整齐的。但出于对渔港生活的独特审美感受，又使得那些摄入他诗的景框中的自然美变成了诗意美的自然。所以，在他描绘的风俗画中，自然深蕴着一点灵气。但是，这一阶段香久的诗毕竟还比较稚嫩，多是沿用单调的民歌体，描摹外在的生活场景，加上一些政策的表态，因而显得直白、肤浅。

1980年8月，香久参加了河北省北戴河诗会。在我国诗歌思想和艺术大解放的年代，以他青年人的敏感，跃入解放的早潮，决心用知识的海洋灌溉自己的心田。1982 年以后，香久的诗以崭新的风貌出现。随着知识的积累、视野的开阔，香久感受生活和接受时代信息的能力都在强化中提高。

这时，香久诗的注意力暂时离开了故乡的土地和大海。似乎是年龄的关系，他最为关注的是同一代人。他拥抱着时代，反思着历史，寻找着自我。表现青年一代——思考的一代，探索的一代，进取的一代，成为他创作中最为突出的主题。他创作了以《我和我同代人的群像》为题的系列组诗，塑造了一个个形象生动的青年抒情形象。有 18 岁的青年，有紧张而愉快的小夫妻，有徒步考察黄河的杨联康，有雷锋式的部队干部朱伯儒。从这组作品来看，作者对生活的认识、对诗的美学的理解都发生了重大的变化。他不再满足于简单浮面地反映“亮瓦瓦的农村”和“流彩的海”了，而开始用直面人生、接触现实矛盾来拓展诗的思想容量；他不再满足于个别地去描写“自然的美”，而在追求表现时代精神统摄下人的群体的美。这样就使他的诗所表现的生活内容成为一种人化的“美的自然”。

发表于《萌芽》（1983 年 4 月号）的《我是儿子，我是父亲》抒写了处于生活重负与思想矛盾交叉点上青年的感奋和希冀。“我是中途的驿站 / 是春天和秋天之间的 / 转绿回黄的夏季……因为有沟渠 / 才需要桥梁。”因而，“我只愿我是 / 一个不曾辜负了父亲的儿子 / 一个不曾辜负了儿子的父亲 / 让早霞同晚霞 / 一起在我的子午线上升起……”

为了完成他的高浮雕式的抒情群像，他使用了有棱有角的思想，刚劲奔放的线条，铿锵作响的节奏，给人以感动心灵的崇高感。在一首题名《龙之舞》的诗中，他写道：“我们舞着 / 我们也是龙 / 我们是东方世界的精灵 / 我们是怀素的狂草 / 是八大山人的泼墨 / 我们是古观象台上的张衡抚辰仪 / 是蜿蜒万里的雄伟长城……”他的诗风与同时或稍后的一些“软化”诗明显有别。

与此同时，香久有机会走出偏僻的农村，感受大都会的生活节奏，领略名山大川的风光。他的诗的感受是很新鲜的。在首都，他出于青年人的热情和新奇，想同所有的人打招呼。在大森林里，他感到年轻的白桦树和自己一样走向“充满了幻想的季节”。他的诗真挚、坦率，把一颗赤诚的心挂在胸膛外面。

这两年，香久诗的艺术有了长足的进步。风格、手法的多样性是他年轻好学的结晶。他像蜜蜂一样采集了各色花蕾，如象征、通感、精辟的议论、散文化、无韵、无标点，但在酿蜜的过程中还不够天成自然。原因虽是多方面的，但我认为主要有二：一是对有些生活并不太熟悉，难免从概念出发，缺少独特的感受，影响了诗的感染力；二是有时过分追求形式的新异，出现了《海，E大调夜曲》之类的题目，在写杨联康的《为你的儿子骄傲吧！黄河》中出现了“第一乐章奏鸣曲式殿以华彩段”“第二乐章抒情的慢板”“第三乐章回旋曲、深深的咏叹调”之类的小标题。不是说这样的题目不可以用，而是与他诗的内容和格调不大协调。有的诗人为诗加上一些可有可无的洋典故，然后再加上一大段注释，华而不实，有卖弄之嫌。随便借用的洋式成装，并没有自己量体裁衣，显得不大合体。但是，对于一个青年诗人，这种探索，即便走点弯路，也是值得肯定的，应该允许有个消化的过程。

从 1984 年起，香久诗歌创作的主题又回到大海和渔村，开始了系列组诗《胆汁质的海和渔人》的创作。已经发表的有《故乡，寻常的夕阳芳草》《海，征服者的群雕》《蔚蓝的幸福》《唱渔鼓的老人》《渔眼》等。时间方隔三五年，海已非昨日之海，渔村已非昨日之渔村，诗人亦非昨日之诗人了。

比较两首同是写“渔眼”的诗，便会看出香久诗歌创作明显的变化。“渔眼”是渔情测报员，由有经验的渔民担任，常常坐在桅杆上观测鱼情。“渔眼”的眼睛是令人羡慕的。香久在 1981 年 1 月 1 日《河北文学》上发表的一首《“渔眼”的眼睛哟》中写道："隔千重浪山 / 你能看清那回游的鱼 / 可偏偏看不透姑娘的心呵……渔眼的眼睛哟羞怯又忸怩。"应该说是一首有点意思的爱情诗。但总觉着与真正的渔民的感情有点距离，比之渔眼这严肃的职业有点轻佻。而 1984 年作者笔下的渔眼就完全不同了："面对一双微眯着的 / 布满血丝的瞳孔"，"然而透过这两扇深邃的窗户 / 我却看到了一个浩瀚的大海"，"我想，在这样的眼睛里 / 海从来就不是 / 一片抒情的蔚蓝 / 而是一只魔方 / 一只被你的犀利的目光 / 切割成无数个小方块的魔方。""你洞悉海的全部隐秘 / 古老的和新鲜的 / 你的目光是一种物质 / 能穿透并捕捉波涛埋藏着的一切。"作者从"渔眼"身上看到了"樯桅一样耸立的信念，和人与海的默契"。在这里，香久捕捉到了大海的律动，似也望见了大海的灵魂。"渔眼"眼光的变化，反映了诗人审美观点的发展。他不再是过去那种平视生活，浮在生活的洋面上，而是站在桅尖俯视大海的深层，挖掘生活的本质。

在一首题为《晕陆》的诗里，他写渔民下海久了，"在大海里倒尽苦胆里的绿水之后，我们变成了鱼，变成了有鳃、有鳍、有鳞甲的鱼"，习惯了大海的颠簸，一旦返航上陆反而晕起来，"像被扔在甲板的鱼"。乍一看，似乎有些怪诞，但正是这种夸张的写法，写出了渔民与大海的关系，突显了渔民热爱大海、离不开大海的性格特征。

香久过去也写渔民的爱情，像《戴起耳机就心跳》，"报务员姑娘哟 / 戴起耳机就心跳 / 是他在远方用电键向你大声问好 / 还是那丰收的喜讯把你的心儿燎着？"其实渔民的爱情哪里是这般轻松、惬意。出一次远海不像上山打一次柴，大海幽深莫测，变化无常，渔村的妇女们常常处于提心吊胆的状态。香久近期又写了《渔人的妻子们》，称她们"是天下最懂得期待的女人"，"她们的一生似乎都在期待 / 她们都懂得准确地计算潮汐 / 都按时收听天气预报广播 / 为了一个不大吉祥的梦 / 她们会一整天魂不守舍 / 她们有很多忌讳：烙饼，忌讳说‘翻’/饭碗，忌讳扣着……”“她们的眼睛最亮/能从刚刚跃出海平线的帆影上/辨认出哪一片载着她的思念/男人回到家，酒是烫过十回的/炕是烧过十回的/情话是在新婚洞房里说过一百遍的。”也有时盼到的竟是一个噩耗，“而不敢去坟头上痛痛快快哭一场”，“也没有谁因此拉男人的后腿——那是最让全村人耻笑的事。”这是地地道道的渔民妇女真实的爱情生活。

现在香久的诗已不再“唱那没意思的白帆白鸥”，捕捉大海表面的浪花，而是努力去把握大海深层的潮涌，探索大海的魂灵，发掘大海的力量。他写出了像“海最喜欢捉弄蒙昧的勇士”“要消化海先得有海的气魄”这样一些充满哲理的诗句。

显然，经过一段多方尝试、多元的选择之后，香久探索的触须开始深入到丰富多彩的东方文化领域来了。他的诗情融进了民族的文化、民族的意识、民族的心理，艺术上也较多地运用写意传神的笔法。而这一切，又不是对传统的简单的回归，而是在“发展”二字上做文章，努力使他的诗现代化。

## 孙桂贞，野火迎风

青年女诗人孙桂贞在诗的朝圣之路上已经跋涉了十余年。最初见到她寄来的诗稿，我感到这是一个有潜力的文学青年。温婉端丽的情思，独标逸韵的格调给人留下了微波粼粼、雍穆简隽的印象。几年过去，那个我所熟悉的孙桂贞突然“失踪”，她几乎是一次性地抛弃了过往润声吟哦的创作品格，转而在灵魂的原野上点燃了一束束冲动的野火。它们奔腾着、蔓延着，烧掉了那些命定的线条，一个新的诗歌生命不是渐渐地而是突然地落生了。

组诗《黄皮肤的旗帜》《野芭蕉》《又见海鸥》《S形的大西洋》《黄金盏》《黄果树大瀑布》等，相当集中地向我们描绘了孙桂贞近作中独特的精神结构：人类的忧患感与个体生命的悲剧意识、崇高的使命感与相对怀疑的观照点所共同统摄的诗美空间。这种双重的规定性，也许是进入孙桂贞诗歌内部所能凭依的唯一角度。

“在亚热带的绿色的空气里/野芭蕉轻轻地站着/负载着众多星球的天空/是一顶圆帐……每年死掉一次/转了年再生/不知是命定的，还是愿意/无数次地兑换着生命/刀砍了又生/火烧了又生/在不长皱纹的太阳下/制作着一次又一次的青春……野芭蕉甚至没有注意到/它用血浇出的果实是苦的。”野芭蕉正是诗人隐藏在近作背后的同一心理背景。她时时感到那潜在的压力，丝毫也不敢轻忽那咄咄逼人的生命的困惑。作为坚韧和苦难象征的野芭蕉，存在于生长和毁灭两个逆向冲突的角力之中。压抑、被动中催生的抗争感，相当切至地展示了现代人的一种心态。默默地牺牲和奉献，作为长时期以来一个稳定的社会心理内容，已经被有些人沉入心灵底层。孙桂贞从相对和怀疑的视角，勇敢地道出“野芭蕉甚至没有注意到——它用血浇出的果实是苦的”。这就使她的诗不仅给人一种感伤情调的同情，而且是置身其中的痛苦思考了。新的价值判断在孙桂贞近作中就这样坚卓有力地萌生，这种鄙薄随波扬流，而热衷于真诚地凝视内在的诗，显然是一种大胆的追求。

孙桂贞在谈到她创作的基本态度时似乎说过：要向纯真的未经雕琢的感情进军，向那些未开发的感情的处女地进军。正是这种独异而自觉的美学追求，使孙桂贞表现出与众不同的色彩。她的爱情诗以几千年封建传统与现实中的缺陷为背景，表现一种强烈的背叛意识，比以往的爱情诗有突破，引人瞩目。许多诗歌作者都朦胧地意识到要去“表现自我”，但诗坛仍然给人以成批生产的雷同局面。原因何在？我想恐怕是并非每一个人都能真切地认识“自我”。你的“自我”果真是你自己吗？你是否在不知不觉间已被某种时髦的外在的势能（哲学的、美学的）所统摄了？你是否在模拟北岛的“自我”，舒婷的“自我”呢？在这种混沌的状态下，孙桂贞敢于亮出自己独特的见解和追求，是既有时效性又有眼光的行为。结合她的近作，我们可以说她的追求在相当大的程度上是成功的。《黄皮肤的旗帜》《又见海鸥》《黄果树大瀑布》，是诗人把握“自我”中骚动、亢奋、狂悖、执着的生命搏动的一个极；而《野芭蕉》《S形的大西洋》《黄金盏》《在孤岛上》，是诗人把握“自我”中苦难、失望、企盼的生命搏动的另一个极。这两个极的“节点”上，便站起了那个无法替代的，难以被人漠视的属于诗人自身的精神实体。

当然，孙桂贞近作的水平并不整齐，诗人的创作初衷与其定型的产品时有龃龉。像《黄昏星》《离》《潮》等诗，都因表现过于急切而溶入了一泻无余的境地，使人们常常见到过去那个稚拙的诗人的影子。另外，有些诗表现出过于斩截地弃置对客观事物具体形态的感知，一味变形，最终使诗情融化在一片忽忽飞散的零碎理念里，给人造成“隔”的印象。这说明任何美学追求，一旦被推向极端，难免会落入新的悬崖。

孙桂贞真正找到自己的抒情矿脉只是最近几年的事，现在全面评价这个初露才华的诗人也许为时尚早。使我欣慰的是，她毕竟有了自己相对稳定的目标，这就使我们可以寄希望于未来的孙桂贞攀上更高的峰巅。相信，这一束束青春的野火终会形成辉煌火柱，牵引更多的目光。

# 刘向东的启示

向东从十几岁开始写诗，到如今已有15个年头了。这15年中，他出版了《山民》《现实与冥想》《半截儿梦》和《听或倾诉》等多部诗集，光他在《诗刊》《当代》《青年文学》等影响很大的刊物上发表的长诗短章，就有200来首，其创作成就是不言而喻的。

向东的成就，给我最突出的印象是，在自觉保持和发展本民族诗歌的优秀传统以及民族传统的现代化方面，取得了优异成绩。民族传统首先是一种文化精神，一种道德的审美理想。一个诗人，不可能不受以往诗歌传统的制约，也不得不依靠业已取得的艺术经验和成就。向东较早地认识到了这一点，并受益于这一点。他很注意学习、吸收传统诗歌中优良的艺术元素，发扬重社会、重现实、重群体、重使命的诗歌传统。尤其难能可贵的是，在许多青年诗人将诗行与生活的距离不断拉大的时刻，向东用他的诗默默恢复着诗与生活的联系，努力从现实生活的土壤中发掘诗意，与此同时，又注重不断调整自己的审美观点，寻求对时代、民族新的审美精神的适应。他新近出版的诗集《谛听或倾诉》，就明显地让人感受到他的诗向生命意识与使命意识的和谐、文体自觉与时代自觉的和谐、个性化和非个人化的和谐的方向上迈进着，实现了抒情内容的厚度与其艺术形式追求的基本平衡，缩短着诗人审美追求与读者审美心理之间的距离。

1988年，向东出版了他的第一部诗集《山民》，其中一部分是直接写故乡山民生活的，另一部分是写当时和他生活在一起的深山中的士兵的。他写《呵，我的妈妈》，“你似乎不会走路／总是一阵风似的——跑！／每天从清晨跑向黄昏／腿肚子是永远紧绷的发条”，着墨不多，一位操劳的山村妇女的形象便跃然纸上；他写兵，发现战士们有时连一个梦都做不完整，“常做到半截儿去换岗／常做到半截儿去上工……／记不清，记不清有过多少半截儿梦！／却难忘，难忘醒来时悠悠情／远方的美梦有多少／都在我的祝福中……”（《半截儿梦》）。这些根植于现实土壤的、平凡的、土气的、不加修饰的诗行，曾经得到广大读者和李瑛、张志民、牛汉等诗家的热情关注，他们被它的亲切、质朴所打动。牛汉先生读了《山民》之后写道：“这本诗集的朴实的情感使我感慨与感激。我喜欢读有浓厚乡情的诗，不论是叶赛宁，不论是意大利西西里岛的诗人，还是美洲的几位大诗人，都因为这种情愫而特别使我念念不忘。”诗歌发展的基点在生命体验。向东是幸运的，他是站在诗歌发展的基点歌唱的。他成功地迈出了第一步。

而向东并未满足，他知道什么叫远和近。如果说他的《山民》是靠感情浓度感染了读者，那么在他经过大学作家班深造之后，其诗情日趋智化了。他从用诗行揭示个体生命转向了通过个体生命揭示生存，他不再被客观事象所束缚，穿越了生活和思想的原生带。经过三年多的努力，他推出了新诗集《现实与冥想》。单就这个诗集的名字，我们就不难体察向东所提供的思维与智力空间，这是一个无限大：现实，经验世界；冥想，形而上世界。现实与冥想，是一个诗人生存感知的全部领域。在向东的这部诗集中，生活流、乡土意识被艺术地光大了，而历史感、民族意识和哲理性得到了深入或提升，对自然美和生活美的感觉几乎都经过了理性的滤沥，更多地参与到了人类的经验与本性之中，诗的内视气质、主观性和意象性也明显增强。面对半坡村“古老而又年轻”的裸女雕像，他写出了《渴望乳汁》：“此刻我想和你并肩迈下台阶／走向五月，收获又播种／来上几段秦腔京戏／和着黄河不息的涛声。”这显然是一种文化认同，这种认同给诗人眼中的现实提供了依据，给诗人的冥想找到了渊源。与此同时，向东还找到了诗内的骨骼、理性要素和能够形成化石的东西——哲理。“背对太阳 / 看 / 我的影子 / 我的影子 / 看我 / 背对太阳 / 有一些心事怕见阳光 / 值得一辈子沉思默想”（《背对太阳》）“看得久了 / 你不得不试着把窗子关上 / 这时你会发现 / 窗子被打开之后 / 其实是关不上的。”（《站在窗口》）以上两节诗表明，向东已经很善于平静自己的精神了，很善于把生命和感情升华、提炼为他独自拥有的经验了。他的头脑中或许有许多哲学存在着，但存在的方式是非哲学的，而是诗的。在向东迈向他第二个创作阶段的作品中，最值得注意的是《现实与冥想》中的“下卷 · 共同的家园”。美好生活，人性、人情，在他的这些诗中表现得颇为淋漓。他所撷取的生活，不是琐亵的、纯客观的，他通过白描式的或套彩木刻式的诗句，让平民百姓的人情和温馨跃动，内蕴勃勃的生命活力。请看下面这节诗行：“头伏萝卜二伏菜 / 过了三伏要种荞麦 / 收谷子，黄澄澄那是儿子的奶 / 刨土豆，沉甸甸那是婆姨的爱 / 应该耕耘就耕耘 / 日午而作 / 需要灌溉就灌溉 / 月下归来。”这些清纯、亲切、温婉、豁达、开朗的，颇有彭斯味道、彭斯精神的诗句，从内容上与那些蔑视生活意义、充满庸俗情调、完全物质化了的诗歌是有本质区别的，而在艺术上，又颇有熔雄放、恬淡于一炉，言近旨远，浓后之淡的美学境界。

向东所关注的，常常是那些直接的、有质量、有温度的现实，始终凝视着一个精神大势，这就使他的写作呈现出明显的方向性，成为有母题的写作。他稳妥地左右着自己的诗歌进程，不断扩展、加深，渐渐呈现出自觉的精神修持。我在前面提到，他很注意学习、吸收传统诗歌中的优良艺术元素，在我看来，他的一些诗作就已接续了《诗经》传统。倒不是由于他在一些诗中美妙地写了国风式的土风民谣，而是他的大部分诗篇，从骨子里表现出的那种对具体事象的朴素叙述能力以及在日常境界中体味精微的能力。他的近作《母亲的灯》《出门在外》《青草》《仿佛你压根儿就不是庄稼》《村庄》《落叶·飞鸟》《有什么高于一切之上》和长诗《燕山幽幽》《白洋淀》等，从敏锐的感觉出发，在日常的境界里发掘和体味真淳，以一系列准确、本真的难以蹈袭的细节提炼，将大时代气候下人的命运和人生哲理的思考灌注于平凡的事物之中，使深邃的感情世界和广阔的现实世界得以统一。如《母亲的灯》以一个小小的瞬间展示了广大，亲切的挚爱像光晕泪眼一般朦胧低回，最后几笔又是堆放式的宏大辽远，“粗”中有常人难见之“细”。

读向东的诗，可以看到他不断进行着对新的诗歌对象的审美选择，以及对诗感传达的审美尺度的调整。面对来路，他能够自己搭起通向新境界的桥梁，力求使自己走向完整的境界、素朴的情韵和浑重的气格，这是向东智慧的体现，同时也给我们以启示，尤其给青年诗作者们以启示。当然，启示是多方面的，比如为人、为诗的态度与结果，比如继承发展与创造，比如美丽的诗与现实生活的根苗关系，比如发现自己与发现别人、自我肯定与自我否定，又比如如何在社会人生的思考和民族命运的关注中以现代艺术独特的审美和表现方式把握并传达自我感情世界，涉及个人生存更深的维度，等等。

# 我说韩冬

认识韩冬有年头了。最早，我在《河北文学》当诗歌编辑，常留意小说作者，特别是青年作者，因为办综合刊物以小说为主，也是无须争执的。好比一班戏，多以须生、旦角为主，小生、丑角挑大梁的也有，如叶盛兰兄弟父子，但毕竟是少数。但是生、旦挂头牌，别的行当也不是无足轻重，各人把自己的演好也都可以叫彩、唱红，大家齐心协力演好一台戏，争取集体的荣誉。

也许旁观者清，在众多的青年小说作者中，我看出韩冬是一个不错的角色。读过他的处女作《三高》，虽然稚嫩，但是已经显露出一点作家气质，有一股敢于鞭挞黑暗势力的勇气。不久《杨柳巷的故事》《半步桥》《小院轶事》《泊龙镇的故事》相继问世，越来越感觉到韩冬还有一股灵气。他的聪明之处在于很快地把目光集中在自己熟悉的生活面，用较为广阔的视角加以审视和思考。有对理想和道德的追求，也有理想与现实冲突的逐步深化。但是传统的人生价值观和较为单调的艺术手法，对青年作家才华的束缚也越来越明显。这时的韩冬已经是保定市文联专业作家，众目睽睽。韩冬陷入困惑，焦虑不安，作品发表得少了。有的人开始为他担心，我觉着大可不必。这种困境是一位成长的作家必然经历的过程，否定自己是痛苦的，摸索前进有疑虑，尝试成功靠胆识。完成这种变化不是一朝一夕、一蹴而就的事，要脱一层皮，咬破身上的茧，要羽化，要跳龙门，需要非同寻常的决心和毅力。

进入80年代，随着改革的进程，文学观念开始变化，诗歌率先，小说继后，创新之风漫卷文坛。恰当此时，河北文学院创办，韩冬是首届学员，两年中有了很多接触，对韩冬慢慢熟悉起来。

韩冬中等身材，细眼睛，厚嘴唇，好像整天在笑。直爽大度，爱喝酒，好交朋友，在青年作家中颇有人缘。他看上去漫不经心，活得很自在，实际上刻苦好学，如饥似渴地读书，古今中外，各种流派，广采博取。短时间内艺术观念、思想方法、思维方式和表现形式，有了较大的变化。这种学习态度对于一位作家是十分必要的。从信息论的角度看，越是主动寻求信息，获得信息越多，越是感觉敏锐。知觉升华，才会产生深广的意象，才可能去优选、净化表现语言，作品才有强大的内驱力。

果然，韩冬的小说创作出现了大好势头，《红腰带》《寻常百姓家》《秋风清　秋月明》《霓虹灯闪烁的地方》等几部中篇把他带进一个新的艺术境界，人们对韩冬刮目相看了。聪明的韩冬还在他熟悉的市民生活和工业题材里苦心经营，加强全面质量管理，作品质量和数量都在提高，出现了一个创作高潮。首先表现在冲破传统道德束缚，锐化了对生活的洞察力，强化了批判意识。同时穿过政治和社会学的层面，进入文化的深度，着意挖掘和表现社会的文化形态，从而使审美意识进入一个新的阶段。更值得注意的是，韩冬在艺术上也呈献出开放、嬗变和多元化的追求、探索，叙述和结构方式都有了新招儿，表现了一种绚丽多姿的艺术景观。

韩冬的聪明之处还在于不随波逐流，既重视内容又注意形式，内容和形式一起求新。

韩冬成熟了。

# 王立新的报告文学

在文学院30名中青年学员中，我打心眼儿里偏爱王立新。这不仅仅因为在我省文学的青年林中，小说、诗歌的作者人多势众，郁郁葱葱，而作为报告文学作者的他，却形单影只，属稀有树种，而且还因为他面临小说林的群体优势，不甘示弱，拼命争取自己生存、向上的权利，自强不息。他以一当十，努力地学习、研究自己的专业，加速呼吸时代的空气，吐故纳新；贪婪地吸收营养和阳光，充实自己。他的精神和毅力引起人们的敬佩。终于，在文学院里他写出了《王国藩沉浮记》等一系列报告文学力作，让人刮目相看，成为我省报告文学创作的一个新的希望之光。在总结文学院工作之时，我翻阅了他大部分作品，沿着他前时的足迹，寻觅他的艺术追求和力量所在。

**一、他站在未开垦的处女地上**

王立新生长在冀东大地，燕山脚下，是一个地地道道的农民的儿子，从小习惯于笨重、近乎原始的农业劳动。1969 年战争气氛浓厚的时刻，他毅然丢下农村孩子的稚气，投身到大西北一支战略火箭部队，做梦似的开始接触现代科学技术。从战士、文书，到连指导员，12 年军旅生活，养成了他现代化军人的胸怀和眼光。他熟悉的火箭部队的生活，还是一片文学艺术的处女地，那么多惊天动地、可歌可泣的英雄人物不为人知，他有责任反映他们，在这片处女地上开掘、收获。“事实是报告文学的罗盘”，在大西北“雁不落脚”的沙漠和丝绸之路，在大西南的巴山蜀水，他结识了许多难以忘怀的人，使他的目光跳出了故土乡情，领略了祖国的博大，这对他的报告文学创作起了重要作用。不能设想，一个视野闭塞的作者会有广阔的思维空间，会有对生活的多层意识和真实的感觉。而这种意识和感觉，则是报告文学作者的先决条件。

在火箭部队题材上，他先后发表了《穿行在蘑菇云腾起的地带》(《科学文艺》1983 年第 6 期)、《太阳神三部曲》(《科学文艺》1983 年第 2 期)、《火箭碑》(《解放军文艺》1984 年第 2 期）等十几篇报告文学，正待发表的有《原子弹零时爆炸》等，这是他 12 年军旅生活的结晶。

《穿行在蘑菇云腾起的地带》描写了一支巡逻小分队在原子弹爆炸前夕沙海寻踪、冒险救人的真实故事。文章开头用较多笔墨描绘了大戈壁的广袤和荒凉，以突出环境的艰难，多少有点像风情录。但是，作者并非只想叙述一个猎奇的故事，而是宣告在社会主义中国，核试验是为了保护人民，以突出战争与和平的重大主题。

《火箭碑》是王立新报告文学创作的一篇高档次的作品。不仅表现的是国防尖端事业中的一次重大事件，而且正是这篇作品，使他从单一的人物和事件，向多层次、多人物的全景的报告文学的突进中迈上了一个新的阶梯。人物和事件涉及范围很广，上到将军和元帅，下到普通士兵；背景又是严峻的60年代，国际关系复杂。处理这样的题材，需娴熟的驾驭能力和对国内、国际材料多方面的研究。这篇作品在《解放军文艺》以显著位置刊出，多家报刊转载、摘发，并被改编成电影剧本。著名作家王愿坚对他说："这样大的作品，真实地再现不容易，艺术地再现更难。"但是作者经过深思熟虑之后，决定在重大历史事件中表现人物命运，从生活中摄取新的角度，增强时代感。

比如，写抢粮事件。困难时期，当全军援粮的列车在小站被抢以后，作者抓住人物刹那间感情的迭起，表现危难关头，全国军民，同仇敌忾。请看这样一段描写：

> 押车的士兵打电话给将军。将军沉吟片刻，果断地说："把粮食全部分给饥民。"
>
> "这可是救命粮啊！"士兵急了。
>
> 押车的士兵按照将军的指示，打开了车厢，这时，原来的饥民们纷纷把粮食送来了。其中一位满脸菜色的年长农民双膝跪地，噙泪说："大军同志，我们是井水犯了河水啊！"士兵望着一捆捆被送回来的干菜和粮袋，望着眼前一个个弱不禁风的农民，也流泪了。多么饥馑多难的年代，多么忠厚、慷慨、光明磊落的人民啊！

真是感人泪下。又如写元帅，作者既不高度赞扬，又不故弄玄虚，而是抓住元帅与士兵生活中的细节，反映其独特的性格：

> 八一节，聂帅慰问火箭第一线的士兵，会餐地点就在帐篷外的沙海里，四块石头上放一块门板，上面摆着四盆饭菜

和一碗酒。聂帅挤进战士们中间，刚夹起一口鸡蛋炒野芹菜，一阵黄沙袭来，搅得漫天黄尘。聂帅还是把菜送进嘴里，香甜地嚼着，嚼着……没有等级差别……没有上下级隔膜，那样真挚动人。这就是我们的元帅和士兵共度火箭事业艰难岁月的生动写照。

这个细节，是作者向将军采访时，沙里淘金得到的。这种一石一鸟、一石三鸟的细节，恰是作者揭示了生活本质的珍珠。获得了珍珠就获得了光彩。

报告文学虽然是文学，但其本质却不仅仅是文学。报告文学作者本身的思想造诣对开掘生活的内涵是至关重要的。诗的功夫在诗外，报告文学的功夫更在文学之外。常常有这种情况：事件虽动人，文学性也强，但读后给人启示不多。关键在于没有新的思想，把事件变成了单纯的故事，缺乏事件本身蕴含的力度。谁在这“迷雾”中醒得早，谁的创作提高得就快。

报告文学作者对时代的思考、对社会的研究是头等重要的工作。只有掌握了更多的新信息、新思想，只有理解了宏观和微观、客观和主观，作品才会获得新的内涵。我们正处在改革的时代，有许多新生事物需要认识，对报告文学作者来说，要经常吐故纳新，用对立统一的观点观察事物。纯文学是没有用的，重要的是马克思所说的，报告文学作者要做时代的“歌手和战士”，任何情节、色彩都是肌肉和衣服，唯思想才是文学的生命。

王立新为何上了报告文学的“方舟”，这还要从他的报告文学处女作《复苏之后》(《解放军文艺》1981 年第 3 期）的发表说起。这篇报告文学描写的是老革命家滕代远之子耕耕同疾病作顽强斗争的事迹。当时社会青少年犯罪引起他的注意，有些干部包庇纵容。他觉得应该把这个高干子弟的模范事迹同国家的命运结合起来，不单单歌颂好人好事，而是从中找到深刻的社会内涵。他经过几个月的缜密思考，从耕耕人生中截取了撞车前后的经历，用新的角度讴歌这样的一代青年。在结尾处，他写道，“于是，我想起了青年……于是，我想起了老一辈”，揭示了时代的一个重大主题。

文章发表以后，出乎意料，他收到了大量读者的来信。其中有北京、四川、广西三位女青年投书作者向滕耕耕表示爱情。她们热情洋溢地写道：“我们看过《天山深处的大兵》，深为主人公郑志桐感动，可惜那是虚构的文学人物；而滕耕耕使我们看到了生活中真实的人物，我们决心把宝贵的爱情献给他，请他选择。”

意外的成功，使他感到报告文学的特殊力量，于是，他毅然抓起了这件武器，站立在未开垦的处女地上。

**二、思想解放使他处于“井喷”状态**

王立新在部队写了20多篇报告文学，仍旧默默无闻，1982年复员以后，又写了《秋天的旅行》等几篇地方人物的报告文学，仍旧没有强烈反响。这个爱动脑筋的小伙子开始沉不住气了，由自我感觉良好进入到自我怀疑。不久，高占祥同志主持召开了任丘文学创作会议，他的长达六七个小时的报告，引起了燕赵文坛的震动。王立新进入了流动大学——河北文学院，开始了上下求索，向社会学习，向专家学习，开放感官，全频道地接受新知识、新信息，终于开了窍，对报告文学的认识有了升华。像摸着了电门一样，他的脑子唰地亮了起来，生活的原油带着地层的热力催涌着他的胸膛，使他每每处于一种“井喷”的状态，终于写出了《王国藩沉浮记》等一系列佳作。

从一定意义上说，《王国藩沉浮记》是王立新的奠基之作，是他报告文学创作的一个高峰，一个转折点。作品发表后，引起强烈反响，十几家报刊转载、转摘，街头书摊争相叫卖，有个制片厂要搬上银幕。这篇文章，好就好在它从一个新的角度为我们提供了多侧面的人物形象和时代画卷。好就好在它真实、客观，不是刮风文学。这是一个非常复杂的问题，其难度要比写《省委第一书记》大，难就难在如何使这个错综纷纭的历史以其本来的面目出现在读者面前。

王立新写王国藩经历了漫长的反思过程。他的故乡也在遵化县内，从小就熟悉“三条驴腿”的故事，对王国藩曾经由衷敬仰。“文化大革命”中，王国藩飞黄腾达，被奉若神明，他曾经感到惊诧，这便成为促使他写作的最初契机，决心揭开秘密。整党开始后，他目的更加明确了。写王国藩不是单纯写他个人的命运，而是通过他的沉浮轨迹总结一个时期的全社会的经验教训。

他在遵化大地上奔走，倾听几十万人的诉说，越来越体会到王国藩的命运联系着时代的命运，他的飞腾与坠落是历史的投影，也牵扯着千万人的心。每个人都在政治舞台上扮演过别人不可替代的角色，悲剧不仅属于王国藩一人，而属于全社会。是个人崇拜以及几千年的封建意识断送了他。作者在幽深的历史长廊上寻觅，回首往事，触目惊心，步履沉重，思想在实践中惊醒了，升华了。

作者面临着严峻的选择，王国藩不是单色的，而是五光十色，有荣耀也有耻辱；他不是直线发展的，而是充满了曲折、动荡。这个敏感的题材上连中央，下连百姓。“报告文学是危险的艺术”，他想到基希的这句名言，掂量着自己的胆识和勇气。他又一次系统地学习了《关于若干历史问题的决议》和小平同志许多讲话，对生活的熟悉、对时代的思索，给他创作的成功插上了双翅。

作品用较大的篇幅在“杜奎之死”一节描绘了这两位当年“穷棒子社”的战友在“文化大革命”中互相残杀的情景，旨在说明“文化大革命”的悲剧不能继续下去了。在杜奎墓前，他情不自禁地从心底流出了下面这段富有哲理的文字：

> 我在墓地绕了三圈儿，禁不住脱帽，向这位“文化大革命”的殉葬者致哀！他是不幸的，自己射出“左”的枪弹，又被“左”的枪弹所伤；他是既不能原谅，而又只能原谅的，

因为他属于那段黑暗历史。尽管他已长眠不醒，可人们还是听到了他无声的控诉和无声的呼喊，这是一首用鲜血谱写的《长恨歌》！

哲理思辨是报告文学的“诗眼”，是作者表现思考、抒发情感、揭示主题的重要手段之一，也是报告文学作品赖以获得读者心弦的强度与力度的“高潮段”“高音区”。报告文学不同于小说，小说注重含蓄，而报告文学必须鲜明地表现作者的思想倾向性。作品不单单在于告诉读者一个故事，而是倾吐作者对事件的理解和反思。

但是，报告文学又不是通讯，它的文学性使之注重表现人物刹那间的思想情绪，即写好总轮廓中的“特写镜头”。在表现王国藩被免职回村时，作者是这样落墨的：

轿车停在青灰门楼前，那里早已站着一个矮小的女人，这就是王国藩的妻子……她默默地接过行李，迈动小脚转身返回院子，一如当初王国藩进城赴任一样。

第一天，他没敢出门。

第二天，他也没敢出门。

第三天，他披着晨露，走向村南的山坡，环顾着那熟稔而又多少变得异样的古老村落。周围是这样寂静，这样安谧，只听得见淡淡的薄雾中，偶尔传来牛车在“吱吱轧轧”地艰难扭动，像一个痛苦的心灵在单调地诉说。这里远离喧闹的县城，没有派性的烦恼，没有吹捧和角逐。刚离开县委时，他是那样想保住自己的地位；然而，今天，他却感到一点轻松，仿佛灵魂都得到了解脱。

他在这曲折的小路上走着，缓缓地走着，这是当年“穷棒子社”艰难创业走过的小路啊！那时候，他几乎天天穿行在这条山路上，谁想竟过去了动荡而漫长的十六年……

这段文字，作者是花了气力的。他冲进王国藩命运的瀑布里，撷取曲折性的浪花，让读者同王国藩一起在历史潮流的起落中思索。获得这样的细节是不易的，而能从这种细节的描绘中获得言外之意，即重大关头的沉重反思和情感陶冶，就更难能可贵了。王立新在这里显示了自己的优势，望他能够发扬下去。

写报告文学难，在报告文学中能真实地写出人物心灵更难。王国藩是个蜕化变质的人物，作者并非一味写他的罪恶，而是着眼他蜕变的过程，从中理出可供人借鉴的经验教训，帮助读者认识和理解生活在这个时代中各种不同的人——包括作者自己，无异是个重大的任务。

绝对单纯的人和事是没有的，时代变革，观念变革，使测量人的标准也在变革。因此，在歌颂时代主流的同时，必然要揭露阻碍前进的种种弊端和生活中不美好的东西，这便是报告文学的使命。在这篇作品中，作者歌颂了一些人物，也鞭挞了一些人物。正是这种必要的“风险”，使作品获得了成功，获得了社会力量。有人说:“作者有多大的胆子，敢碰这敏感的神经。”殊不知，这正是报告文学作者应有的才气与胆识。

《王国藩沉浮记》是作者报告文学创作走向成熟的标志。此前，多是部队生活的赞美诗，追求文学性，流露着青年的天真与单纯；之后，他写时代生活的画卷，追求社会反响的“爆炸”力量，饱含着中年人的勇敢与严峻。

### 三、他也在拼力追赶时代的潮头

《旋转的世界》是王立新的第一个描写改革家的报告文学。写改革的作品很多，但能否从主人公身上发现新意，需要有与时代同步的认识。马胜利是时代的强者，他锐意改革，励精图治，有许多与众不同的创造。作者关注的，不仅仅是马胜利取得的令人羡慕的经济效益，使一个濒临破产的企业改变了面貌，还着眼于这个企业家用什么思想把涣散的人心调动起来，追赶时代，越过奔腾的潮头，改变人们的精神世界。

作者塑造马胜利这个企业家的形象，一方面表现他的大刀阔斧，敢作敢为，一方面又表现他的远见卓识，精明多谋，他出山不是新官上任三把火，先抡三板斧，不是简单的斗争哲学，而是上任先撒三大网，稳定军心。第一网，网住了退居二线的老干部和退休老工人；第二网，网住了前任领导班子；第三网，网住了有真才实学的知识分子和干事业的能人。这三大网“网住了骚动的心，连反对他的、怀疑他的，都倾心于他，像溪流入海，卷起滚滚的热流”。还有，他顶着舆论压力，毅然招收一批失足青年进厂。他想的是:“如果都放在社会上，不仅会使思想出现反复，还会给社会带来动乱。”他要把他们改造成新人，化腐朽为神奇，为了不歧视他们，他制定了“约法三章”，甚至破例规定:“要主动给他们当红娘，介绍成一对，奖金五元。”充分表现了一个社会主义企业家的胆识和胸怀。这种思想境界确实比一般的企业领导高出一筹，人物个性自然突显出来了。

马胜利在向传统观念冲击中，拯救了企业。而作者也正是用新的观念来观察和理解这种冲击的。他特别欣赏马胜利对一些传统生活观念和经营观念的批评，比如“扶上马送一程”“三个臭皮匠顶个诸葛亮”“一竿子插到底”等。马胜利全新的见解来自他思想和知识的现代化，这正是一个企业改革家的力量所在。

报告文学作家的基本功，便是能站在时代的潮头发现生活的流向与本质，切忌孤立地、单一地研究和表现生活。这才能写出报告文学作品活生生的灵魂。

王立新属于这样一代文学青年，他们不像我们这一代人，有从新中国成立前的苦水洼挪到50年代蜜罐罐的一段生活经历，往往用忆苦思甜概括了一切思维活动。他们在青少年时期没有受到过时代的溺爱，而是刚懂事就被卷入“文化大革命”，就被丢弃在风雨泥泞之中。他们没有机会受到良好的教育，没有上过大学，文化修养差些，这对文学创作无异是个弱点。但是，他们饱经生活的磨炼，头脑比较复杂一些，思想比较活跃，感情比较深沉。他们较少回忆，而是更多地着眼现实和未来，这些往往对文学创作更显得重要。这大概是相对之下，他们比五六十年代成长起来的中年作家更富有光彩的原因之一吧。

新的一代青年作家，用刻苦学习弥补他们文化修养的不足，追回失去的时间，争取文学的地位，所以大都具有强烈的责任感和紧迫感。王立新经常对我谈起，河北在首都周围，“自古多慷慨悲歌之士”，现代和当代有许多英雄模范，是报告文学的沃土。许多全国获奖的报告文学名篇都取材河北，但是作者却都不是河北的，作为河北作者感到脸红，感到惋惜。当然，报告文学题材的创作，不可能自给自足，自产自销，但是其中确实有提倡、组织创作的问题。所以听了他的话我更加脸红和惋惜。

王立新给自己列了一个庞大的创作计划，下决心带头在这块报告文学的沃土和处女地上开发、耕耘。在我们相处的日子里，无论寒冬酷暑，他几乎都是以每天万把字的速度拼搏着。王立新原来抽烟很多，每天两盒，后来理智使他戒烟了，可是烟也不少买，但绝对不买火柴，困上来，就摸出一根干叼在嘴皮上以免分神。烟瘾上来，他就掐一点纸烟放在嘴里噙着，人们说王立新不是吸烟，是嚼烟。

河北虽然地处首都周围，文学创作由于长期被动保守，几乎处于一种封闭状况，生活和艺术观念比较陈旧，这对王立新的报告文学创作是极为不利的。所以他经常自费跑北京，求教于各编辑部和报告文学家，获取信息，获取灵感，不断实现自己生活观念和文学观念的更新，从而使他的报告文学创作接近全国水平。

责任感和紧迫感是相近的，责任感愈强，紧迫感愈重。对生活强烈的爱和对新的信息由衷的激情，是一个报告文学作家最可贵的品质。雨果曾说“艺术是一种勇气”，报告文学创作则更需要勇气。

报告文学的使命是严峻的，它应该及时研究时代性的新课题，与时代的思考同频共振。适应这样一种时代的要求，更需要勇气，王立新拼力追赶时代的潮头。

王立新的报告文学创作还远远不是完美的。比较突出的点是有些篇章构思匆忙，文字粗率。有的作品敏于思考，却缺乏艺术色彩；有的虽写出了色彩，思想却流于一般。总之，王立新在报告文学的社会效益与审美效应的有机结合上还有待提高。

但是，令我们欣喜的是，王立新具备了一个报告文学作家的素质，这在我们河北大为难能可贵。我们大家都期待着他有更好的作品问世。

# 何双及的儿童文学创作

在儿童文学园地雨后春笋般涌现出来的文学新秀中，何双及是值得关注和赞赏的一位。不足十年就出版了《皮大将进京记》《挑战》两部长篇，《走进深山》《Q 计划》《爷爷来了》《大鸟沉默不语》《愿世界充满爱》等 20 多部中、短篇小说，成功地塑造了淘气顽皮、机智勇敢的皮大将，少年老成、乐于助人的何大帅，胆大心细的刘黎明，胆小有主意的龚大山，怯懦而智慧的诸葛南南，酷爱大自然的杨百岁，坚毅进取的“狗尾巴草”，勇于改错的姜卡等一系列形形色色、性格鲜明的当代儿童形象。

何双及的第一篇小说《爷爷来了》就毫不犹豫地把时代的巨大变化通过儿童的感受表现出来。两年前，菲菲的爷爷从香港回来，带的是日本夹克、法国皮鞋、德国小火箭。毛毛的爷爷从乡下来，带的是一声接一声的叹息。两年后，毛毛的爷爷从改革的农村来，带的是鼓包包的钱，大包小包的苹果、花生等土特产。

而菲菲的爷爷被老板解雇了，变成了穷光蛋。对于这种巨大的变化，孩子们不会一下子理解，但是他们有了感受。菲菲一直在想，这是怎么回事，她从爸爸妈妈和爷爷的谈话中反复听到“制度”“政策”这两个词，是否与自己心中的谜有关系？此时，她真想找到“时间老人”再给她长几岁。

《大鸟沉默不语》第一句话就是：“你知道自己是什么时候长大的吗？”回答是：“我知道，那是一天的早晨，一件偶然的事。”故事很简单，爸爸妈妈出国了，家里只剩下“我”一个人。一天，来了两个小偷，“我”急中生智，用纸条传递消息，两个小偷被擒，原来是被通缉的要犯。“我”被社会誉为英雄，但自知不配，因为当时怕得要命。究竟长大了没有？“我”以为“长大了”，因为“我”知道“没长大”。知之为知之，不知为不知，是知也。本身就是反思以后的“知”和“长大”。菲菲盼望几年的事，这里一天就长大了，这一天是成熟与不成熟的临界点。

这两篇作品看似儿童生活琐事，却把儿童好奇和盼望长大的心态表现出来了。这与董存瑞虚报年龄，张嘎说“我不是孩子”，《啊，摇篮》的孩子模仿大人“战斗”有异曲同工之妙。不同的是，这里的外在引力不是杀敌报国，战争的超前参与，而是改革开放造成的旷世奇观。不同坐标系上的盼望、思考的不同，把战争与建设、建设与改革，不同时代成长的儿童有分寸地表现出来了。儿童是和时代同呼吸的，他们有属于自己的对时代的感受。

何双及在《光明日报》发表的一篇文章中说过，不是不可以写暴露的东西，但建设的东西触目皆是，应该有更多的人去写。她正是本着这一精神写儿童小说的。她笔下的人物，无论是主人公还是陪衬人物，尽管不是“完美无缺”，却都有一颗求真、向善、爱美的心。

《美丽的佛爷痣》中的孪生兄弟雁南、雁北发现同楼的柳阿姨偷电取暖，设计破获了这一“案件”，又组织小伙伴把她两千块煤在大雨前搬上楼，使她又惊又喜。《大将和大帅》中的孩子们用恶作剧的办法，把几年卫生不合格的埋汰鬼治服了……恐怕没有一个人否认孩子们的这种做法，但是表现儿童优秀品质的作品近几年确实不多见了，而热衷于武打、离奇以及朦胧性爱等非理性的作品却比比皆是。何双及在创作上有自己的美学尺度，如有意识地渗透人与人之间关系的协调和近于伦理意识的感情慰藉，在儿童身上发掘中华民族的道德品质和精神风貌。《做好事的故事》里，姜卡、宋宝在班级“好事簿”上一直是空白，当小队长逼着他们去做好事时，却发现他们做的好事比任何人都多。

何双及并不否认儿童心灵有世俗留下的阴影，但是她着重选择那些体现时代本质的催人向上的健康的东西来净化儿童文学的空气。她认为，这种增强社会凝聚力的道德自律异常宝贵。这并非仅仅出自以伦理为核心的审美理想所要收到的教育功能的效果，而更主要的是纯洁、善良、诚实是儿童思想道德的主题，他们身上固有的和社会赋予他们的美好品质和亮色无疑是儿童文学的永恒主题。

《一张席梦思小床》写妈妈为了解决爸爸的调动，把梅梅的小床当作礼物送给了“官儿”，结果成了泡影，梅梅哭了，哭得很伤心。《杂音》里的音乐老师为自己能评上市业余歌手一等奖，将评委程团长连五线谱都识不全的女儿拉入校合唱队，致使在一次隆重的演出中被她一嗓子给砸了。结尾主人公洪佳“悄悄退出会场，在落满枯枝的小路上走着。绿绿的树叶为什么要枯黄飘落？乌云为什么要遮住蓝天？”她“在脚下的枯叶破碎声中沉重地思索着”。值得一提的是《愿世界充满爱》，主人公“狗尾巴草”是一个面目丑陋但心地善良的孩子，他不计较周围儿童对他的冷漠和蔑视，只是默默地做事，悄悄地帮人。同学们慢慢地发现了藏在他丑陋面容后面一颗美丽的心灵。但是，他在元旦连一张贺卡也没有收到，“我”不信，说怎么会呢？他说：“怎么不会呢？你，不是也没送给我吗？”“我”愕然，“狗尾巴草”在“我”的忏悔中默默地弹奏起《愿世界充满爱》这首乐曲。无论梅梅的哭，还是洪佳的思索，以及“狗尾巴草”钢琴的低吟，都令人心弦战栗，心绪难平。

儿童的感觉是真实的，因为他们感受到事物的具体“不合理”性。尽管他们这种感受还不可能上升到理性的认识高度，只是对“不合理”打上一连串的问号，但是对社会的纷繁复杂却有了感性认识——世界上并没有伊甸园，美好中也会有丑恶的阴影，理想中也会有现实的冲突。但作者在这方面是小心翼翼的，她认为，儿童作品写不写暴露并非主要问题，关键是如何去写。如果将社会及儿童身上那些消极的、非理性的东西作为主流加以夸大和渲染，这种反映似乎“真实”，而实际上却是一种不真实。她擅长在作品中写人物如何对待暴露，写他们的悲欢苦乐，调动情感因素；写他们的迷惘、困惑和思考，调动理性因素。使假、恶、丑曝光的同时，能受到审判，以唤起儿童对美好事物和高尚品质的热爱和追求，对丑恶事物的抛弃、警觉和憎恶。这种准确的选择，审美的观照，格调昂扬，蕴含着一股催人奋进的力量，起到了在思想领域中消除社会弊病，使儿童健康成长的结果。

长篇《皮大将进京记》讲的是来自四面八方的孩子，在暑假中组织探亲中队的故事，处处趣味横生，扣人心弦。但这部小说的妙处不在热闹上，用意是让人们领悟如何看待当代儿童。这里包含着价值尺度、思维方式等一系列问题的更新与变换。用老眼光看待孩子，可能会不自觉地压抑他们的个性。像皮大将这样的孩子，淘气，常常越轨，性格倔强但又聪明好学，知识丰富。喜欢循规蹈矩的老师看不上眼，粗暴地取消了他参加海洋夏令营的资格。他赌气出走，背着妈妈，挤上火车去北京找爸爸。这是谁之过，似乎说不清，因为谁也没有直接责任，是陈旧的价值尺度的驱使。皮大将在火车上遇到了“六突出爷爷”，他会看儿童的眼睛，理解儿童的心灵，一席话就把皮大将说“服”了，以至返回途中，还念念不忘能再见到他。很明显“六突出爷爷”是理想的化身，新的价值尺度的代表。

如果说《皮大将进京记》是对教育改革的一种呐喊和呼唤，那么《挑战》则是真刀实枪地干了。华美小学的教改“山雨欲来风满楼”，超负载的作业吞噬了孩子们的大部分业余时间，少年宫各种条例加上不正之风把有志儿童拒之门外。孩子们不像成人海绵式承受压力，而是将压力反弹。他们不谙世事，或用哭或用报复手段宣泄不满。校方和教师新旧思想对峙着，年轻的校长郝铭支持孩子们的建议，“成立兴趣小组，建立少年宫式的学校”的方案出台了。《挑战》就是描写的这个过程，通过 32 个系列故事，将一群有进取意识和开拓精神的当代儿童形象塑造出来。

《挑战》人物繁多，气势恢宏，矛盾复杂，远非几句话所能描绘，这里简要概括两点。第一，继《皮大将进京记》提出的如何改变尺度问题，展开层层深入描写。“六突出爷爷”形象变成了锐意改革的校长郝铭和班主任书虹。他们比较准确地理解教育改革的走向，又比较准确地把握了孩子们的特点，使前部小说理想化的人物有了现实感。第二，孩子们的参与与教师们大不相同，往往热情有余而理智不足，缺乏深思熟虑，身上的任性常常走上极端，但是他们却能用稚气的心灵和冲动的激情去直觉地认定和选择他们的成人代表，去反抗成人中的保守和怀疑情绪。因而作品中出现的成人对孩子参与改革的胆识和聪明才智的佩服和惊叹，都说明了尺有所短、寸有所长的道理。刘黎明、龚大山、诸葛南南在成立智慧小组时剃光了头装扮“一休”，期待智慧从天而降，等到他们在老师点拨下成长之后，他们扮“一休”的可掬憨态竟成为光彩照人的智慧娃娃了。从某种意义上说，《挑战》是教育改革一次全景式的描绘，涉及社会、学校和家庭，涉及领导、教师和家长，但最突出的仍是学生，学生在教改中的所思所想、所言所行。

纵观何双及的小说，可以看出她在用尽全力去描绘新时期儿童的形象、情感、心态、性格，从而反映这个时代儿童的主要特征。鲁迅曾说过“带露折花”是不易的，但何双及去做了，而且做得不错。我们从她的作品中感受到了时代的气息、氛围，体会到了刚刚发生的或正在发生的事情给儿童带来的激动或困惑，烦恼或追求，稚气或老成，探寻或攀登，听到了他们像小苗拔节或快或慢的节奏，跑步向前或强或弱的心音，这些都是值得肯定和赞赏的。加上她借鉴和运用了美学的心理因素，诗歌的明快节奏、散文的形神统一与情感句法，在深厚的生活基础上轻松挥洒，就使得她的作品余味无穷，秀外慧中，情理交融。

# 储瑞耕的杂文

打开这一期《文论报》，读者会注意到，这是一期关于杂文研究的专号。为一位作家集中出一期专号，在《文论报》史上，此为首次。这位作家，其主要创作和成就又并不在小说、诗歌、剧本等体裁，而是在杂文方面，这又应说是“首次中的首次”。

1935 年 3 月，鲁迅先生在《徐懋庸作〈打杂集〉序》中预言：“杂文这东西，我却恐怕要侵入高尚的文学楼台去的。”其后的相当一段时间，杂文似乎并未完成这种“侵入”（至少并未单独“侵入”，而是始终从属于散文），直到 1985 年 1 月在北京召开的中国作协第四次全国代表大会上，破天荒第一次把杂文从散文中分出平列于小说、诗歌、剧本、散文、文学评论。

杂文，确有其特殊性，它既要求是一种文学作品，但与小说、剧本等注重人物形象塑造和故事情节构筑又有很大的不同；它更强调的是说理。这种说理，固然要研究文学性（文采、情感等），但又十分接近于时论、政论。因而，相当多的人（包括一部分杂文作者自己），不大习惯于把杂文创作归入文学活动。这也从一个方面说明，人们对杂文与文学之间关系的认识还有待进一步调整和明确。

什么是“作家”？《辞海》解释：“指文学上有成就的人。”《现代汉语词典》解释：“从事文学创作有成就的人。”二者小异而大同。既然作协第四次全国代表大会已明确杂文是文学的正宗一支，那么从事创作而又有成就的人，就应称之为“作家”。当然，正如小说、诗歌、剧本、散文、文学评论各是文学的一支，在总称为“作家”的前提下又有小说家、诗人、剧作家、散文家、文学评论家之称，那么，在杂文创作上有成就的人可以称为作家中的“杂文家”或“杂文作家”。

人类的文学活动是一种社会活动，文学现象是一种社会现象，它不可能孤立地存在。文学中各门各类也是互有交叉、互相借鉴的。经验表明：小说家、诗人、剧作家、散文家写出来的杂文，与政论家、单写杂文的人写的杂文，其文学品位往往是不同的，前者更为高雅、优美，修辞更讲究，文学味更浓，可使读者在明理中得到一种文学的欣赏享受；从另一个侧面看问题，成熟的杂文家写起小说、散文来，又与纯粹的小说家、散文家的作品不一样，思想性、哲理性更强，可使读者在欣赏中享受到更多的明理。

有鉴于此，文学大家族中的六个兄弟门类——小说、诗歌、剧本、散文、杂文、文学评论的同志们，应当进一步团结起来，取人之长补己之短，更积极地发挥各自的社会功能，在为人民服务，为改革开放、经济建设服务中有各自更多的建树。

储瑞耕同志不仅创作了数量众多的杂文，而且在杂文理论方面有自己的独到见解，还积极参与了全国第一个省级杂文组织——河北省杂文学会的筹创活动，参与筹创并主持了全国首家

《杂文报》的编务，为中国当代杂文事业做出一份可贵的贡献。这些已在河北和全国杂文界得到公认。近些年来，他把杂文的要素糅进了党报言论之中，在主笔《河北日报》一版“杨柳青”言论专栏和负责撰写社论、评论员文章的过程中，开创了一种新风，这些已在新闻界得到公认。

这一期专号是关于储瑞耕同志的，但又不仅仅是关于他个人的。我希望这期专号，能对从事杂文和杂文之外的文学创作的同志，都有所裨益和启示。因为不同文学样式中有许多共通的东西，比如学习和创作的刻苦、勤奋，多种文体的积极涉猎、触类旁通以及对创作实践自觉进行理论提炼，等等。正因为这样，类似的个人专号以后还可以继续编办，通过诸如此类的途径，促进我省乃至全国文学事业的更大繁荣。

# 梅洁的散文

梅洁的散文《在这块土地上》荣获河北省首届文艺振兴奖后，我翻阅了她已经发表的近 20 篇散文。尽管迄今为止她的创作还没有形成自己鲜明的艺术风格，但她的散文已经表现出了属于她自己的某些特点和美学追求。

梅洁的童年留在了秀丽的汉江边，她的成年来到了雄伟的长城脚下。她的形象思维在记忆和现实里往返、交织着。她时而以一个南方人的眼光看北国，大山、雪地、草原、马车、高大的身材、爽朗的笑。时而又以一个北方人的眼光看南国，水乡、细雨、竹林、篷船、秀气的身影、委婉的歌。把记忆和现实剪接，把幸福和苦难叠印，把冷调和暖色融合，她精心制作着自己的图画，耐心寻找着自己的声音。

散文与诗歌一样是感情的艺术，散文的美来自作者感情的真与美。翻阅梅洁的散文，篇篇洋溢着一种真诚。有对山水风俗的童心，有对青梅竹马的友情，有对弃子的怜悯，有对寡母的同情，有对英雄人物由衷的赞扬，也有对同志遭不公正待遇的愤愤不平，乃至有时流露出一点侠肝义胆。你会觉得她纯洁得像一汪水，炽热得像一团火，是个把一颗心挂在胸膛外边的人。

梅洁的散文又常常带一种淡淡的哀愁。哀愁的美与崇高、悲壮、刚烈等阳刚之美，与纤巧、温柔、优美等阴柔之美同属于美学的范畴，它是一种介于二者之间的美学形态，具有独特的审美价值，古今中外不少人追求这种境界。从作品上看，梅洁从不正面触及悲剧题材，从不正面暴露黑暗，而往往是一抹愁云，几声叹息，或者轻轻抚摸一下人们心灵上的伤痕。在《最初的缅怀》里对早年丧夫、老年丧子的李奶，回避她悲惨的身世，避免触动她心里悲恸的风暴，而是表现她的安详。“她没有哭，只是痴痴地望着灯花，平静地讲着。”《福哥儿》中的男青年，被父亲遗弃而并无怨恨，整日生活在幻想之中。她不写他的孤单、凄苦，而侧面描写他的住宅“像一个乞讨的老妪，孤独无望地立在半山腰上，唯有一株白蜡树在风中摇着，默默地陪伴着茅屋里的寂寞”。虽然是水面的微微涟漪，但是细心人会感到水下的激流。同样具有感人的力量，感情更加深沉。生活中也有这种现象，人们眼圈发红，泪水欲浸时，往往岔过话题，说几句轻松的话。

真诚与淡淡哀愁，这两种看来矛盾的感情，在她的作品中常常交替出现，互为补充，这正是梅洁心灵的真实反映。她是在红旗下长大的，校园里充满欢乐，课堂上洒满阳光。可是 14 岁时厄运临头，父亲错划“右派”，从此头上笼罩一种浓厚的阴影。因而她便有了两种心境，一般时候，她眼前是明亮的，心胸是开朗的；但是困难出现，疑惑袭来时，面前出现了阴影。常常出于好心，她能用自己的修养和道理，把浓重的乌云看透了看淡了。这种思想类型的人在中青年知识分子中不在少数，因而也具有一定的典型意义。

梅洁先是写诗，后来改写散文，她的散文常常有诗的意境、诗的韵味，甚至于还运用了一些诗的构思和手法。特别是诗美的流动，几乎成为她散文的抒情个性。

莱辛在他的《拉奥孔》中曾经指出:“诗想在描绘物体美时能和艺术争胜，还可用另外一种方法，那就是化美为媚，媚就是在动态中的美。”他认为动态的美是“一种一纵即逝而却令人百看不厌的美，它是飘来忽去的，因为我们回忆一种动态，比起回忆一种单纯的形状或颜色，一般要容易得多，也生动得多”。“巧笑倩兮，美目盼兮。”(《诗经》)看后让人因此延伸无穷的联想来。得力于此，梅洁的散文在抒发感情时不怎么用静止的平面描述，而是让思维自由流动，让感情自由流动。《在这块土地上》她写做新媳妇时的羞涩:“村里的姑娘、媳妇来了许多。她们说着、笑着、挤着、指着，贴着耳根咬悄悄话。孩子们挤不进来，偷偷捅破了窗纸……我知道，他们是来看我的，说我是新媳妇，很远很远地方来的新媳妇。妈妈，兴许我长这么大，第一次让这么多人看，心里真不受用，长得怪丑的……他们说些什么，我听不懂，只是坐在炕上那条小板凳上，低着头傻笑……”这里基本上没用什么形容词，而是一连串的动词，把一位新媳妇的羞涩之情写得淋漓尽致。她的许多作品，如《山妮》《大山，给我生命的盛夏》《爱的履历》也多用这种方法。

文学艺术发展到今天，多种形式之间互相借鉴、融合的现象与日俱增。诗歌、小说、电影、戏剧都在提倡一种散文美，借用一些散文手法。散文呢，难道不应该向它们借鉴，以求发展吗?梅洁的努力是可取的。但是散文毕竟有自己独立的旗帜。各种文艺形式相互借鉴，应当是为了使其个性得到发展，而不是使之消失，混淆界限，因而也要互相尊重。梅洁把有些散文当诗写，正是她的散文还不够成熟的表现。她的有些散文不散，而是近乎套用一些诗的构思、手法，让人感觉到结构紧，不能随心所欲、挥洒自如。在语言运用上也是如此，她的有些作品的语言有一种朴素美。高尔基说：“真正的美，正如真正的智慧一样，是非常朴素的，并且是人人理解的。”但有些篇章，她用诗的语言去写散文，过分含蓄、雕琢，反会弄巧成拙。散文应该是散文的语言。我总觉得散文与诗是相近又彼此独立的艺术形式。散文是漫步优哉游哉；诗是舞蹈，蹦蹦跳跳。诗是吟唱，重抑扬顿挫；散文是谈心，娓娓动听。

诗与小说等都有各自系统的理论、各自的美学。唯散文司空见惯，虽历史悠久而没人注意研究，没有多少理论可依。我只是谈一点杂感，不知对梅洁同志有用否？

## 张立勤的散文创作

这篇文章写得很吃力，差不多一年没有敢动笔。写评论对我来说是一种费力不讨好的活计，翻看作品，查阅资料，花十二分气力难免捉襟见肘。何况面对众人注目的散文新秀张立勤，她的作品在我看来已经是一个陌生的艺术世界了。

但是，对立勤本人我又是比较熟悉的。十年前分会组织去锡林郭勒看那达慕，从张家口出发，立勤在会务组。那时她才二十多岁，看上去更为娇小，白皙的皮肤偏偏爱穿一身黑衣服，秀气腼腆，爱美又会打扮。她已经写了几年散文，我看过几篇，还推荐过。1984 年在廊坊师专办文学班，她被录取了。开学时她却没报到，正在医院的小黑屋里等候死神的判决，我心里好一阵凄楚。过了一段，她奇迹般地出现了，因为化疗头发脱落，一天到晚戴着白帽子。闯过了鬼门关，她的性格变了，爱说爱笑，穿鸡腿裤，跳迪斯科，还会跟人吵架，使我想起了一句流行话:“死都不怕，还怕活着吗。”之后她的秀发终于长出来了，和秀发一样多的优美的散文语言也长出来了。

有人开玩笑地说，河北有两个人写头发写出了名堂，一是我的《理发的悲喜剧》，一是立勤的《痛苦的飘落》，一个写头发的生与脱，一个写头发的脱与生。我这老帮菜哪能与她水灵灵的青枝绿叶相比，是两代人，两种散文。

死过一回，张立勤以残酷的代价获取了宝贵的人生感悟。“我失去了娇脆和腼腆的雅致，失去了属于我的独有的拘谨和孤傲的清高，失去了手术前躯体和臂膀光洁的妩媚。”“得到了巨大痛苦后的宽宏和爽朗，得到了死的体验重新组合的生的觉醒和思考，得到了他融于我的爱的力铸成的我的更新和超脱。”

张立勤的视线离开了山城、小街，离开了花花世界和世态炎凉，回归了自身，反观自己短促而坎坷的人生道路，审视自己单纯而又复杂的灵魂。她生于1954年，懂事时狂躁的气流也冲破了家庭的和谐，漂泊无定，怄气吵架，父母终于离异。在社会和家庭的双重夹缝里生长，她失去了山东血统的体魄，形成了纤弱的身材和顽强的精神，像一根草棍支撑着大山一样的精神重负。

作为一个灵智的散文作家，她不是一般地倾诉不幸身世、坎坷命运和人生体验，而是把这种体验升华为一种形而上的青春苦难去品味。感慨青春的短促和贫乏，缺少音符和色彩，当壮工，搬石头，没有凤凰牌洗头粉，没有马尾巴两米长的花围巾，没有舞会和西餐，有的只是一身约定俗成的蓝衣服，“腰带把发白的军衣束成超短裙，刷子般的短发”。谁不知道爱美是姑娘的天性，“我真希望也有那一身红艳，有那一串震天动地的鞭炮，有那一片彩色纸屑仿佛把全地球的颜色都洒在你的发端”。她用“怨了多少个日日夜夜的我的青春不容的心，去理解整个一代人”，“我的同代人许许多多像我一样简简单单匆匆忙忙过来了”。同一代人同样不幸的青春，“我的青春哟，拥有我的历史，拥有我们的历史，我们整整一代人不愧对它，不会愧对的么”！正因为如此，张立勤的作品才在这一代人中引起强烈的共鸣。

毋庸讳言，张立勤的几篇重要作品都涉及生与死这个永恒的主题，表现了比青春意识更为充分的一种生命本体的悲剧意识。由于她“死”过，经历了一次真正的“探索”，获得了生命的彻悟。从冥冥中以超脱的目光审视人生，从另一个角度发现了自己，看到了生命的辉煌。所以她的作品比这几年流行的描写死亡的作品真实、独到得多。她笔下的死，既非战场上的杀身成仁，也非刑场上的舍生取义，也不是天灾人祸面前的无私奉献，而是“分外理解了普通人面临病死的复杂多味的心理状态，因此具有人性的深度。面对那扇森严的死亡之门，有生的留恋，有死的惧怕，偶尔也发出一两声无可奈何宿命论的感叹。但是更多的是生死彻悟之后，生的欲望，死的抗争，爱的力量”。“全凭了这个天地独有的摧毁与求生的撞击迸发的原始生命力，全凭了这个天地独有的爱和顽强给予我的启迪和召唤”，“为了我的爱人不失去妻子，我的儿子不失去母亲，我的父母不失去女儿”，“一片止疼药也没有吃，一针止疼针也没有打”，“吃了吐，吐了吃，为了吃饭而拼命”，度过一生中最痛苦的日子。对于死亡，抱一种达观、坦然的态度，准备“完整地死去”，“妩媚地死去”。脱发之后，“我的头极轻松了起来，仿佛要随那水雾飘飘然了。女孩子一场，果真要赤条条而来而去么。我不禁抚摸着自己光滑的头顶，多有意思，也难得凉快一回，豁亮一回”。极端痛苦之后的从容大度，正是对死神的蔑视嘲笑。

独异的生命体验使得张立勤的散文具有自己特殊的思维方式

和情感方式。她一般很少运用单向叙述，而喜欢复合的情感系结构。常常不看重情节过程、因果关系及其连续性和完整性，以人物心理时间作情节线索和主要观点，打破时空界限，以心灵为圆心，过去和现在，四面放射，情感大幅度跳跃。《望不见望不见望不见》写她黑屋里的体验，化疗时注射了一种从牛身上提取的黑色药液，观察效应。那“黑色的轨迹”一忽儿上天入地，一忽儿细致入微，一忽儿感觉“我与牛融为一体，牛的天空太阳乌云，牛的犄角尾巴哞哞地歌唱”，一忽儿刀口“变成一个洞穴”，“一弯残破的月”，“声嘶力竭地颤抖着，泪如风沙漫漫”。这是一种特殊的情感体验，人在生死关头狂躁不安，深层的感情潮汐打破了正常的规律，勇气与恐惧此起彼伏，反复无常，看似夸张扭曲，也是一种情感的真实。

张立勤为了把情绪推到极致，一面浓缩情节，省略事实，一面调动多种抒情手段，写色彩，写气息，写感觉，制造一种强烈的情绪氛围。她很注意用色彩渲染情绪，《望不见望不见望不见》的黑，黑得阴森；《我从金色中走来》的金色，给人以生命的向往；《白色土》白得刺眼，也是作者对故土白热化的感情；《小城飘来一件红风衣》红得醒目，寄托了作者对新生事物火热的感情。《珠江》《闽江》的涛声撼动人们的心弦；写山城、草原气息的《拼贴的情愫》《草原印象》，洋溢着一股新鲜气味。

语言是构成作家风格的重要因素。张立勤正在努力寻求自己的艺术创造性，磨炼渗透自己感情的文字。她的散文语言有三个趋向：一是诗化。常常运用比喻、象征、想象等手法。如：“我想有一天，那响声们突然变成了歌唱，我的黑色日子倾塌了，我的黑色的围困毁灭了。从此消失了苦恼和悲伤，我的生活我的爱拥有了不朽性。”这不是传统散文的写实方式，而是诗的手法。回避“死亡”二字，而句句直指死亡。二是柔化。当代散文曾经崇尚刚性、气势，她一反常态，轻声细语，婉转细密，无论娓娓道来的倾诉，或者朴实理性的冷静描述，都呈现一种女性文学的柔美。三是陌生化。描写司空见惯的景物，故意变化词性和逻辑，选用稀见的形象，如：“只有房顶上一截红砖烟囱，嘘着我的气息。于是，我的气息，缭绕在小镇高高低低和和缓缓缩手缩脚探头探脑的生命里。”使熟悉的事物拉开一点距离，产生一种新奇、神秘的语言感觉。

如果一定要说点张立勤散文的不足，我认为情节隐去要适度。既注重充分表达感情，又巧妙地提供必要的事实、必要的情节和细节。因为情感需要借助它与认识的辩证关系，通过情感所依附的认识内容来交流，否则就会产生空和玄的感觉。我希望立勤在继续探索时能考虑到这一点。

# 杨松霖的诗

一个写诗的同志说他交了个 17 岁的诗友，并称道这位少年的诗如何好，我便迫不及待地去信索稿。很快，这位名叫杨松霖的少年寄来他厚厚的几十篇习作。我一口气读了两遍，真是如获至宝，有一种说不出来的高兴，当即选了这两篇。

难能可贵的是，这诗出自一位 17 岁的少年之手。他的思考，他的艺术感受，已经超越了常规的年龄，可以叫早熟吧。这或许是我们这个思考的时代造就的。整个小学五年是在一阵紧似一阵的政治运动中度过的。这门“主课”给他童年的印象当然是深的。粉碎“四人帮”时，他 14 岁，开始懂事了，势必跟着觉醒的社会一起思考。加之，他没有“老运动员”的经验和框框，所以他的思考大胆、泼辣、深刻，甚至为有些成年人所不及。

我欣赏杨松霖的诗，另一个原因是他的所有几十篇诗作都有意遵循“形象的思考”这一诗的法则（尽管他可能还没来得及很好研究）。他不像近年来一些诗作者那样，用概念思考，通篇道理泉涌，议论风发，好像与形象并不相识。那样的诗过目无余，看起来也许有点意思，掩卷便忘记它是诗了。杨松霖的诗则不然，他把自己的真实感受形象化地表现出来，寓思考于形象之中，让你看得见，触得着。他有的诗像烧红的烙铁一样，能在你的灵魂里烙下难以磨灭的印记：“逗号是色的旋涡，句号是思想的枯井，删节号是枪毙真话的枪眼，引号是空话大话喷溅的唾沫，破折号是一条绝路……”形象的比喻包含着血泪的记忆。特别他说冒号是“两只眼睛，竖盯在左面，引出了一串胡话”。奇异的形象，来自尖锐的思想，也必然带来不同凡响的效果。《致云》是反官僚主义的，立意和构思独辟蹊径。他把高高在上、不关心民众疾苦、徒具虚名、不干实事的官僚主义者，奇妙地比作白云，“白胖胖的云，在上缓缓地蹁着步，你好悠闲呀”。老实说，这个构思，还带着他这样年纪的思维特点。但用来表现人民内部矛盾，在分寸上又恰到好处。既有辛辣的嘲讽又有至诚的期望。希望这种飘浮天上的白云，能看到地上的景象，“莫再无益地点缀涂画那天空，莫再赔着笑脸对什么风都逢迎。凝成那黑脸包公一样的乌云，带上闪电和雷霆，来吧！来吧！雨”。希望这个天气过程要快，既打雷又下雨，这个感情是很真实的。尽管语言还欠精美，我觉得这首诗是成功的。

此外，看了杨松霖的部分作品，我感觉到他的诗毕竟同他的年龄一样，还不能算成熟。他的思考有时还带着青少年的稚气天真乃至片面性。他需要引导，需要学习、修养，学会运用马克思列宁主义、毛泽东思想的观点方法去看世界，去思考。只有这样，才能写出更能反映时代精神的好诗。

更劝松霖，要戒骄戒躁，虚心学习，千万莫做今天的神童，明天的庸才。

# 零星的文学思考

# 燕赵风骨辨

《汉书·地理志》说:“赵、中山地薄人众，犹有沙丘纣淫乱余民。丈夫相聚游戏，悲歌忼慨。”“文起八代之衰”的韩愈又说:“燕赵古称多感慨悲歌之士。”由此习惯以慷慨悲歌概括河北的人文精神和艺术风格，乃至形成一种思维定式。其实这一论断未必恰当。相当长的历史年代，河北地处汉族统治的边区，拉锯战争，民风彪悍，尚武任侠，多武夫而少文人。元代定都北京以来，燕赵文化由传统文化的边缘地位进入主流，受到京都文化的强辐射而变异，文化精神向庙堂性（即政治性）靠拢，逐渐形成燕赵文学的主旋律情结和悲剧性崇高品格。

20世纪30年代，河北成为抗日前线，燕赵风骨与时代精神契合，以田间为代表的晋察冀诗歌，和以梁斌为代表的《红旗谱》群落两度辉煌，河北文学气势磅礴，黄钟大吕，燕赵风骨得到强化。改革开放以来，在商品经济冲击下，亲情和伦理发生断裂和重构，文化精神的惯性作用，关心时代、忧国忧民的主旋律依然浓郁着，作家们对美好生活热烈讴歌，对乡情伦理深情缅怀，对时代生活冷峻思考。同时，这种文化风格中固守传统的因素，也曾使有的作家过分执着，不辨真伪，发生对生活的误解，《“歌德”与“缺德”》即是一例。

随着时代的发展，燕赵文学也在发生变异，由渐变到突变的代表作家是孙犁。他的诗情画意为慷慨悲歌增加了一个强大的对立面，也为河北文学增加了一道靓丽的色彩。应该说荷花淀派和《红旗谱》群落的人文精神的核心是一致的，同样是主旋律情结，同样是悲剧性崇高品格，但是在表现形式上有了很大差别。孙犁的艺术经验是“文学离政治远一点”，用谈笑从容的态度来描摹风云变幻，将风云变幻融化于风俗人情的描写之中。他的作品清纯优美，如诗如画。当今学孙犁的人不少，得真传的人不多。一般人只学皮毛，只看到纸画上似水柔情，看不到作家如火的激情。只有少数的天才能凭借超人的悟性，透过表面的涟漪浪花看到深水下的激流，深入思考。同时在艺术上由清新而睿智、深沉，由清纯而冷峻、精警，将荷花淀派艺术进一步开拓。

慷慨悲歌和诗情画意的对立和互补，构成今日河北文学的主流。但是随着思想解放的进程，河北的作家也放开了眼界，寻求多种艺术营养和借鉴，探索多种美学形态。一些青年作家努力生命自省和个性张扬，求助于一些现代主义手法，他们的作品使人耳目一新。相反也有另一类作家，在表述方式上极力回归传统，文章古色古香，别有韵味。他们简洁的笔法和语言，使有些过分随便的新潮文章相形见绌。从另一个方面证明，只有继承和借鉴的双重超越才是文学的出路。

生活和艺术都是纷纭复杂，让人永远琢磨不透的。

# 读书随想

读书如交友、搞对象，一旦确认，终生不渝。读书的路和生命一样漫长，学步、弯路、摸着石头过河，有个过程，不会笔直。

我生在穷乡僻壤，小学五年级以前，除了课本没有见到过任何书刊报纸。家里穷，连课本都是借的。偶然一个机会，在同学家里看到一本《小五义》，意外地发现了一个奇妙的世界，一发而不可收。从那时起，看书成为我重要的课外活动，我像海绵一样从中吸取知识和快乐。

起初是饥不择食，摸着什么看什么，而且速度惊人。小学后两年，看了上百部农村流行的武侠小说，初中三年看了上百部中国古今长篇小说，高中三年看了上百部外国小说。从图书馆借的，每星期一两部，寒暑假二三十部。基本上是好奇，囫囵吞枣，穿肠而过，没有吸收到什么营养，只是混个脸熟。

进大学，受顾随、黄绮、詹锳、雷石榆等名师指点，逐渐懂得了一些读书方法，明白了读书贵精，不在博而在品质，在于思考。1958 年提倡民歌，我翻阅了古今中外各民族的民歌集数百部，重点精读了《诗经》、乐府、明清民歌、信天游、爬山调。二年级起转向诗歌，在大量阅读中外诗歌的基础上，重点研究陶渊明、李白、杨万里、郭小川、普希金。毕业后三年，通读中外剧本，重点研究元曲和莎士比亚、莫里哀、曹禺。对经典作家，由眼熟到口熟（记、背）、心熟（思考、比较），渐渐明白了读书的出入法。入就是对书亲切、迫切，深入进去。出就是继承发展，学以致用，用在写作实践上，比如陶渊明的自然、杨万里的“活法”、赵树理的幽默、郭小川的比喻。写出了早期的代表作，诗歌《水火》《歇工》，剧本《轰鸡》等，26 岁进入河北省文联专业作家行列。

搞创作与搞学问不同，读书的博与杂也有好处，可以打开眼界，宏观把握，纵横比较。开卷有益，书到用时方恨少，说不定哪片云彩有雨。一个人的营养只有蛋白质、脂肪、碳水化合物不够，还需要粗纤维、矿物质、微量元素。我写《百姓旧事》人间百态，乡间百工，各种人和事，就需要杂家的知识量，调动各种艺术手段，得益于一生的广泛阅读。青少年时期，看过大量戏曲，后来看到《京剧剧目初探》，其中 1383 个剧我看过 1100 多个，这是一种资源，看戏是看书的补充，剧本是从大量历史、文学名著中精选出来的，它把小说立体化、色彩化、形象化了。唱词和对话，更是一种再创造。不仅可以从正史、文学名著产生剧本，还可以从古代笔记随笔中寻找知识，最近我大量阅读，发现石家庄丝弦的《空印盒》、越剧的《唐伯虎点秋香》，就出自《太平广记》，原文只有两三百字。北岳恒山，属山西还是属河北争论不下。读《梦溪笔谈》，轻而易举地发现，宋朝的科学家沈括，当年就写了文章，指明北岳恒山在曲阳县。

读书明理，用前人的辛苦体验，启发心智，改善自己，营养自己，何乐而不为？多半生，我把大部分工资、稿费用于购书，服装粗疏而腹内充实。遗憾的是，买得多，看得少，没看过的书对自己来说就没实现价值。常常觉得对不起，时时听到它们的埋怨。以我的藏书，再多长十双眼，今生怕也看不完了，不能枉费了它们。需要及时转移出去，让它们物尽其用，于是，就捐给了三所中学，其中母校隆尧一中就有六万册。感谢母校，在我最需要读书时，慷慨给予，满足了我成长的需求。

大概还有六千册书留在身边，它们都是我熟悉和比较熟悉的朋友。它们一排排站在那里，有着不同的面孔服装，个个都有着跳动的灵魂。它们一天天沉默不语，等待着接见、握手、交谈，说出惊人之语，唱出美妙的歌。我原来的初衷是，请到身边，认住门牌号码，需要时，随叫随到。现在看来，怠慢了，难免厚此薄彼，难免疏漏，多有不恭。当年请它们来，不是让它们闲置起来，束之高阁，更不应该是装潢门面，给别人看的。书之于我，对起对不起，距离远近，感情亲疏，相交深浅，只有自己知道，只有内疚和遗憾，只有谢罪。它们都是高人大家，等待接见、握手的不应该是它们，恰恰是我自己。

# 理想和青春是同胞兄弟

“理想和青春是同胞兄弟”，这是英国浪漫主义诗人雪莱的一句话。少年雪莱富于理想，抱负远大，19 岁写出了《无神论的必然性》，唱出了一连串的“理想之歌”，包括《西风颂》《致云雀》《诗人之梦》等名篇，达到了浪漫主义诗歌的高峰。

青少年是人生的春天，生活是土壤，而理想才是种子。有了理想，就播下了种子，才会有丰收的希望，浇水施肥才有了对象，除虫灭草才有了动力。青少年时期没有理想，就好像春天没有播种，眼前一片荒芜，秋天一无所获。

人生是一叶小舟，理想就是航行的灯塔，在眼前闪射出光辉。目标立在前面，就不怕风吹浪打，就不会受风浪摆布，就不会被潮汐困扰，巧使八面风力，驶过激流险滩，达到光明的彼岸。没有理想的人，就像无舵的小船，随波逐流，埋怨天不好、风不顺，处处有旋涡存在。

人生的理想应该志在高远，比如喷泉，水源高，扬程才高，水花才灿烂。比如磅秤，秤砣大，打起的货物才重。母鸡的理想只是一把糠，鹰击长空，才能振翅千里。理想一旦形成，就要变为信念，坚持下去，持之以恒。不能朝三暮四，朝秦暮楚。一个不断改变自己理想的人，将会一事无成。这也想那也想，等于什么也没想，四处为家的人，无以为家。

理想一旦确定，就要把它和行动结合起来，理想是美丽的彩虹，行动者才是浇灌果实的雨水，光说不练是嘴把式，语言的行动比行动的语言容易得多。成就理想必须从一个个行动做起。正如荀子所说：“积土成山，风雨兴焉；积水成渊，蛟龙生焉；积善成德，而神明自得，圣心备焉。”好高骛远，不去实干，碰到硬的就拐弯，知难而退，理想自然就会落空，所以判断一个人的理想能否实现，不是看他的宣言，而要看他的行动。

生活的目的，就是不断努力，把自己的理想变成现实，把未来变成现在。对未来的谋划，就是把握现在，处理好今天的每一件事。忽视了现在，也就没有了未来。不务实，不下苦功夫，理想永远是一个幻影。须知未来永远从现在开始，所以要珍贵每一天，珍贵每时每刻，抓不住它，它就会从你的指缝间溜走，并且永远也不回来了。所以，今天的努力等于明天的成功，浪费时间，无所作为，付出的代价将是很昂贵的。

所以，理想孕育在现实之中，存在于每时每刻，存在于大事小情。正像古人所说：“千里之行，始于足下。”

## 也谈“朦胧诗”

近年来，诗界把一部分青年人写的晦涩、古怪、难懂的诗叫作“朦胧诗”，喋喋不休地争论。第一，我不同意这种叫法，朦胧和明快一样是诗的一种风格，它无可厚非。用“朦胧”概括这部分诗不确切。朦胧是雾里看花，是一种美，李商隐的诗有这种特色，中国二十世纪二三十年代的新诗有的也有这种特色，当前如舒婷的个别诗也有这种特色。对这种朦胧，人们并不反感，而且欣赏。引起争论的“朦胧诗”，是指当前青年的另一种诗，其特点是伤感、古怪、晦涩、难懂。不加分析，用“朦胧”概括所有青年的诗，是不对的，引起争论的只应当是后者。

第二，我不同意诗界当前对“朦胧诗”喋喋不休地争论，因为争论双方舍本求末，忽略内容偏重形式，往往着眼于传统和引进之争。1958年对诗的形式好一场争论。好像对一个病人，这个说西医好，那个说中医好，谁也不管他患的什么病。他患的是“假、大、空”症，这个没人敢涉及，有什么用？诗还是病入膏肓。当前诗从“左”倾路线下解放出来，首先应是内容的解放。把大家注意力转移到形式之争，无益于诗的解放。对引起争论的这部分诗，不重形式，研究其内容，才会找到问题的症结所在。

当前，写朦胧诗的主要是青年，他们为什么要写朦胧诗？由于长期“造神运动”，人们呼吸缺氧、憋闷。思想解放运动打破了这种万马齐喑的局面，不少青年由于过去教育不良，缺乏真正的马克思列宁主义理论的修养，又受到社会上不正之风的污染，他们思想混乱，破除了个人迷信，正确的信仰也破除了，处在迷茫、乱撞、追求之中。这部分青年当中，有的接受正确的引导，他们忧国忧民，不满现状，他们有信仰有目标，写现实主义的诗，这是青年中积极的一部分。还有一部分青年，他们还没认识和接受正确的引导。他们受社会思潮、不正之风的影响，错误的不信，正确的也不信，玩世不恭，对社会、人生采取消极的态度。他们的这种思想情感要表达，幼稚的、悲观的、迷惘的乃至阴暗的心理要表达，而光天化日之下是不好意思的。就半藏半露，指东道西，出谜语式的、智力测验式的，并且借助外国的语法、句式甚至词汇，所以晦涩、古怪、难懂。被扭曲的心理，被扭曲的诗，这是时代造成的，责任不完全在青年们。

问题是有些诗歌工作者，对青年的诗不加分析，不分积极的、消极的。对同一位青年诗人的积极的和消极的作品也不加分析。统统叫好、吹捧。报刊赶行市，给这种诗的篇幅越来越多。有些青年故弄玄虚，把诗写得不伦不类，故意写得看不懂，而有的竟然能把编辑“唬”了，称之为“解放”“朦胧”。

相反，也有的读者、作者对青年的诗不加分析，一概摇头。对同一青年的诗只看缺点不看长处。应该看到当前青年诗作者中有一股力量，他们既追求思想的解放，也追求艺术的解放。他们要改变诗坛过去一花独放的局面，追求不同的风格流派，特别是外国的风格流派。尽管有时老年人知道是旧的，而他们却以为是新的东西。积极的一面总是应该肯定的，应该予以正确引导，而不应冷嘲热讽。

## 敦煌艺术的启示

前年，正当诗歌形式问题上引进和传统两种主张争论到高潮时，一家刊物征求意见，我表示了这样一种浅见：由于长期闭关锁国，我国诗的形式比较单调，乍一门户开放，外国风格流派会一拥而进。但是随着时间的推移，人们会意识到民族形式是不可缺少的。倒不是搞折中，我是想对外国风格流派从盲目引进到有选择地吸收，是需要有一个认识过程的。

去年，有幸游览敦煌莫高窟，参观了这所历史很久、规模很大的佛教艺术地。敦煌艺术的演变过程，正好印证了我以上的看法。石窟最早大约是北魏中期的作品，雕塑和壁画无论从面相、衣着、体格方面都不像中国人，是印度人或至少是混血儿的形象，清癯消瘦、高鼻卷发、体格硬直，拘谨地接受了和民族传统格格不入的手法，不敢大胆改变它。后来，不但艺术家，连群众也渐渐对这种形式不满，开始革新。到了隋代，面相丰满了，鼻梁低了，耳朵大了，是中国人的形象了，但是仍有过渡阶段不可避免的幼稚和生硬的痕迹。直到唐代中期，才达到无比精妙的地步，美丽丰满，嘴眼传神，完全是中国盛唐完美的艺术了。在画法上，也由印度的平涂，几经演变，成为中国的兰叶描等。敦煌艺术的发展过程说明了这样一个道理：艺术的两个源流，应以本国的为主流，外来的则是支流。中国艺术家任何时候都不应该舍弃本国的传统，对外来的文化盲目崇拜，而是要以主人身份接待它，批判选择，有所取舍，大胆地吸收它们的长处，而舍弃那些与我们格格不入的东西，在我们传统的基础上，创造出民族的新艺术。

诗歌和美术的道路是一样的。对学习外国风格流派，要防止两个方面的倾向：一是不能借民族化的口号，把客人拒之门外。人们越是感到神秘，越是难得一见，越是围观起哄，甚至于争相模仿奇装异服。请客进来，有个比较，有个分析，才能做到以我为主，吸收其长处，舍弃其短处。应该有唐代那样的胸怀眼光，大胆地吸收、消化外来的文化，丰富自己的营养。另一方面，绝不应该丧失自尊，喧宾夺主，随便把什么外国货色，不管好坏，大做展览。这样做是脱离群众，脱离国情，脱离传统，也脱离文学艺术本身发展规律的。外国一位伟大的文学家说过，文学艺术越是有地方色彩，越是有民族特色，越是有民族风格，越是有世界意义（大意），是很有道理的。

另外，也还想说一点：诗歌的民族化、民族风格，仅仅理解为形式问题，也是狭隘的。民族化、民族风格往往是多方面的、综合的。比如，内容上要反映民族的精神文明、社会风情，表现手法上采用写意传神，以及民族的语言。我们说郭小川、贺敬之的诗歌形式经常变化翻新，依然是民族化的，道理就在这里。把民族风格仅仅理解为形式问题，会束缚手脚，路子会越走越窄。

# 范仲淹没到过岳阳

到岳阳，登岳阳楼，方知以《岳阳楼记》名传千古的范仲淹其实并没有来过岳阳，此文只是应岳州知府滕子京之邀请在邓州写成的。范与滕为宋真宗时同榜进士，好朋友，又同因为人正直而遭贬，范罢参知政事，知邓州；滕由左司谏被贬，后任岳州知府。滕子京上任为人民办了许多好事，“政通人和，百废具兴”，其中一项就是重修面对洞庭湖的岳州西城楼。落成之时想起“同为天涯沦落人”的范仲淹，写了一封“求记书”，知他未到过岳阳，附上一幅《洞庭秋晚图》作为写作参考。才高八斗的范希文果然不负众望，一挥而就，写成一篇气势阔大、恣肆淋漓、情景交融的雄文，通篇360余字，入用赋体，四字句珠走玉盘。并以“不以物喜，不以己悲”“先天下之忧而忧，后天下之乐而乐”等名言，成为千古绝唱。

那么，能否说《岳阳楼记》是“闭门造车”，开后世“壳里空”之先河呢？我于心不忍，并千方百计为之寻找理由，诸如写“江作青罗带，山如碧玉簪”的韩愈，并没到过漓江，艾青写《火把节》也出于想象。但是这两位都是诗人，诗是允许想象的。《岳阳楼记》是散文，散文的生命是真实。想来想去，只能用“艺术真实更真实”来解释了，但是心里总还在嘀咕。

恰巧，几天之后有幸到了澧县，意外发现少年范仲淹曾在这里读书，澧县一中院内有“范文正公洗墨池”。历史记载，范仲淹的父亲曾在澧县东邻的安乡县做官。安乡和岳阳同为湘北门户，一东一西，隔洞庭湖相望。在澧县、安乡生活过几年的范仲淹自然对洞庭湖十分熟悉，感悟颇多，所以写起《岳阳楼记》驾轻就熟，一气呵成。不仅有高度艺术概括，“衔远山，吞长江，浩浩汤汤，横无际涯；朝晖夕阴，气象万千”，还有细致入微的形象描绘，“至若春和景明，波澜不惊，上下天光，一碧万顷；沙鸥翔集，锦鳞游泳；岸芷汀兰，郁郁青青。而或长烟一空，皓月千里，浮光跃金，静影沉璧，渔歌互答，此乐何极”。这般形象而又具体的精彩文字。

# 谈历史名人归属之争

不久前在南阳开会，东道主所想颇为周到，除了会议内容外，还安排参观汉画馆、武侯祠、内乡县衙几处名胜古迹。我冒昧提出，襄樊与南阳近在咫尺，可否到隆中一看。会议组织者面带难色，说现在两市正为诸葛亮躬耕地的归属争得沸沸扬扬，不可开交。照顾主人的面子，还是免去为好。

这个问题有着普遍性，争论历史名人，为地方增光添彩。历史名人死去多年，早已查无对证。于是翻书查典，搜肠刮肚，各持己见，互不相让，打起笔墨官司，媒体和文人常常充当起“律师”角色。以河北省为例，这种官司就不少。尧帝究竟生于河北唐县、隆尧，还是山西临汾？李渊的祖籍是河北隆尧，还是太原、陇西？关汉卿的籍贯是河北安国，还是山西运城抑或北京？曹雪芹的故乡也有丰润和辽阳两说。就是同一省、市也多有争议，魏征生于晋县还是馆陶？赵匡胤祖籍是涿州还是清苑？柴荣生于隆尧还是邢台县？争得最凶的是曹雪芹和赵匡胤祖籍之争，前者争了十几年，相互投出几块砖头样厚的论著。后者在《保定晚报》

开起专栏，唇枪舌剑一年多，还没休战的意思。

这种争论有几个特点，第一争论对象都是历史英贤，争的是地方荣誉，赵高、秦桧、严嵩、魏忠贤无人去争，还直想往外推呢。第二争夺古人是为今人服务，发展旅游，带动地方经济。第三争论起来，态度不够冷静，捕风捉影，强词夺理，互相指责，缺少科学态度和心平气和的风度。

其实，这种争论，澄清历史遗留问题，是学术自由的表现。如果争论出正确结果，拨乱反正，花些人力物力也是值得的。还有，打历史名人牌，说明地灵人杰，振兴地域经济，大家受益，也是无可厚非的。问题是要有科学态度，平和心态，尊重事实，服从真理，不可地方主义、感情用事，更不能混淆是非、胡搅蛮缠。眼下解决不了的，可以暂时搁置起来，求同存异，或者同时保留几种说法，和平共处。

《老子》说:“自见者不明，自是者不彰。”自以为是，反而分不清是非。宋朝林逋说过:“强辩者饰非，谦恭者无争。”科学的态度才有利于得出正确结论。外国的笛卡尔也说:“天下之理，非见之极明，勿遽下断语。”一时做不出结论的，清楚不了糊涂了。这方面古人比我们沉得住气，躬耕地之争由来已久，清朝南阳知府顾嘉蘅为了平息纷争，为武侯祠大拜殿撰写一联:“心在朝廷，原无论先主后主；名高天下，何必辨襄阳南阳。”同一地方，光绪二年六月，闽中黄剑三也撰写一联:“地无论宛襄，有诸葛庐自堪千古；统并存吴魏，读隆中对早定三分。”都是耐人寻味的，本文开头所说的那种现象，怕是忽略了它。

# 散文应有独立的旗帜

我本来是写诗的，偶尔写点散文。后来发现不知什么原因，越来越多的诗作者跨行或者改行写起了散文。诗人写散文，自然会给散文带来一些变异，增添新的光彩。但也有一部分作者过多地把诗的构思和手法移植于散文，把散文当诗来写，或者叫“诗化”的散文。

文学艺术发展到今天，各种艺术形式之间互相借鉴、融合的现象与日俱增。诗歌、小说、电影都在追求一种散文美，而散文增加一点儿诗美也是很有意思的。但是，各种艺术形式互相借鉴，应当使各自的艺术个性得到发展，而不是使之消失和混淆界限。

散文毕竟有自己独立的旗帜，它所呈现的应该是其他艺术门类无从呈现的果实。相对诗歌来说，它更贴近生活，更洒脱，更富人间味儿。生活的真实感正是散文之所长。

把散文当诗写，在相当大的程度上是散文的损失。失之“太做”的散文不能动人，因为它缺乏坦诚、朴素的真味。

散文的格局更推重“法无定法”，它不是目标亟切地追摹，而是若有所思、漫不经心地散步。人为缔造“意境”、卒章显志，是八股。散文要多一点儿纪实性。

用诗的语言写散文，过分含蓄、雕琢，反会弄巧成拙。散文应该是散文的语言。散文与诗是相近而又彼此独立的艺术形式。诗是吟唱，讲抑扬顿挫；散文是谈心，要娓娓动听。

总之，诗推重的是“意外之象”的真实，而散文推重的却是人格与文格的真诚，彼此难以互代。散文可以有点儿诗美，而不要“诗化”。

# 诗与散文

我从少年好诗，除了十年内乱从未间断过。写的诗不必说了，发表的也数以千计。诗成为我生活的一部分，生命的一部分，须臾不曾离开。可是到了近几年，对诗的认识开始变化，发现它和其他任何文艺形式一样不是万能的。不是什么都可以写成诗，也不是诗什么都可以写，有其长必有其短。表达感情不能削足适履，应该寻找感情与形式新的和谐，这样我便结识了一位新的朋友——散文。

诗和散文是姊妹艺术，都是抒情的文体，又是有区别的，是不同的抒情方式。诗是饮酒，体验人生，对世界做情感的反应。散文是咀嚼生活，感悟人生。诗寄托理想，往往是概括的预言。散文面对现实，往往是详细的现实。诗像天真烂漫的少年，单纯，单层次的思维，情绪激动。散文是老成持重的中年，复杂，多层次的思维，思想深沉。诗借助语言的音乐性，是歌吟，抑扬顿挫。散文表达顺其自然，像谈心，娓娓道来……理论上可以做种种思考，我自己倒主要是从写作实践中悟出来的。

我是苦命人，父亲在抗日战争时期牺牲时，我落生仅 14 天，孤儿寡母受尽人间磨难。烈士遗孤应该受到社会的抚爱，可是我当区委书记的叔叔陷入一件冤案，头上笼罩了一个阴影。抚养我长大的舅舅是 1926 年入党的基层干部，“反右倾”时又遭迫害，他那为众人称道的品德与政治评价有着天壤之别。荣与辱，福与祸，道德与政治，年年月月在我的心灵上涂来抹去，打来击去，从儿童到少年，从少年到青年，从青年到中年，酿成了一杯苦酒，这陈年酒瓶，我不敢轻易地揭盖。这属于我自己生活的矿脉，我不敢轻易地采掘。气候与时机不到，思想与艺术功力不足，写不好会糟蹋了题材。

我也曾试着先拿一点儿亲情的边沿材料写诗，都不尽人意。诗的感情是凝练的、浓缩的，需要把大量的事实粉碎，然后提炼概括，展示生命中一次性出现的图景。同类的情节细节只能选两个最典型的用，其余割爱。这于我而言太可惜了，是不能容忍的。我苦难的身世是由无数个情节细节组成的，我心里的苦酒是一滴滴血泪酿成的。那些浸着血泪的情节细节在我脑海里折腾了几十年，刻下了深深的痕迹，哪一个也舍不得、丢不开。想过写小说，没有时间，而且小说是虚构的艺术，我的经历不必虚构就很感人。想过写叙事诗，那需要多少倍的苦恼。终于我选择了散文，这个既体验世界又叙述世界，既可揭示内宇宙又可描绘外宇宙，是抒情与叙事相结合的最经济的文体。

在繁忙的工作之余，我动手写我亲情的系列散文，写我的感情历程和人生感悟。《理发的悲喜剧》《母亲的河》《凤尾竹》《舅舅》，每写一篇就像大病一场，哽咽中吐出一个个字，泪为情节细节，感情文字都是反复酝酿，成竹在胸的。一旦捅开，多次把稿纸湮湿了一片又一片。但是写起来很快，一气呵成。因心灵的口子，感情的血水汹涌而来，随其自然，欲罢不能。写过几篇，每篇泪滴都比字迹多，男儿有泪不轻弹，那是极度感性的。许多评论家说，《理发的悲喜剧》结构别致，多幕悲喜剧，以黑白两个挑儿更换，构成奇妙的篇章。《母亲的河》构思精巧，把母亲和自家门前那条深具情怀的小河紧密联系在一起，富有象征意义。其实写它们的时候，眼泪都擦不及，哪顾得那么多。文中的情节细节百分之百的真实。感情情绪百分之百的真实。文字的感染力完全来自事实本身、真情本身。至于谋篇行文，则是对题材几十年无意识的筛选、编织和强化，文章在腹稿中早已成型，瓜熟蒂落而已。我也承认，写诗的功夫对散文大有补益，比如抒情手段的多样，现代意识对历史题材的观照，对人生的哲理思考等。这几篇作品出手，只觉得长出了一口气，吐出了心中积累多年的块垒，对牺牲的父亲，多难的母亲，伟大的舅舅，生我养我之恩做了最初步的报答，达到了心理的初步平衡。文章面世之后，不管别人如何称道，我自己从不轻易翻看，因为一看就触着伤疤痛处，重演一次泪水横流，几天不能愈合不能平静。现在唯一感到不安的是，由于思想艺术水平的局限，文章还不能尽情尽意，感情还没有淋漓尽致地发挥。

几年来，我写了 70 多篇散文，也写了一些诗，在这两块不同的领域里耕作，难免进行比较研究，进行写作试验，有经验也有教训。诗与散文有共同之点、相通之处，也有各自的区别和独异之处，两者可以沟通，可以相互借鉴，但是当今更需要的是各自高树独立的旗帜。

当前不少诗人写散文，写好的不多。问题出在对散文文体没有足够的了解，往往是把诗的构思、写法乃至语言带进散文创作中来，侵占散文的领地，破坏其独立性。

这样的散文至少有以下几种毛病。诗是内视点文学，主体意识强化。如果主观缺乏对客观的观照，单纯地抒发“自我”，容易形成抽象之情，泛泛之情，无病呻吟，缺乏亲切、真诚，造成虚假的困境，出现“隔”的感觉，妨碍作者与读者之间的交流。好的散文该言之有物，是主客观撞击的火花照亮散文的境界。

诗的表现讲究集中、凝练，结构严谨，节奏显明，戴着镣铐跳舞，艺术氛围在规矩里形成。而散文的特点是散，自由地袒露心灵，任情任性，随其自然，文无定格，章无定法。如果给散文套了规矩，散文就失去了自由，失去了个性。

诗要虚，允许浪漫、夸张，允许折射、变形，讲究神似不一定形似，虚而不假。而散文则要求朴实、明白，神似形也似。如果把散文也写得像诗一样神乎其神，虚无缥缈，费解难猜，就形成了虚假，失去了感染力量。

所以散文不能当诗写。但是散文也有不如诗的地方，在表现内宇宙的丰富、情感反应的强烈上，不如诗来得迅速有力。诗与散文这一对抒情的姊妹艺术是互斥而又互补的。我过去诗写得不好，也有对诗的文体理解和把握不到家的因素，一定时候还要返回诗的领域去探索，那样散文的经验也许会反来有助于我。

# 再谈诗与散文

少年开始，写了 30 年诗，过了 40 岁才不为诗所惑，转向散文，难免有“反串”之嫌。学花旦的演小生，扮出来的那个张生，举手投足还带一些红娘的动作。经过长时间的磨炼，才完成了角色的转换。

要说我学诗，还真算够得上“科班”，上中文系听过词曲大家顾随、黄绮的课，习作时有大诗人臧克家、田间、郭小川手把手地教，如鱼得水，快乐地学着写着。忽然一天，发现诗歌舞台变了，导演、乐队甚至观众都换了一茬人。在眼花缭乱的新诗潮面前我似乎成了旧人，何必一棵树上吊死。王国维说一个时代有一个时代的艺术，实际上是指体裁形式。诗坛西风劲吹，脱离了传统，没了管教，为所欲为，新诗发展的道路迷茫了。

同时我也悟到，搞艺术不能是程咬金，只会一把板斧，应该十八般武艺都练练，看看哪种更适合自己。小米熬粥，白面包饺子，荞麦面压饸饹，因材赋形，量体裁衣。诗歌短小精粹，只能容纳典型的情感，而散文可以包容情节和细节。把丰富多彩的生活压进绝句、律诗里，搞不好会失去生活的光彩，变成类型化的感情，不知不觉地钻进古人套子里，失去自我。因为唐诗宋词几乎把人间诗意写尽，警句囊括，无法超越。即使自鸣得意，也不被大家认同。因为好诗是一次性的，不允许重复。当然，诗人写起散文也会发挥一些优长，譬如意境和风格，诗意是一切艺术形式的高标准。诗讲风格，二十四品。而写散文的人不大讲风格，个人一面。从诗人到散文家的角色转变中，我进行了一些摸索。

关于生活。诗歌表现人的精神世界，想象力至关重要。而散文写人生经历，亲历性、在场性是不可缺少的。散文作家的艺术触角应该伸向大自然和世态人情，深入生活，提炼生活。只有扎实的生活，文章才会有生活气息和生命力量。生活的海洋十分广阔，作家不可能全知全能，聪明的人总是为自己选择独特的领域，寻找属于自己的敏感区，在这块土地上经营劳作，使自己的庄稼具有特色，使自己的产品成为土特产，才能拥有市场。开掘生活就要获取情节和细节，把典型的生活情节和闪亮的吉光片羽铸成永久的记忆，在一定意义上，细节决定文章的面貌，呈现文学的底蕴。

关于情感。散文是以自我为中心的文学形式，通常用第一人称。文章中的我应该是真实身份，真实经历。切忌虚构，无中生有，假人假事。散文是情感的艺术，真情实感是散文的生命。真实是散文作家起码的创作态度。如果树干是假的，树枝不可能鲜活，一切都会是矫揉造作，经不起推敲。有的作者缺乏生活，“扬长避短”，玩弄抒情。物小情大，树干细小，枝繁叶茂。结果情无依托，变成了虚情假意。自作聪明，却瞒不过读者的眼睛。散文作者应该有平等的视角，平静的心态，平实的语言，不温不火，娓娓道来，入情入理。诗歌则不同，诗人常以智者姿态出现，指手画脚，耸人听闻，语不惊人死不休。散文作者只有静下心来才能体察细微，感情细腻。

关于语言。文学是语言的艺术，是第一要素，思想和感情的外衣。孙犁说，作家要像追求真理一样追求语言的美。但是语言的美不只是华丽，自然简朴更是散文的美质。听顾随老师在课堂上讲过，语言的华丽与感情的真实往往是矛盾的，辞藻的华丽会削弱感情的真，造成“隔”的感觉。而朴素会缩短作品与生活的距离。这句话影响了我几十年。当然这只限于写亲情友情乡情一类的散文。写山水风光，语言还是要漂亮的，像绘画一样“因物赋形”“随类附彩”，色彩就是一种思想。郭小川在给我的一封五千字的信中说，诗歌是音乐性最强的语言艺术。如果把诗歌的音韵之美带进散文，使抒情的语言抑扬顿挫，音调和谐，快慢相间，节奏显明，合辙押韵，声韵琅琅，回环婉曲，富于旋律，能使文章更加优美动人，甚至会像诗歌一样便于朗诵，便于流传。

在我国，散文是文学的正宗，河北是散文的重镇，郦道元是山水游记的鼻祖，孙犁是现代美文的领袖。但是近代以来，小说、戏剧、诗歌成为文学的中心，散文被边缘化，专业的散文作家几乎为零。进入新时期，散文逐渐热起来，我省不仅有了专发散文的期刊，各级报刊也扩大了散文版面，省、市级都涌现了一批散文的专业作家。他们生逢其时，全心全意地专攻散文，成绩十分喜人。他们不必像我一样角色转化了。

但是，需要提醒大家，散文是文化含量高的一种文体，散文作家应该是一名杂家，过早地专业化未必是一件好事。比如当前的医院，分工过专过细，诊断准确的往往是那些全科医生，整体把握，辨证施治，还是古人那句话“汝欲要学诗，功夫在诗外”。

# 新诗与旧诗

写了30年新诗，又做了20多年诗词学会会长，对诗的现状颇有感触。

诗是流淌在中华大地上一条奔腾不息的河流，前进中依次出现了不同的壮丽景观。《诗经》、乐府、唐诗、宋词、元曲、明清民歌。五四运动以后，以白话诗为主的新诗也取得了可喜的进展，涌现出郭沫若、臧克家、艾青、田间、郭小川、贺敬之等一系列代表诗人。

新诗在20世纪30年代和80年代出现了两次波折，西化、傍洋。问题可能出在“横的移植”，即翻译上。“二把刀”直译西方现代诗，主语谓语，名词动词，译出来怪怪的，越看不懂越好，一个人如此写，大家比猫画虎，就成为朦胧诗。诗是不能翻译的，波德莱尔的《恶之花》，有人译成长长的句子，王力译成五言体。随着经济的发展，中国人对西方不再迷信。“西化”渐去，而“矮化”到来，内容上“俗”，形式上“水”，由吟唱变成了说话，散文分行。降低了高度、醇度、难度，会说话便会写新诗，新诗便也失去了魅力，大家不愿看了。

新诗的毛病给旧体诗提供复出的良机，深藏在中国人和汉字中旧体诗的种子春风吹又生。然而好事多磨，有人视复兴为复古，时代变了，生活变了，口语变了，仍要刻舟求剑，固守唐宋，坚持平水韵。对于用韵的守旧，明朝人张燧就曾批评过：“天下事有最侥幸而不可解者，沈约韵书是也。”“且约吴兴之武康人，局于方言蛮俗，不审宫羽，不备四声，而敢背越贤圣，变乱千古，亦既谬妄矣。不知后世学士大夫，何故而遵之如圣经，历百代而不敢易乎？此甚不可晓也。”他们精通格律之技术，不谙作诗之艺术，只见镣铐不见舞。陈词短调，塑料花，有形有色而无韵味。所以当前诗词作品浩如烟海而鲜有佳作，更没有公认的代表诗人出现。

对于当下诗歌现状，可以一句话概括，新诗需要民族化，旧体诗需要现代化。二者不是两股道上跑车，互争高下，互相排斥，而应该是新旧并存，双轨并行，互学互补。中国诗歌的发展，既不能回到古代，也不能跑到国外。而是科学发展，正确处理继承与革新的关系，正确处理继承民族传统与借鉴外来文化的关系，汇新诗、民歌、旧体诗三源于一流，再铸中国诗歌之辉煌。

# 科学与艺术

上帝有一对龙凤胎，科学和艺术。一门所生，性格迥异。女孩机灵、活泼，男孩刻板、严谨。快乐的公主，热爱大自然，要做大自然的爱人。执着的王子，心向未来，只进不退。天生一对冤家，一个以制造神秘为荣，一个以揭穿谜底为业，互不相让，明争暗斗。

人类早期的艺术，充满对大自然的敬畏和崇拜，带有浓厚的神秘与宗教色彩。比如希腊神话，《荷马史诗》《神曲》和《十日谈》。中国古代神话和文学更加丰富多彩，精卫填海，夸父逐日，直到《山海经》和屈原的《天问》《九歌》。

从游牧、农耕时代到工业化初期，科学走走停停，步履蹒跚。而艺术大行其道，中国的唐诗、宋词、元曲、明清小说、民国京剧，成就辉煌。西方文艺复兴时期的美术、19世纪的文学，更是达到艺术史的高峰。

科学不甘落后，暗暗使劲，蒸汽机大吼一声振奋起来，从此进入快车道。电子革命有如神助，突飞猛进。科学发威了，几乎找到打开一切神秘之门的钥匙，给艺术以致命打击。如今《天问》连小学生都能回答。火箭上天，使孙悟空一个筋斗十万八千里不再神奇。飞船探月，让地球人都知道嫦娥吴刚子虚乌有。现代交通，让许多人比郦道元和马可·波罗的腿更长了，游记文学大煞风景。艺术失去神秘这一精神支柱，成色大减。不少书店、剧院、影院改成了电子产品店、服装店。

然而科学还不肯罢休，穷追不舍。给唱歌的安上扩音器，纵容假唱；给绘画加入物理、化学成分，让人投机取巧；给家家户户安上电视，偷去大人孩子读书、看戏的时间；有了电脑，天下论文一大抄。许多精神食粮被掺进了“三聚氰胺”“瘦肉精”，让艺术品像速成鸡猪一样淡而无味。引诱文艺嫌贫爱富，托尔斯泰说:“替富人提供逸乐为目的的艺术，简直比娼妓还不如。”

科学使人不安，艺术也不争气，并非它们本意，是科学中的坏分子和文艺队伍里的王连举狼狈为奸，造成恶果，造成失衡和落差。也有艺术自身的问题，艺术也要与时俱进，创造一种新的理念、新的艺术，与科学比翼齐飞，双重超越。

## 走了样的文艺批评

文艺作品由内容和形式组成，形体结合而生神，即艺术生命。好作品思想内容和艺术形式完美结合，所以文艺批评也应该从两结合的角度分析，不能割裂开来，形体分开神便也跑了。

文艺批评不那么容易，受批评者的修养所限，也还有社会思潮干扰，通常有两种偏颇。

一是艺术至上，从西方引进的，20世纪30年代、80年代两度流行。比如“纯诗”说，要诗里不带一点社会内容。其实这种诗是不存在的。蒸馏水还需要容器，诗意也要用语言表达。诗人是社会中人，怎能没有一点倾向。语言也不可能都用中性的词，总会带有思想色彩。

二是思想第一，艺术第二，越走越偏，最后成为内容唯一，唯题材、唯政治、唯当下政治。这种批评简单易行，批评吴雁的“创作需要才能，一句话就够了”“反对工农兵方向”。否定杨朔的散文也很容易，“都三年困难了，还粉饰太平”。扣帽子，打棍子，不容反驳。发展到极致就是康生的“利用小说反党”。“黑夜给了我黑色的眼睛，我却用它寻找光明。”的确是一个警句，却未必是一首绝好的诗。用新诗的要求，诗的元素含量不多，更像报刊上流行的一种“思想火花”，一条格言。

从文学发展史看，作品的艺术标准相对稳定、客观，而思想标准总在发展变化。欣赏古代作品，思想性在淡化，不以今人量古人。没有人批评李白只顾游山玩水，不去参加劳动。也没有人怪罪李清照，国难当头，只顾一己悲欢。作家创作从自己的生活出发，熟悉什么写什么，百花齐放。如果只有一个标准，天下只有一件作品就够了。也不否认，当代人对眼前的事件容易产生共鸣，继而在社会上产生轰动效应。但是一个优秀的批评家，应该高瞻远瞩，高屋建瓴，不仅看到生活的表面，更要看到生活的深层。文艺作品的深层标准，还是有原则的，那就是真、善、美。批评家要有根基，大风来了，树根不动，枝叶才摇摆。批评跟风，作者有责任，也还有社会原因。

批评的标准到现在更乱了。思想标准、艺术标准，有时候都不那么重要了，取而代之的是人情、金钱。这两个标准后来居上，参与了从发表到研讨、评奖、评职称的全过程，吃了人的嘴软，拿了人的手短。在有些领域，如书画，艺术成了商品，买家的标准就是标准。批评家也被一脚踢开，作品直接成为升官发财的敲门砖。

# 学习孙犁的语言

对近来的文学不满足，一是缺乏成功的典型形象，记不住。二是语言乏味，看不下去，如孙犁所说：“贫嘴烂舌，胡乱写之即可。”将今比昔，自然想起前辈语言大师。中国现当代的语言大师是鲁迅、老舍、赵树理、孙犁，或者加一位写诗的郭小川。语言大师的标准是独树一帜的语言风格，自成一家。捂住作者名字也能看出是谁写的。书法上叫“体”，颜柳欧赵；京剧称“流派”，梅程尚荀。孙犁的语言风格是朴实、清新、简洁，或者概括一个“净”字，心净，文字干净。

布封和马克思都说过，“风格即人”。看孙犁的作品，不管第一人称，还是第三人称，字里行间都可以看出作者的面容、身影。他热爱生活，热爱人民，内心火热，表面又很平静，甚至有点冷峻。布衣心理，淡泊名利，不光语言，还有语气、语境都是一致的，没有一点官气、作家范儿。达到了庄子“心斋”“坐忘”的境界，浑然忘我，故能全身心地投入艺术创作。心净，无杂念，不想当官。新中国成立初，孙犁就定了行政十级，地市级干部，末了还只是个副科级头衔。静观时代风云，心里明镜似的，从不随波逐流，自有一定之规。梁斌不止一次给我说：“孙犁是个高人。”

有一天到他家串门，问：“说是庐山会议叫人写海瑞，要有海瑞精神。”孙犁把手一摆：“不要听那个，你一说就不干了。”心不净是学不了孙犁的。

孙犁主张作品离政治远一点，有了艺术性，才有思想性。因为创作需要自由，空间大一些。他的创作不是从政治概念出发，而是从生活出发，从美学出发，表现美的生活，生活的美。开始我对《荷花淀》不理解，烽火连天，水深火热，哪来的诗情画意？我写白洋淀，浪花是火焰，芦苇刀丛剑树。后来渐渐明白，有各种写法，大家都剑拔弩张，火上浇油，他用另一种写法，在那个时代就特别新奇。他说：“善良的东西，美好的东西，能达到一种极致。在一定的时代，在一定的环境，可以达到顶点。我经历了美好的极致，那就是抗日战争。”（《文学和生活的路》）在爱国的旗帜下，真、善、美大发扬，一向不占地位的妇女也调动起来了，“你知道我用这床子，送过多少次八路军”，“荷花变成了人”，“像一只雨后的蜻蜓爬上草叶”，就是美得极致，因为战争归根到底是美与丑的决斗。

文学是语言的艺术，鲁迅说中国文字的美包括意美以感心，音美以感耳，形美以感目。孙犁都做得很好，如他所说：“像追求真理一样去追求语言美。”他的语言不似鲁迅城市知识分子的语言，也不似老舍、赵树理那样，北京市民、太行山民的语言，而是介乎两者之间，北方乡村知识分子的语言，雅俗共赏。朴素、清新、干净得像一阵清风、一池清水。不是简单地照搬口语，删去一些定语、副词，而是一种大巧之朴、浓厚之淡。他语言的干净，首先是深思熟虑后思想的明确，语言是思想之花。不像有些文章，大量使用定语、副词、形容词，是因为作者思想还模糊，缺乏信心，生怕读者不理解。其次孙犁语言的干净在于锤炼功夫，他说：“应当经常把你的语言放在纸上，放在你的心里，用纸的砧、心的锤来锤炼它们。”还说干净得“有点洁癖，逐字逐句，进行推敲”。

孙犁的语言境界是质朴、单纯和完整的统一。他的《区村和连队的文学写作课本》是1941年解放区油印出版的，进城以后改名《文艺学习》。上面提道:“单纯的形象是用顶简单的描写，表现出完整的形象。为什么简单了又能完整呢？作者不断地学习，使他能看出一个事物的最重要的部分，最特殊的部分，和整个故事内容、故事发展最有关的部分。作者强调这些部分，突出它，反复提示它，用重笔调写它，于是使这些部分，从那个事物上鲜明出来，凸现出来，发射光亮，照人眼目。”鲜明出来，凸现出来，就是选择，就是典型化。这种眼光和能力，在于深厚的生活基础，在于丰富的群众语言，也赖于美学和哲理的认识水平，而哲学正是简单、朴素的。

孙犁的作品诗情画意，被人称之为诗的散文，小说中的绝句，因为他懂诗。他的初中语文老师是一位海音派诗人，让他爱上了李清照和李后主。孙犁的才华最先表现在写诗上，处女作是一首诗，发表在《大公报》上。1939年，创作了《白洋淀之曲》等三篇叙事诗，以后终生与诗为友，新中国成立初期、“文化大革命”中间、粉碎“四人帮”以后，每个时期都有诗歌发表，有新诗也有古体。诗成为他文学修养的重要一部分，也成为他文人气质的重要一部分。这样的大作家是不受文体限制的，文体只能臣服在他的足下。所以孙犁的一切作品，都诗情横溢，包括意境，包括语言。

## 散文写作

河北省散文学会1985年成立，也是我创作道路的转折点之一。

十几岁迷上诗歌，花费青春，二十几岁写剧本是任务，逢场作戏。不久什么也不能写了，农村劳动之余读书思考。诗是灵魂的产物，靠灵感冲动，生活并非关键。写剧本靠运气，题材可遇不可求。在吕玉兰的村子住了五年，也没抓住。雁翎队家喻户晓，至今也没搬上舞台，我参与了没戏。孙犁先生也写了一版，也没成功。没找到《红灯记》式密电码，《沙家浜》的智斗。

我出生在一个典型的革命家庭，英雄的父亲，伟大的母亲，记录下来就会是一部不错的小说。小说要创造人物形象，讲虚构，塑造典型，给父母亲更名换姓，添油加醋，心里过不去。名著也有让人看不起的地方，《三国演义》把英雄写成了奸雄，失败者写成智者。《空城计》明明是赵云的功劳，非要安在诸葛亮头上。唐玄奘大智大勇，《西游记》写成了愚氓。真名真姓假人假事，一场官司。

典型的真人真事怎么写，有哇，《史记》。上中学就想写吃苦受难的母亲，写不成，提起笔来就泪如雨下，哽咽不止。烈士遗孤，我从来没感觉到光荣骄傲，只是无限痛苦的代名词。过了不惑之年才想通了，为亲人立传，那些苦难烂熟于心，文字和泪水一起流出来，一气呵成，不需要艺术，第一篇《理发的悲喜剧》发在《人民文学》，第二篇《母亲的河》发在《中国作家》，轰动一时，都选进语文课本，水到渠成，因为合乎文学创作的规律。

弃诗而文，也是“形势”所逼。习惯于“五四”以来形成的新诗，也有偶像，郭小川、贺敬之、乔羽、公刘。突然形势大变，睁眼成了朦胧的天下，半生不熟的直译体，主语，谓语，宾语，串起来莫名其妙。诗人聂绀弩说过一笑话：当年武汉诗人伍禾，拿到一本书，把目录原封不动抄下来，当作一首诗投到《现代》杂志，发表时还写了一篇推荐文章。伍禾看了爆笑如雷，从此再不相信《现代》杂志。不相信现代派诗了。这是真人真事，李满天在湖北与伍禾是同事。后来流行诗有所改进，还是散文分行，有思想没艺术，思想火花堆积，诗的半成品。小说方面，西方这流派那主义，在文坛走马灯一样轮流上演一遍，烟消云散，留下一地鸡毛，说到底是不服水土，不合国情。庆幸散文方面没受什么影响，树大根深，西风吹不动。

我的写作路上，有两大标杆，两个老师。1956 年在邢台听赵树理讲课，提倡为人民写作，为人民大众喜闻乐见，生动幽默，通俗而不庸俗。茶壶摆在茶几上，尿壶放在床底下，不能颠倒了位置。1958 年在河大中文系，听顾随教授讲课，科学严谨，高屋建瓴，指点诗空，深入浅出，妙语连珠，如单口相声，包袱不断，满堂彩。一个大俗一个大雅，让我左顾右盼，手忙脚乱，游学其间。重要的课堂还有戏台，看过 2000 多出戏，耳熟能详的也有 200 出，懂得了一些戏剧化结构，个性化台词，什么地方出彩。这一切往往都表现在散文的叙述上，用语言的魅力引人入胜。

曾经为了适应少男少女读者，我的游记等也追求过华丽，枝繁叶茂。看顾随文章，说语言的华丽会削弱感情的真挚。学习孙犁作品，知道了语言要干净、洗练。这样首先要思想干净，形象简洁。就像画梅花，繁花如簇，一身清骨固然好，如能风姿舒朗，老干虬枝，花瓣有眼，听出金石声，尤佳。

一个老家伙的自言自语，不入耳就当一丝风。

## 文学与人生

文学与人生，一个老话题，又常说常新。

文学是社会意识形态之一，指以语言塑造形象，反映社会生活，表达作者思想感情的艺术。通常包括诗歌、散文、小说和戏剧文学。书面文学以外还有口头文学，现在又有了网络文学。

文学是一定社会生活在人们头脑中反映的产物，在漫长的历史进程中不断变化，万变不离其宗的是以人为中心。观察和表现人的活动、人的精神世界，这个“人”字既指个人，更指人民、人类。作者形形色色，千差万别，作品就丰富多彩，百花齐放。因为作者的文化水平、道德标准、精神境界的不同，作品就有高下、优劣之分，文如其人。

伟大的诗人是世界的灵魂，杰出的作家是社会的良心。他们的作品忠实地记录人生，是形象的人类发展史，是文明进步的明灯，引导人民走向未来。真正的作家永远和人民在一起，同呼吸，共命运。像赵树理、田间、梁斌、马烽，是人民的先进分子，是战士，创造生活，创造历史，创作无愧时代的作品。

中国文学传统精神是人民性和爱国主义。这些年来，一些知识分子引进了一些西方的文学理论，淡化了文学的人民性，“主观化表现”“走向内在”，不知能否适应东方水土。进乎退乎，福兮祸兮，还看不准。能看出来的是写书的多了，看书的少了，小说创作繁荣，但是新的典型人物形象罕见，逼着导演们一而再、再而三地去炒六七十年前的剩饭。文学快要失去文艺家庭长兄的地位，过去由小说改编影视，现在从电视剧改编小说。有人说写诗的人比看诗的人多，有些流行的新诗失去中国诗的形式、精神和魅力，散文分行，有思想没艺术，思想火花的堆积，玩深沉，只能说是诗的半成品。还曾有人提出写“纯诗”，不要半点人间烟火，百分之百蒸馏水，实验室里也造不出来的。

文学是语言的艺术，成功的作家都是到生活中去，向人民群众学习语言，创造自己的风格。鲁迅、赵树理、老舍、孙犁，是现当代文学的语言大师，他们的文学语言成为民族文化的精华。现在不少人闭门造车，一部电脑解决问题。过去作家十年磨一剑，现在一天敲一万（字）。不少作家人出了名，语言还没过关。

# 韵散文序

时代在变，文艺形式也在变。时下流行的白话诗，散文分行，失去中国传统诗歌的神韵，没了音乐美、建筑美，也不大讲修辞、技巧，一堆零乱的思想火花（与之前比，思想有进展），还没有炼成珠玑，可以说是诗的半成品。写诗没了门槛，再不是酿酒，而是随便打开自来水。没有难度，哪会有高度。

旧体诗复出，还未复兴。有些人一味模仿唐宋，以掌握格律自居，平水韵为上，出手自来旧，塑料花，有形有色而无香。生活变了，语言变了，出现大量多音词，给以单音词和双音词为主的五言、七言格律诗造成困难。旧式窠臼难以飞出新鸟，甚至难见一片新羽。所以难得多数当代人接受，尤其是青少年。

古代只有诗文之分，宋代才出现小说。到现代，散文大家族中，已有新闻、公文、论文、报告、书信析出，分门另过，不再讲文学性了。剩下的艺术散文，也称美文，也在变，小说家带进虚构、唠叨、心理描写，诗人们带进夸张、煽情、无病呻吟。华丽消耗了真情，冗长取代了精粹。

泽辉先生有学问，做媒体，热爱文学，又懂得民众口味，深感诗歌需要民族化、现代化。他新诗、旧诗都写。诗集《诗和远方》中有新古体诗五百首，使用五言、七言，现代口语，声律随意，法乎自然，与他的播音职业有关。其诗朗朗上口，抑扬顿挫。艺术上有追求，既有古诗的赋、比、兴，也有民歌的生动活泼。

泽辉先生的创作重在散文。他厚重的《田黄》一书堪称印石文化力作，满满的知识性、趣味性、艺术性。他有福建文人与生俱来的酷爱和投入，久而久之，人石两悟，人与石合，人在石中。他用文章赞美高贵神奇的石形象、石品格，同时表达自己清静的情趣和心境。兴之所至，心花怒放，手舞足蹈。文笔老到，随意赋形，生动流丽，拙中寓巧，让人想起福建寿山石雕艺术大师林清卿、郭功森、周宝庭等的力作，圆雕薄意，剔透灵巧，善借巧色，深刻细腻。

近年来，泽辉先生尝试“韵散文”写法，文中有诗，诗中有文，相映成趣。诗是新古体，文是精美文。文中之诗，或开篇醒目，或结尾升华，或夹杂中间，如锦上花、餐中酒、京剧的唱、田黄之格纹。山有了跌宕，海有了起伏，视觉也美，听觉也美，味觉也美。这种写法，古人偶尔为之，如话本、传奇。但古人还是文为主体、诗是点缀。而像泽辉这样，诗文并重，相得益彰，浑然天成，一加一大于二，还是别具一格。

文学艺术要与时俱进，适应时代，为人民大众喜闻乐见，需要泽辉先生这样的先行者。

# 关于近体诗

古诗至盛唐到顶峰，滋生近体一支，短小精致，颇受官家偏爱，士子追捧，成为诗的主流，美则美矣，妙则妙矣，终归格律太严，门槛过高，脱离大众。严戒律限制诗人的思想自由，小体量剥夺诗的叙事功能。自此江河日下，再没出现《观沧海》《蜀道难》一类大气磅礴的抒情诗，《孔雀东南飞》《琵琶行》一类生动感人的叙事诗，再没出现陶渊明、李白一类的诗坛巨星。或者还有一个苏东坡，也是其诗弱于其词。

近体诗也许生而有谶，律诗、格律也会千篇一律，绝句，绝妙也能绝后。千百好诗警句，千人的千古绝唱，挂在世人眼前，给后人创作的天地很小了，大家都在模仿，才气大的精仿。近体诗千年独大，难免自然老化。现在问题依然存在，近体诗还是霸王，还是重守制轻新意。以平水韵而言，南宋刘渊也是吸纳前人韵书，面貌已与唐人不同，何况七百年过去，声韵已有很大变化。古人尚知变通，今人何必抱残守缺。有人发明了一把电尺子，衡量网络上诗词是否合律，成为最新版的刻舟求剑。诗要进步，就得改变唯近体，恢复多样化，古风、乐府、歌行、词曲、民歌等百花齐放，不能一棵树上吊死。